JN158262

まど・みちお
詩と童謡の表現世界

張晟喜［著］
Sunghee Jang

風間書房

目　次

序　　章

第１節　先行研究と研究課題

まど・みちお、本名石田道雄[1]は1909年（明治42）11月16日、徳山市（現、周南市）に生まれ、2014年（平成26）２月28日に永眠した。104年の人生であった。25歳の時に子どもの絵本雑誌『コドモノクニ』の北原白秋選の童謡募集に「まど・みちを」名で投稿し、〈ランタナの籬〉〈雨ふれば〉の２編が特選となった。それ以来、まどの詩作は100歳ごろまで続いた。82歳の時に『まど・みちお全詩集』[2]（以下『全詩集』と略記）を出版し、100歳になって最後の詩集『100歳詩集 逃げの一手』を出した。まだ未発掘の作品は残っているであろうが、私たちは今、まどの創作のほぼ全容を概観し得る地点に立っている。

本書は、「まどの全容を知る」ということを最終目標とし、それへ向けてどれほど迫ることができるかという試みである。

１．先行研究

まどについての詩人の評論には、1979年の吉野弘「まど・みちおの詩」[3]

1）本書では敬称を省略する。

2）『まど・みちお 全詩集』伊藤英治編、理論社、1992年９月。なお、本書で使用した版は、新訂版第３刷、（理論社、2002年５月）である。引用作品に底本の記載のないものはこの『まど・みちお 全詩集』新訂版を底本としている。

3）吉野弘「まど・みちおの詩」『現代詩入門（新装版）』青土社、2007年７月、pp.199-209。初出『野火』83号、野火の会、1979年９月。

がある。その後、阪田寛夫が1982年の『新潮』７月号に「遠近法」[4]を著した。そして、続いて阪田はまどの評伝とも言える『まどさん』[5]を著した。この『まどさん』は、後の他の研究者による本格的なまど研究の個人史的資料の基礎となり、貴重である。阪田のこの二つの論考の間に、谷悦子が「まど・みちお　――童詩史を変えるコスモロジー」[6]を1983年に発表し、まどの学問的研究の端緒となった。谷は続けてまどに関する論文を発表し、それらは『まど・みちお　詩と童謡』[7]としてまとめられた。その後も、谷は1995年に『まど・みちお　研究と資料』[8]、2013年に『まど・みちお　懐かしく不思議な世界』[9]を著し、まど研究の中心的存在である。谷の前二著の後に、足立悦男「日常の狩人　――まど・みちお論」[10]、横山昭正「虹の聖母子　――まど・みちおの詩のイコノロジー」[11]の論考があった。1990年代は他に陳秀鳳『まど・みちおの詩作品研究　――台湾との関わりを中心に』[12]、佐藤通雅『詩人まど・みちお』[13]、游珮芸「童謡詩人まど・みちおの台湾時代」[14]

---

4)　阪田寛夫「遠近法」『戦友　歌につながる十の短編』文芸春秋、1986年11月、pp.6-35。初出『新潮』1982年７月号。

5)　阪田寛夫『まどさん』新潮社、1985年11月。『新潮』の1985年６月号に発表されたものが単行本になったものである。1993年４月に筑摩書房で文庫本として復刊した。本書はその第３刷2009年２月版を使用している。

6)　谷悦子「まど・みちお　――童詩史を変えるコスモロジー」『日本文学』32号、日本文学協会編、1983年11月、pp.73-84。

7)　谷悦子『まど・みちお　詩と童謡』創元社、1988年４月。

8)　谷悦子『まど・みちお　研究と資料』和泉書院、1995年５月。

9)　谷悦子『まど・みちお　懐かしく不思議な世界』和泉書院、2013年11月。

10)　足立悦男「日常の狩人　――まど・みちお論」『現代少年詩論』再販版　明治図書出版、1991年８月、pp.30-44。

11)　横山昭正「虹の聖母子　――まど・みちおの詩のイコノロジー」『広島女学院大学論集』44、広島女学院大学、1994年12月、pp.125-158。

12)　陳秀鳳『まど・みちおの詩作品研究　――台湾との関わりを中心に』大阪教育大学・1996年度修士論文。

13)　佐藤通雅『詩人まど・みちお』北冬舎、1998年10月。

14)　游珮芸「童謡詩人まど・みちおの台湾時代」『植民地台湾の児童文化』明石書店、1999年２月、pp.214-241。

があって、まど・みちお研究が本格化した。陳秀鳳と游珮芸は台湾に親しんだまどの姿に着眼している。特に陳秀鳳の論文には台湾時代のまどの作品リストがあり、その綿密な調査は今後のまど研究に貴重である。

2000年代に入ってからは楠茂宣、福田委千代、等の論考がある。2010年に中島利郎の「忘れられた「戦争協力詩」まど・みちおと台湾」[15]が発表され、まどと戦争の関わりで新たな戦争協力詩の指摘がなされた。2012年の大熊昭信『無心の詩学　──大橋政人、谷川俊太郎、まど・みちおと文学人類学的批評──』[16]は存在論的な考察を展開している。

これらの先行研究は示唆に富む研究である。その多くがまどの作品は「まど・みちおの世界」と言われる特徴的な表現世界であると指摘している。それは次のようなことばで言い表される。

アイデンティティ（自分が自分であることの喜び）、他者との共生、存在論（存在と非存在）、コスモロジー、哲学性、娯楽性、ナンセンス、ことば遊び、スカトロジー、社会・文明批判

そして、それらはまどの「独自の、独特な、固有な、特異な」世界と捉えられ、その源はまどの「資質・特質・感性」にあるとする。これらの先行研究はまどの独自性・固有性を強調する方向で論が進められてきた。個別的な視点での考察では、谷悦子の「笑いの世界」についてのまどと、阪田寛夫・谷川俊太郎との比較、また「存在論」については大熊昭信のまどと大橋政人・谷川俊太郎との比較がある。

15）中島利郎「忘れられた「戦争協力詩」まど・みちおと台湾」『ポスト／コロニアルの諸相』彩流社、2010年3月、pp.14-47。

16）大熊昭信『無心の詩学　──大橋政人、谷川俊太郎、まど・みちおと文学人類学的批評──』風間書房、2012年7月。

2．研究課題

以上のような先行研究を踏まえて本書の目標を考えると、研究の基本的課題は、まどの独自性という概念を一旦離れ、作品全体にまどの表現世界を探るという点に集約する。その世界は色々な分析視点から結果として得られたまどの世界である。そのような手法で他の詩人の世界が将来得られれば、それらを比較することによって、それぞれの独自性が検証されるはずである。

まどについて語られるとき、しばしば「まど・みちおの世界」と表現される。その背後には、まどの作品はまど独特の、あるいはまど独自の世界があるという意味合いが込められている。本書の書名も『まど・みちお　詩と童謡の表現世界』と「世界」という表現を用いたが、研究の基本的姿勢はまどの作品全体の分析から導き出された「まどの世界」である。また、「詩と童謡」と併記したのも、まどの研究で詩と童謡との関係を解明することは重要であると思えたからである。そのことも含め、本書における中心的な課題は次の三点となった。

Ⅰ．作品の背景となるまどの人生と創作の歩みはどのようなものであったか。
Ⅱ．まどは外界と自己をどう感じ取りそれを作品にどう表現したか。
Ⅲ．まどにとって詩と童謡は創作意識においてどのような関係になるか。

これらは研究課題の柱となるものだが、本書の全体に渡る課題として、まどの自己存在意識形成に台湾の体験がどう影響したかが底流としてある。9歳から33歳まで過ごした台湾という地をまどはどう感じ、それを作品にどう表したかという視点である。

以下、課題Ⅰ、Ⅱ、Ⅲを見ていく。

Ⅰ．まどは9歳で台湾にいる家族のもとに行ったが、5歳のときからそれまでの祖父との４年間は寂しい期間であった。33歳のときに出征、その間24年の台湾での生活があった。台北工業学校を卒業し、台北総督府道路港湾課に就職した。『コドモノクニ』に初めて童謡を投稿したのはその５年後のことであった。台湾時代には童謡・詩・散文詩・随筆といった戦後には見られない作風の幅広さを示している。このような台湾時代の創作の中で、童謡に対する意識はどうであったか。それがⅢの課題につながっている。童謡雑誌の同人となり、童謡に対する熱意と意識の高さは並々ならぬものが窺える。これらは日本の雑誌であったが、一方『台湾日日新報』と『文芸台湾』などにも石田道雄名で投稿している。日本と台湾の雑誌・新聞に投稿する際に、何らかの意識の違いはあったであろうか。まどにとって台湾はどのような意味を持つのか。それがもう一つの課題である。

Ⅱ．まどの作品には人間社会の中で生きるときに生じる様々な葛藤や情感が入り込むことは少ない。まどの表現世界は子どもの時から親しんできた周りの動植物であり、物、またそれらを認識する自分である。まどは自分の詩作の原風景は幼少時にあると言っている。まどは自然の中で植物や虫などを見て過ごす時間が多かった。そのような幼少時も合わせ、一生を通してまどが外界と自己をどう感じ取り、それを作品にどう表現したかが課題Ⅱである。

Ⅲ．まどの研究や評論・解説で作品について論じられるとき、「童謡と詩」の区別は曖昧さを伴っている。両者の線引きが困難な場合があるために、「童謡と詩」という言い方がなされると言ってもいい。ある場合は「まどの詩」と言って童謡を含み、ある場合は「まどの童謡」と言って詩を含む。まどの創作の出発は童謡の投稿であったが、それらにも「童謡と詩」の微妙さがある。戦後になって〈ぞうさん〉で代表されるような子どもに愛唱される数多くの童謡を創作した。それらは紛れもない童謡ではあるが、果たしてそれらはまどの詩作の中で分離したものであろうか。また、60歳前後からは童謡創作は減って詩作が中心となっていったが、まどの心の中で童謡はどういう存在となったのか、それらが課題Ⅲである。

第２節　研究方法と本書の構成

１．研究方法

本書の基本的研究方法は他の詩人との比較ではなく、通時的、または作品の分析視点別のまどの作品全体に渡る横断的分析を目指すものである。

Ⅰはまど自身が語ったことばや、聴き取り・取材によって本や記事となった文献、また『全詩集』の年譜をもとにまどの歩みを辿る。ただそれらをなぞるのではなく、まどの意識形成を見ることを試みる。台湾時代の作品については、陳秀鳳の論文にある作品リストによってまどの投稿推移を検討する。そのリストには『全詩集』に収録されていない作品が童話も含めて90編以上ある。また、まどは『全詩集』発刊の際に改稿したものも多いので、原資料の入手に努める。台湾時代には日本と台湾の両方の雑誌・新聞に投稿したが、まどの創作意識を知る手がかりとして投稿推移を見る。戦後は童謡の集中的な創作時期の後、創作が詩に移行していった。その意識の変化も創作の推移を手がかりとして考察する。

Ⅱの外界をどう感じ取って表現したかという課題では、作品をどのような分析視点で見ていくかが重要である。本書では視覚世界と聴覚世界を中心とし、それぞれ焦点を絞って分析する。視覚世界の手がかりは映画である。映画のワンカットがつながっていくように、まどは映像的空間をことばのつなぎで情景と情感を紡いでいく。そのような作品を選び出し、映像的詩として分類を試みる。

聴覚世界を詩で表現するには擬音語か形容詞であるが、本書では表現における聴覚世界という意味で、擬態語も含むオノマトペ全体を検討する。オノマトペは語数などの数量的な扱いも可能なので、それを分析に取り入れる。

また、表現対象別という分析視点では、まどにとって動物と植物がどう認識され表現されているかという点も考えたい。動物に関しては動物に相対する自分という視点、植物に関しては遠近の相違による植物の捉え方を考察する。

Ⅲの詩と童謡については、まどの童謡論と創作意識をまどの著作やことばから考察する。まどの詩と童謡はまどの創作の歩みの中でどのように位置づけられるかを創作意識を手掛かりとして検討する。童謡についてのまどの考えをより正しく把握するために、童謡を創作した北原白秋の童謡論も取り上げたい。また、童謡作品の考察には韓国の代表的童謡詩人であるユン・ソクチュンの作品も参照する。

2．構成

本書は第１章から第５章、そして最後の終章から構成される。

第１章　まど・みちおの歩みと詩作――台湾時代

「まどの幼少時から台湾に渡った後の青年期に至る意識形成」と「台湾時代の創作動向」をテーマとする。まどの作品には幼少時の拭いきれない疎外感が背景として感じられるものがあるが、９歳で台湾の家族のもとに行った後の体験も作品の背後にある。まどの台湾に対する思いがどのように形成されていったか、それはどのようなものであったかという視点も考察に加える。

創作の歩みは、雑誌や新聞への投稿推移を見る。作品における台湾色、また日本誌と台湾誌間の再投稿の傾向も考察する。与田準一から日本に来るように誘われたときのまどの気持ちなど、まどの台湾に対する意識も考察する。まどの筆名と地球人意識も興味深い。最後にまどの出征から日本帰還までの体験もまどの作品理解のために触れる。

第２章　まど・みちおの歩みと詩作――戦後

復員後の生活苦境の中で童謡〈ぞうさん〉が生まれた。戦前の台湾時代に台湾という土地との関わりにおいてのアイデンティティを問うことをしなかったまどが、自己の存在そのものの問いを童謡という形において〈ぞうさん〉に表した。その経過と意味を考察する。

10年間の出版社勤務後、創作専念のために退社し、まどは初めて創作の自由を得た。出版社の仕事は児童書の編集であり、その間の作品は童謡である。その数は保育歌を除いても400編以上にのぼる。初めての詩集『てんぷらぴりぴり』を契機とし、その後創作は詩へ移行した。その推移を年代を追って考察する。その他、まど・みちおにとっての童謡と曲、『全詩集』発刊後の詩の創作、まどの 抽象画にも触れる。

第３章　まど・みちおの認識と表現世界

視覚・聴覚・その他の感覚という感覚別の分析視点でまどの作品を分析する。自己を取り巻く外界をどのように認識し表現するかというテーマである。視覚世界は映像的表現を取り上げる。まどは「凝視する人」と言われることがある[17]。それは映画のカメラと共通したところがあり、映画のフィルムの編集はまどの詩の表現に当たる。正確に言えば、認識だけではなく詩としての表現の研究でもある。聴覚世界はオノマトペ表現の分析をする。まどのことばの音(おん)による表現法として擬音語に擬態語も含め、オノマトペ全体を扱う。最後に認識のあり方を中心にして、見る世界・音の世界・他の感覚世界・時空間意識などの感覚と認識世界を概観する。

17）足立悦男「日常の狩人　――まど・みちお論」(『現代少年詩論』再販版　明治図書出版、1991年８月、p.36）など。

第4章　まど・みちおの表現対象――動物・植物

第3章は感覚別の分析視点で見たのに対して、第4章は認識対象別の考察である。動物・植物について認識と表現の観点で考察する。動物については、まどの創作初期に動物を主題とする作品発表を目的とした『動物文学』への投稿があるので、その作品を中心に考察する。その中の随筆〈動物を愛する心〉は、その後のまどの思想と詩作の方向をも示しており、まどの作品全体の考察に示唆を与えるものである。植物は動物と違い、静止した集合体としてまどを包み込む場の一要素となり得ることが特徴である。時間の長さや時の流れ、静けさも表現する。そのような表現対象である植物とまどの視点との遠近の違いを考察する。

第5章　まど・みちおの詩と童謡

最初に、詩人が童謡を創る時の創作意識を考察する。それには詩人の児童観と童謡観が関与する。その内的意識について北原白秋の童謡論を検討し、次にまどの童謡論へ考察を進める。まどは『昆虫列車』に〈童謡の平易さについて〉、〈童謡圏　――童謡随論――（一）〉、〈童謡圏　――童謡随論――（二）〉を発表し、童謡についての基本的考えを明らかにした。それらには「ジャーナリズム童謡[18]が児童を捉える本質」が語られ、それまでの他の詩人の童謡論には見られない観点が示されている。先行研究でもその重要性は指摘されているが、本書では、まどの「童謡の平易さ」の主旨を検討した上でまどのジャーナリズム童謡観を位置づける。そして、韓国のユン・ソクチュンとまどの童謡の対照も試みる。二人の童謡には多くの共通性が見出せる。最後に、まどの創作意識をまど自身のことばを手掛かりにし、詩と童謡の手法の違いと連続性の観点から考察する。

18）昭和に入って世間に広く流行した大衆的レコード童謡を指す。

第1章　まど・みちおの歩みと詩作[1]——台湾時代

第1節　まど・みちおと台湾

1．徳山での寂しさと台湾での小学、高等小学校時代

まど・みちおは1909年（明治42）に徳山市で生まれた。父は電話工事関係の技術者であった。3歳上の兄、2歳下の妹がいた。まどが5歳のときに、母が兄と妹を連れて突然台湾で働いている父のもとへ行ってしまった。

> ある朝、まどさんが目を覚ますと、家の中がひっそりしていた。お母さんがいない。兄さんも、妹もいない。戸棚のなかに、赤と青の色粉をつけたまんじゅうが皿にのせてあり、これ道雄にたべさせて、と書いた紙がそえてあった。字が読めたわけはないのに、桶屋の先の饅頭屋で売っている米粉で作った半透明のまんじゅうの、その色や形と一緒に覚えている。やがておじいさんの口を濁した言葉から、置き去りにされた事実をはっきり知って、
> 「泣きました」

1）第1章と第2章のまど・みちおの個人的な経歴や体験を辿るにあたっては、主に阪田寛夫『まどさん』と伊藤英治編『まど・みちお全詩集』の年譜によっている。また、谷悦子「まど・みちお氏に聞く」と、まどのことばを編集した『すべての時間を花束にして　まどさんが語るまどさん』、『いわずにおれない』も参考にしている。引用底本は次の通りである。阪田寛夫『まどさん』筑摩書房、1993年4月、ちくま文庫。伊藤英治編『まど・みちお 全詩集』新訂版、理論社、2001年5月。谷悦子「まど・みちお氏に聞く」谷悦子『まど・みちお　研究と資料』和泉書院、1995年5月、pp.171-236。まど・みちお／柏原怜子『すべての時間を花束にしてまどさんが語るまどさん』佼成出版社、2002年8月。まど・みちお『いわずにおれない』集英社、2005年12月。
なお、本書の引用文献、引用原作品はほとんどが縦書きであったが、本書では横書きに統一した。旧字体の漢字は新字体に改め、旧仮名遣いは原作のままである。また、簡易なルビは省略した。

と、まどさんは言った。[2)]

その２年前に警察電話の工手として台湾に行っていた父が、生活のめどが立ったというので家族を呼び寄せたのである。1915年（大正４）４月のことであった。まどは一人祖父母のもとに残された。それは父から祖父たちへの仕送りが途絶えないようにといういわば人質のようなものであった。その当時、たとえば内台連絡航路の神戸—基隆で、途中門司から乗船したとしてもまる２日はかかった。領台20年を経過し、初期の風土病や、抗日の動きなどは減少したとはいえ、その頃の内地における台湾イメージは遠い異郷の地で不安もあったはずである。その渡台をまどの父に決意させたのは何よりも経済的な理由であった。単身赴任期間は２年間になっていた。その間、徳山の家族には台湾の生活ぶりは伝わっていたであろう。しかし、幼いまどにとってそれはどれほど現実的な意味をもっていたであろうか。５歳という年齢から見て、まどの意識世界は何よりも母と兄妹との生活であった。その家族がある日突然知らぬ間に自分を置き去りにしたという体験は、台湾との距離以上に、家族を失った孤児にも似た孤独感をまどの心に強く刻印したはずである。

> 涙はどんどん出るもんです。それはそれはかなしくて、二、三日は泣いておったと思います。（中略）じいさんは私を目に入れても痛くないほどかわいがってくれましたが、いるべき両親がいないことをバカにするやつも友だちの中におるんです。（中略）そのころは寂しかった。ほかの友だちにはみんなお母さんがいるのに、自分にはいないというのは、本当にかなしいことでした。[3)]

まど100歳のときの言葉である。100歳になってもそのときのことが忘れられない。半年後には祖母が亡くなり、時々叔母が世話をしてくれたものの、酒が好きで留守も多かった祖父との生活は寂しいものであった。そのような

2）　阪田寛夫『まどさん』、p.40。
3）　まど・みちお『百歳日記』NHK 出版、2010年11月、p.112。

寂しさの中で、まどは一人細かなものに見入るのが好きだった[4)]。祖父との４年間の生活後、1919年（大正８）４月、９歳のときにまどは叔母に連れられて台湾に渡った[5)]。その客船が「しなの丸」であったとまどは記憶している[6)]。その当時確かに信濃丸は神戸―基隆間航路に就航しており、まどの記憶に間違いはない。6000トンを超えるその船には、まどが広場と感じるほどの空間があった。まどはそこにあった鉄棒につかまってクルクルと回り目を回した。徳山駅まで見送りに来た祖父を一人残し故郷を去ってからの日々、まどにとって台湾移住はすべての点で目の回ることであっただろう。「見るもの聞くものが新鮮で、なんでも珍しい。ことばも違いますし、食べ物、物売りの声、鳥や花。長屋風の建物があって、……」と、老年のまどにもそれらの思い出は鮮明に残っている。台北でまどが最初に住んだ家の近くの万華駅そばの池に咲く薄紫色のホテイアオイの花。池全体をびっしり覆ったホテイアオイに乗って遊んだこと。日本の黄色とは違って薄紫色に咲く台湾レンギョウ。その枝で夢中で遊んだこと。その花にくるカミキリムシか何かに見とれたこと。近くの草やぶに野性の豚か猪が小枝で巣を作っていたこと。日本の神社などとは違った媽祖廟の赤や金の色彩と宗教的雰囲気。「背高人形」や「背低人形」も加わった祭りの長い行列など。台北の新公園のなかにある博物館内のハチドリの剥製。植物園の温室……等々。

80年前の思い出はまどの歩みと詩を考える上で見逃せない。後で触れるが、阪田寛夫は「台湾に移ってからまどが台湾に親しむには時間がかかっただろう」と述べている。それはまどの精神的ゆとりの持ちにくい状況を背景としての判断である。しかし、まどの思い出として語られる上述のような体

4)　まど・みちお／柏原怜子『すべての時間を花束にして まどさんが語るまどさん』、p.24。その他、折に触れてまどはそのことをしばしば語っている。

5)　台湾の親許に呼ばれた理由について、阪田寛夫は前掲書『まどさん』、p.57で、「子煩悩な母が離れて暮らすのに辛抱しきれなくなった」と推測している。

6)　以下、ハチドリの剥製、植物園の温室までの思い出は、『すべての時間を花束にして まどさんが語るまどさん』、pp.36-43でまどが語った体験である。

験は、90歳を過ぎても忘れ得ないものとして心に刻まれており、むしろ、そのような厳しいときに少年まどの心を支えたものが台湾の鳥やホテイアオイやカミキリムシであったであろう。状況が厳しかっただけに、動植物などへの接近は普通の子ども以上に深かったであろう。その深さはまどの性質と生い立ちの両面が関係し、そのことは徳山でのさびしい幼年体験についても言える。まどの下記のことば「子どもなりにそのさびしさを一方で楽しむ」の楽しむは、まどの動植物との交流の深さを物語っている。

ことに、じいさんと二人暮らしになって、さびしいといえばさびしい幼年時代だったかもしれませんが、いま振り返ってみますと、単にさびしいのともちょっと違うように思います。なつかしさが入るせいか、子どもなりにそのさびしさを一方で楽しむような気持ちがありました。[7)]

9歳でまどは再び家族と一緒の生活が出来るようになった。しかし、それでまどの孤独感がいやされたわけではない。阪田はそのような気持ちを「それまで微かに息づく「ひとり」の感受を守ってきた四年生のまどさんが、台北に来て実際に直面したのは、もうすこし粗くて容赦なくて、うまく組みとめられない日々だった。」[8)]「徳山藩の殿様を祀った祐綏(ゆうすい)社の桜の下や、福田寺川沿いの田圃の畦で、早くから自分や他人を見る目を養ってしまった子供が、物心つき始めの5歳から9歳に至るまで不在だった家庭に、長期欠席の生徒のようにして戻ってきた。ぎごちない心の垣根が、そう簡単に取払えるわけがない。」[9)] と解説している。そして、その要因には両親のまどに対する過剰な期待、父の厳しさ、優秀な兄との比較、母の長患いと看病、まど自身の体の弱さ、その他、家庭が貧乏が故のひけめ、台北一中、台北師範と2年続けての入試不合格などがある。阪田はまどの母の潔癖症に触れてから次の

7) まど・みちお／柏原怜子『すべての時間を花束にして まどさんが語るまどさん』、p.22。
8) 阪田寛夫『まどさん』、p.60。
9) 同書、p.63。

ようにも述べている。「これではあとから来たばかりのまどさんが、「台湾」に親しむまでには、よほどの時間がかかる。だいいち、この時分のまどさんは周囲のことより、自分の心の中にいつのまにかできていた垣根との対応に追われていた。」[9] いろいろ気に病む母の性質もあり、まどは台湾に来てからの４年間で二度家の引っ越しを体験し、三つの家に住んだ。この時期はまどの家庭は経済的に厳しい状況にあり、住んだ家はいずれも貧しい環境であった。

領台20年を過ぎ日本統治の一応の基盤ができたとは言え、游珮芸が示した史料[10] によると、まどの母たちが台湾に呼ばれた1915年（大正４）でも、台湾の転入、転出の比率は転入が27,626人、転出が 23,265人で、実に定着率は16％に満たない。台湾人[11] の経済的な伸張が在台日本人より顕著になってきていたことも一つの理由である。「官公吏でも、大手企業の社員でもない民間内地人の生き残り作戦が、領台30年で早くも論議されはじめているのである。」[12] と竹中信子が指摘するような時代であった。まどの家庭が経済的に安定するまでは、台湾に腰を据えるという確かなよりどころの見えない不安定さが家族一人一人にあったはずである。子どもが良い学校に入ることは日本人家族にとって将来への活路であった。そのような状況下で、まどが続けて中学校・師範学校の入試に失敗したことは、どれほど親を落胆させたことであろう。「私は小学校を卒業すると台北第一中学校を受験しますが失敗します。だんだん自分で自分の限界が見えてくるのに、それでも母は私を信

10） 游珮芸「童謡詩人まど・みちおの台湾時代」『植民地台湾の児童文化』、p.171。

11） 台湾人：1895年～1945年の日本統治時代には台湾人も日本人とされ、皇民化の名の下に日本人化が求められた。それで台湾在住の日本人との区別のために、台湾の原住民には蕃人・生蕃という蔑称的な呼び方、あるいはその言い換えの高砂族が用いられ、大陸からの漢民族には本島人を用いた。在台日本人には内地人が用いられた。しかし、内地は外地である朝鮮、満州、台湾などに対する日本本土の内地であって、台湾で生まれた湾生と言われた日本人や、台湾人にとっては複雑な呼称である。本書では、引用以外は原住民、本島人を台湾人と呼ぶ。

12） 竹中信子『植民地台湾の日本女性生活史２ 大正編』田畑書店、1996年10月、p.313。

じているので、時にはまったく閉口しました。」[13]というような親の期待は、繊細なまどにとってかなりの精神的重圧となったと想像できる。そのような中で、まどは身近な自然を見つめることによって心の解き放たれる時を持ったのである。先に紹介したまどの台湾の植物などの思い出の述語が「新鮮だった／楽しいしきれいだった／夢中で興じた／夢中で見とれた／飽かず見ていた」であることからもそのことが察せられる。

游珮芸は「まど・みちおの台湾時代は、以上に見てきたように、彼の10歳時の渡台から34歳で応召するまでの24年間である。彼も、「ねむの木子供楽園」の会員らと同じ、台湾育ちの〈湾生〉であると言えよう。」[14]と述べているが、内地の生活体験のない台湾生まれの日本人やまどの妹のように2、3歳の幼児期に渡台した〈湾生〉と9歳[15]で渡台したまどとでは、〈湾生〉と言ってもどこかに違いがあるように思える。そして年数の違いだけではなく、まどの見るという行為によって感受された台湾は、他の湾生とは違った感じ取り方があったと思われる。下のことばは1975年に雑誌のアンケート「詩的な原体験は何か」という問いに対するまどの答えである。

> 現在の私の詩作は私の幼年期の総体験の遠隔操作によってなされているのかも知れない……と思える私です 。そんなわけで、幼年期を回想して詩的な原体験でない体験を探すのは難しいくらいです。[16]

これは台湾に渡るまでの10年間を過ごした徳山での体験が中心であろう。一般的には故郷というものは、幼少時に一緒に過ごした家族、近隣者との共有時空間と、その延長としての村、町、社会、それを包む自然が混然となったものである。しかし、まどの徳山の原風景には5歳から9歳までの家族と

13) まど・みちお／柏原怜子『すべての時間を花束にして まどさんが語るまどさん』、p.44。

14) 游珮芸「童謡詩人まど・みちおの台湾時代」『植民地台湾の児童文化』、p.218。

15) 游珮芸の記述で10歳とあるが、まどは11月生まれなので渡台した4月の時点では9歳である。

16)『エナジー対話・第1号・詩の誕生　大岡信＋谷川俊太郎』エッソ・スタンダード石油株式会社広報部、1975年5月、p.120。

の共有時空間が欠落してしまっている。それは生きる場として心になじんだ原風景としての徳山ではなく、まどの身近にあった動植物などの自然である。そして台湾に渡っても、そこは生きる場を家族と共有するという一番大事な精神的部分での大地たる台湾ではなく、まどが動植物や風景・風俗を目にした場所としての台湾であった。

2．工業学校と詩作の芽生え、そして就職

1924年（大正13）、まどは三度目の受験でようやく台北工業学校土木科に入学できた。まどは14歳になっていた。父の栄転によって一家そろって新竹の借家に住むようになるまでは、父の澎湖島への転勤もあって寄宿舎や兄妹たちとの自炊生活があった。まどの家庭は父の収入の増加によって、まどが工業学校三年頃から経済的に安定し、五年生のときに台北市南に位置する新竹での新生活が始まった。それはまどに心の余裕を与えただろう。しかし、台北工業学校の選択は学資を払う父の意志によるものであり、官庁への就職を求める父のまどへの要求は厳しいものがあった。実際まどには不本意な進路に対して卒業間近に、土木科は自分の性質に合わないから医専に進学したいと母に申し出ている[17]。そのようなまどの内部に潜むある種の鬱屈した心は、戦後50歳で出版社を辞め、詩作などに自由に専念できるようになるまで続いたように感じられる。まどの心にそのようなどこか鬱屈したものがあったにせよ、新竹での新生活は台北までの片道一時間近くの汽車通学というそれまでとは違った変化をもたらし、いろいろな面でまどの心を解放する助けとなった。一つは汽車通学仲間との主に詩を載せた同人誌である。『あゆみ』という謄写版刷りで、まどがガリ版切りから印刷まで引受け、カットも自分で描き詩を載せた。音楽と絵が得意という自覚のあったまどが、なぜ詩に思いが向いたかは興味のあるところである。工業学校一年生のときに校友会誌

17）阪田寛夫『まどさん』、p.88。

に載せた文が国語の先生にほめられている。そのような些細なきっかけがまどを文学に向かわせたのだろう[18]。三年生からは専門課程の授業や実習を受け始め、測量器で月のあばたを観測するなど、阪田寛夫が記述するまどの工業学校時代の体験からは、その時期をまどが楽しんだ雰囲気が伝わってくる。一番か二番の優秀な成績で卒業して官庁に職を得なければならないという精神的重圧がなければ、この時期にもう少しまとまった作品が創作されたかもしれない。当時、雑誌『若草』に投稿したとまどは語っている[19]ので、この頃にはかなりの創作意欲があったようだ。阪田の計算では、まどが惹かれた尾形亀之助の散文詩が載った『詩神』という同人誌を読んだのも、工業学校卒業前かその少し後である[20]。

1929年（昭和４）、19歳でまどは工業学校を二番で卒業し、父の期待通り台湾総督府道路港湾課に就職した。それは台北から高雄に至る「縦貫道路」の工事が始まった頃で、阪田寛夫によると、まどの仕事の概要は次のようであったという。

> 後八年間、西海岸寄りの町を結ぶ線上を徐々に移動する現場事務所と本庁との間を半年ごと[21]に往復して、道路と橋梁と暗渠工事の測量・設計・施工をこの順に何度も繰返しながら、台湾を南へ南へと下って行った。出張事務所で言えば、新竹を振り出しに、甲南・沙鹿・嘉義・岡山・高雄などとなる。[22]

このような仕事上の生活ぶりは依頼免官で27歳のときに退職するまで７年間続いた。台北で２年間詩作と読書に打ち込んだ後、29歳で再就職した台北

18）まど自身、その可能性を思い出として語っている。「工業学校に入って書いたつづり方、今でいう作文を、たまたま学校の雑誌に載せてもらえてね。それが励みになったんでしょう。詩なら短くていいと思って書き始めたんです。詩とはとても呼べない、マネごとみたいなものでしたけど。」（まど・みちお『いわずにおれない』、p.85）。

19）まど・みちお／柏原怜子『すべての時間を花束にして まどさんが語るまどさん』、p.54。

20）阪田寛夫『まどさん』、p.100。

21）まどは「一年ごとに往復」という話もしている。（まど・みちお／柏原怜子『すべての時間を花束にして まどさんが語るまどさん』、p.53）。

22）阪田寛夫『まどさん』、p.91。

州庁土木課の仕事が台北州に限られていたであろうこと、またそれが応召まで続いたことを考えると、道路港湾課での７年間の点々と現場を移動した体験は、まどにとって台湾を肌で味わう最も貴重な機会であった。それぞれの現場に設置された出張事務所での生活、工事現場での台湾人との人間模様、道路敷設や橋梁工事現場で体験する台湾の自然などは、通りすがりや生活から垣間見た台湾ではなかった。もし台湾に根ざした文学を目指すなら、このときのまどの体験は日本人文学者として得難い文学的素材を提供するものであったはずである。しかし、そのような素材、たとえば、自分が台湾の地にあっての「喜び、葛藤、苦悶、不安、アイデンティティの模索、内地への郷愁、日本人同士または台湾人との軋轢や友情、植民地支配という社会や台湾文化に対する思い」等は、まどの作品には展開していかなかった。台湾に関わる作品でも子どもや人形劇など、親しみを込めての近い視点で捉えた作品はあるものの、それらは視点が対象に近い分、台湾という地の特定性は出てこない。小説であれ、映画であれ、物語には時と場所の限定があるのが普通だが、まどの視界はしばしば狭められて対象に接近する。それによって場所がより特定されるかというと、逆に位置は見失われ、場所は不特定化される。その現象は反対の視野の拡大にも当てはまる。まどの詩に、小さなものに対する凝視とコスモロジー的世界が混在する理由は、自分の立つ位置と周りの世界との空間認識に立った視界、つまり普通のほどほどのズームで生活や社会を捉えることから離れて、自分の位置を不特定化してしまう視点を持つ傾向があるからである。徳山での我を忘れて小さなものに見入った視点、工業学校の測量器で月のあばたを見た視点、そのような視点をまどは合わせもっている。その特性がまどの本来的資質であるのは間違いないとしても、今まで見てきたまどの生い立ち、自分を置く確かな場所が見出せなかったという体験も関わっている可能性も感じられる。

また、青年期のまどにとって見逃せない体験が二つある。それは就職先の道路港湾課で友達となった高原勝巳との出会いと、高原に連れて行かれた教会でのキリスト教との出合いである。「彼とは「いかに生きるべきか」といったようなことをよく話すようになって、ものごとを少しは考えるようになりました。だから、彼と友だちになることがなかったら、もしかすると詩をかいたりすることもなかったかもしれないと思います。」[23] とまどは言っている。また高原自身も詩を作っていたので、まどの詩の創作に刺激を与えたと思われる。一方、キリスト教については教会で洗礼も受け一時熱心な活動をしたが、やがて教会の現実に失望し、距離を置くようになった。しかし、まどにとってキリスト教は、まどなりに人間の存在を超えた神を感じ得たこと、またキリスト教はあまりに人間中心ではないか[24] と感じたという点で無視できない。『動物文学』に載せた〈動物を愛する心〉という一文の中で、

> 路傍の石ころは石ころとしての使命をもち、野の草は草としての使命をもつてゐる。石ころ以外の何ものも石ころになる事は出来ない。草を除いては他の如何なるものと雖も、草となり得ない。だから、世の中のあらゆるものは、価値的にみんな平等である。みんながみんな、夫々に尊いのだ。みんながみんな、心ゆくまゝに存在していゝ筈なのだ。[25]

と謳いあげたのは、キリスト教会から足が遠のいた２年後である。それはキリスト教に感じた人間中心から自分を解き放とうとしたまどの答えであり、一生を通じてまどの作品の底流となったものである。

---

23) まど・みちお／柏原怜子『すべての時間を花束にして まどさんが語るまどさん』、p.54。

24) 阪田寛夫『まどさん』、p.160。 まどが戦後になって周郷博に尋ねた。

25) まど・みちお〈動物を愛する心〉『動物文学』第８輯　白日荘、1935年８月、p. 8。本書の『動物文学』はすべて『動物文学 復刻版』第１巻（動物文学会、築地書館、1994年６月）を底本としている。

第2節　本格的創作とその動向

1．作品数

まどが道路港湾課を27歳のときに退職したのには、次のような経緯があった。ある日突然、与田準一から東京に来るようにとの誘いの手紙が来た。それは、前年の1934年（昭和9）、絵本雑誌『コドモノクニ』にまどが投稿した童謡2編が北原白秋選で特選となり、与田の目に留まったからである。阪田によれば誘いの内容は「仕事は保証するから東京へ出てこないか」[26]という勧めであった。おそらく仕事は児童文学か詩に関わる出版の仕事であっただろう。それが昭和10年の何月であったか定かではないが、仮にそれが年末で、与田が『コドモノクニ』と他の4誌に載ったまどのすべての作品を見たとしても、その数は24編である。それだけをもって与田がまどに上京を勧めたということは、いかに与田がまどの力を評価していたかを示している。

翌1936年（昭和11）6月、まどは道路港湾課を上司の慰留を押し切って退職した。与田の誘いから退職の決断までのまどの心の動きは阪田の文からおおよそ見当がつく。与田の話しがあって、まどは早速早稲田の講義録を取り寄せた。つまり、すぐ心が動いたのである。まどに躊躇させる要因があったとすれば、それは詩人として、また仕事の面で、果たして東京でやっていけるかという点にあった。その後、目を悪くして東京行きを諦めてほっとして肩の荷がおりた[27]という心持ちはそのことを物語っている。台湾での経済的に安定した仕事も、両親の期待も、台湾という土地もまどを引きとめる力にはならなかった。道路港湾課の仕事について言えば、むしろもともと不本

26）阪田寛夫『まどさん』、p.159。

27）同書、p.173。

意な就職であり、実際に仕事上の酒の接待などで辞めたい思いがあったようである。そして何よりも詩の創作意欲が勝っていた。このようなまどにとって、台湾という土地が自己存在との関わりにおいて、どれほどの意味を持っていたであろうか。「与田凖一氏から、再び上京を促す誘いがあって、台北州庁をやめようかと思ったところへ召集令状がきた。」[28] とあるから、その二度目の誘いは7年ぐらい後であっただろう。そのとき携わっていた台北州庁土木課の仕事は、現場監督をしない約束であったので、それほどの居心地の悪さはなかったであろう。また、その頃の東京の状況は戦争目的を推進するための出版整理統合がなされつつあった時期で、情報局の締め付けが強くなり、紙の配給から内容の統制まで出版そのものが難しい局面を迎えていた[29]。まどにとって最も身近な存在であった同人誌『昆虫列車』の頁数の減少[30] などからもそういう日本の状況をまどは察していたはずであり、東京での仕事の不安は前にも増してあっただろう。しかし、それでもまどの心は動いて台北州庁を辞めようと思った。台湾にまどを引きとめる力はなかったと言える。

道路港湾課を1936年（昭和11）6月に退職し、1938年（昭和13）秋に台北州庁土木課に再就職するまでの2年数ヵ月の期間は、まどの創作にとって重要である。上京の準備のために仕事部屋を借り、読書と創作に専念した。ほぼ1年後に胆嚢炎を患い、視力も低下し上京を諦めたが、再就職まで旺盛な投稿を続けた。

28）阪田寛夫『まどさん』、p.188。

29）『チャイルド本社五十年史』チャイルド本社、1984年1月。1984年（昭和59）1月10日の座談会「帝教出版部時代を語る」（p.36）における関英雄のことばによる。関英雄は与田凖一の後を受けて「コドモノヒカリ」の編集をした。帝教出版というのは「帝国教育会出版部」のことで、1944年（昭和19）の出版企業整備統合で「国民図書刊行会」が創立された。戦後の1960年（昭和35）にチャイルド本社となった。

30）第1輯（1937年（昭和12）3月）～第12冊（1939年（昭和14）5月）までは20～36頁・平均25.7頁であったものが、第13号（昭和14年6月）～第19号（昭和14年12月）では4～8頁・平均4.9頁に減少した。

表1　まど・みちおの台湾時代の主な投稿誌と作品分布

誌名 ／ 昭和	9年	10年	11年	12年	13年	14年	15年	16年	17年	18年	19年
子供の詩・研究	2										
コドモノクニ	2	2									
童話時代		7	2								
童魚		4	9	3							
動物文学[31]		7	26								
綴り方倶楽部			2	2	3						
シャボン玉			4	1							
昆虫列車				21	34	29					
お話の木				6							
台湾日日新報					35	20	2	1			
子供の文庫						1	5	2			
文芸台湾							9	5			
台湾時報									11		2
大東亜戦争詩											2

上の表1は主な投稿誌ごとの投稿数を年代を追って示したものである。これは陳秀鳳がまとめた台湾時代のまどの詩以外も含む全作品投稿リスト[32]をもとに、新たな中島利郎の14篇[33]と筆者の15編[34]も加えて作成した表である。これは初出作品のみの数で、退職して創作に打ち込んだ様子が如実に表れている。まず投稿誌の増加である。この期間に『シャボン玉』『昆虫列

31）1936年（昭和11）の『動物文学』は《魚の花》が短編17編を含むため多くなった。なお、《 》は連詩・短詩など複数の作品の総タイトルを示す。後出の〈 〉は個々の作品名を示す。

32）陳秀鳳『まど・みちおの詩作品　――台湾との関わりを中心に』pp.90-124。p.41では全体の作品数について次の数値を挙げている。戦前の発表作品数：延べ307編、重複を除いた作品数：254編、詩作品に限定：233編。

33）中島利郎「忘れられた「戦争協力詩」まど・みちおと台湾」（pp.14-47）に新しく存在を確認した作品を紹介している。台湾時報に載った花礁陣抄（短歌4首）と礁画箋抄（俳句8句）は2作品と数えた。

34）『動物文学』第13輯に載った《魚の花》の短編13編と、『動物文学』第15輯の〈盲目〉。それに『綴り方倶楽部』 第6巻第6号の〈白いうさぎ〉。

車』『お話しの木』『台湾日日新報』などが加わった。特に『昆虫列車』と『台湾日日新報』は投稿数が際立っている。『昆虫列車』は『童魚』の発行が滞りがちになってきた時期に、まどや水上不二等が中心となって発刊したものだけに、まどの思い入れは特別だった。まどは『鳳梨点滴』というガリ版刷の個人通信を『昆虫列車』の同人たちに送り、自分も含めた同人の詩の批評と提案をしていたそうである[35]。次に投稿数であるが、雑誌の投稿時期と発行時期とのずれはあるが、台湾時代の投稿作品数326編の約40%がこの退職中のものである。

2．再掲載

表1は複数の雑誌に掲載した場合の重複は入っていない。まどは多くの作品を別の雑誌に再投稿しており、そのケースには、①日本誌から日本誌への再掲載、②日本誌から台湾誌への再掲載、③台湾誌から日本誌への再掲載、④台湾誌から台湾誌への再掲載、そしてさらにそれを合わせた⑤再々掲載の例がある。

各ケースに従ってその例[36]を少し挙げる（全リストは資料1として巻末に掲載）。

作品名、年月日（昭和年月日）（日は新聞のみ併記）、雑誌名（数字は巻/号数）

筆名：㋮→まど・みちを、㋮→マド・ミチヲ、㊒→石田道雄、㋩→はな・うしろ

①日本誌から日本誌への再掲載

ランタナの籬　9年11月　コドモノクニ 13/13 ㋮ → 12年5月　昆虫列車 2 ㋮

他に5作品ある。すべては『昆虫列車』への再掲載である。筆名はすべて

35）水内喜久雄「まど・みちお　ではない詩を　ポエム・ライブラリー　夢ぽけっと」『こどもの図書館』56（10）児童図書館研究会、2009年10月、p. 3。

36）例と巻末の資料1も表1同様、陳秀鳳の作品投稿リストをもとに張が若干補足したものである。その中の動物文学、綴り方倶楽部 4/10、童魚、昆虫列車、台湾日日新報、台湾文学集については筆名も含め筆者が確認した。

まど・みちを。

②日本誌から台湾誌への再掲載

曇った日　12年２月　綴り方倶楽部 4/11 ㋮ → 13年12月　台灣日日新報 ㊂

他に12作品がある。半分以上は『昆虫列車』からの再掲載で、筆名はまど・みちをかマド・ミチヲから石田道雄に変わっている。再掲載先は『台湾日日新報』10例で、『文芸台湾』、『華麗島』、『手軽に出来る青少年劇脚本集』が１例ずつある。

③台湾から日本誌への再掲載

桃樹にもたれて　13年２月　台湾日日新報 ㋩ → 13年３月　昆虫列車７ ㋮

他に18作品がある。すべて『台湾日日新報』から『昆虫列車』への再掲載で、筆名は石田道雄からまど・みちを、マド・ミチヲに変わっている。

④台湾誌から台湾誌への再掲載

幼年遅日抄

・いねちゃん　13年５月　台湾日日新報 ㊂ → 16年５月　文芸台湾 2/2 ㊂

他に４作品がある。筆名はすべて石田道雄。

⑤再々掲載

少年の日・女の子　13年１月　昆虫列車６ ㋮ → 13年４月１日　台湾日日新報 ㋩ → 15年７月10日　文芸台湾 1/4 ㊂

一日　13年２月　台湾日日新報 ㋩ → 13年５月20日　昆虫列車８ ㋮ → 17年８月20日　文芸台湾 4/5 ㊂

他に４作品がある。

これら50編の作品が再掲載されたのであるが、再々掲載の２度目の再掲載の６回を含めると合わせて56編の再掲載がある。それらの①～④ケースの年代別推移を次頁の表２に示す。13年～15年が再掲載のピークとなっている。12年まではわずかな日本誌間の再掲載であったが、13年に入って『台灣日日新

表2　年度別再掲載数

西暦（昭和）年	1937(12)	1938(13)	1939(14)	1940(15)	1941(16)	1942(17)
①日本誌→日本誌	3	3	0	0	0	0
②日本誌→台湾誌	0	9	4	5	1	0
③台湾誌→日本誌	0	8	15	0	0	0
④台湾誌→台湾誌	0	0	0	1	2	5

報』の投稿が始まってからその作品の中からの『昆虫列車』への再掲載が増えた。その数は23で、41％に当たる。その逆の『昆虫列車』から『台灣日日新報』へは２作品で16％、つまりこの２誌間の相互の再掲載で全体の60％近くを占める。この２誌は台湾時代のまどにとって最も重要な投稿先であった。

この再掲載に表れたまどの意識はどのようなものであっただろうか。数ある作品の中からあるものを選び、また投稿先も選んで再掲載するというのには、何らかのまどの意識が働いている。再掲載誌を見て一番特徴的なことは、それが日本誌の場合、つまり①②のケースでは、一例を除いて27編すべてが『昆虫列車』であることである。『昆虫列車』以外の一例も、『台湾日日新報』に載った〈大根干し〉を『昆虫列車』と同時に『綴り方倶楽部』に載せたものである。このことについて考え得ることは、同人として編集者水上不二からある程度の数の作品投稿の要請があったか、もしくは、作品に対する思い入れがあって、より広く公表したいというまどの意識が働いていたかである。『昆虫列車』は第13号（昭和14年６月）以降、急に頁数が20％以下の４～８頁になり、作品掲載数は制限される状況になったにもかかわらず、再掲載が10編あることも考え合わせると、まどの作品に対する思い入れという理由の可能性が大きい。つまり、再掲載作品はまどにとって意味ある作品なのである。

３．投稿傾向

〈ランタナの籬〉〈雨ふれば〉が白秋選で特選になってからのまどの旺盛な

創作意欲は先の投稿数で見た通りである。しかし、『昆虫列車』創刊までは発表の場がまどにとって十分ではなく、投稿先を探し求めた感じがある。作品の性質によって投稿先を変えるという傾向は感じられない。ただ、『動物文学』だけは雑誌の性質上、内容が動物に関するものがほとんどで、また子どもに限定されない自由さがある。まどの基本的考え方が読み取れる〈動物を愛する心〉〈魚を食べる〉などの随筆は、子ども向けの児童雑誌『コドモノクニ』『綴り方倶楽部』『お話の木』などに投稿できる内容ではない。その中間的位置にあるのが、「謠と曲と踊り」を副タイトルにもつ『童魚』であり、白秋の童謡精神に出発すると謳う『昆虫列車』である。共に児童芸術運動を目的とした同人誌である。

『童魚』 1～9号（昭和10年4月～昭和12年9月）（写真は3号欠）[37)]。まどは3号から投稿し、4号を除き9号まで積極的に投稿した。第7号で同人となっている。

まどの『童魚』の作品をみると、「謠と曲と踊り」の一体という側面と「童謡は一人三編以内。優秀の作品には同人が作曲の上発表することがあります。」という寄稿規程などのもつ硬さが影響を与えているように感じられ

37）本書中の掲載写真は『文芸台湾』（法政大学図書館蔵）以外は筆者所有のもので、撮影は筆者による。

る。まどの同誌における唯一の散文〈お菓子〉の書き出し「この本はうたの本ですから、あまりいゝ気になつてお菓子の事など書いてゐたら叱られてしまひます。」（第９号 p.20）にもその雰囲気が表れている。発刊が次第に遅れ、終刊となった第９号は８号の１年１ヵ月後の発刊である。それを待たずに、まどは水上不二、米山愛紫、須田いはほ等と『昆虫列車』を創刊した。

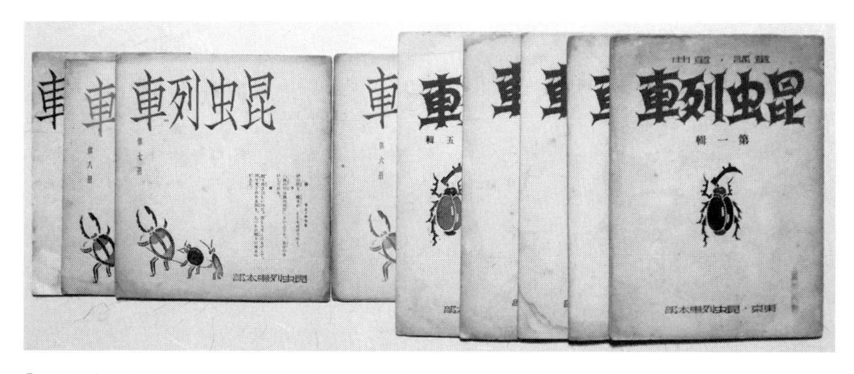

『昆虫列車』第1輯～第19号（昭和12年3月～昭和14年12月）の内、写真は第1輯～第8冊、第12冊

まどの「私には昆虫列車が命です。」（第１輯裏表紙）と言わしめた興奮が理解できる。その自分たちの雑誌であるという自由さは、まどの投稿作品に幅を持たせた。まどは「童謡論」といえる随筆や『台湾日日新報』の作品も自由に再掲載できた。『昆虫列車』がそのような同人誌になり得たのは『童魚』が開拓した素地があったからであろう。水上不二は廃刊した『童魚』についてこう言っている。「つまりは童謡運動の第二行程を意欲し、敢然したのだ。象牙の塔から出て、少くとも同人誌に於ける未墾の地へ第一の鍬をおろしたのだ。」（『昆虫列車』第１輯 p.13）『昆虫列車』以降、まどが同人になったのは台湾の『文芸台湾』のみで、それもまどは投稿だけで[38)]、同人として名

38）陳秀鳳は前掲論文 p.85で、自身宛ての西川満からの手紙を紹介している。「まど・みちおさん

前は連ねはしたものの積極的関わり方をせず、途中で身を引いている。そのことを考えると、『昆虫列車』がまどの創作に与えた活力は大きなものであったと言える。

台湾誌への最初の投稿は『台湾日日新報』の1938年（昭和13）２月16日である[39]。まどが投稿したこの新聞の文芸欄は西川満が担当し、その４年前から設けられていたのに、まどはなぜこの時期まで投稿しなかったのだろうか。同年４月１日には『昆虫列車』の作品を『台湾日日新報』に再掲載しており、それはもっと早くできたはずである。また、『昆虫列車』創刊以前に投稿先を求めていたとすれば、『台湾日日新報』の文芸欄は手軽な投稿先であったはずである。しかし、まどはそれをしなかった。投稿の際のまどのそれまでの意識は内地に向いていた可能性も否定できない。その理由の一つは、『昆虫列車』で見るようなまどの童謡に対する意識を共有できる誌友が台湾にはいなかったことである。また雑誌もなかった[40]。『台湾日日新報』へ投稿し始めた1938年（昭和13）２月という時期は、前年に胆嚢炎を患い、目も悪くして上京を断念して間もなくの時期に当たる。６月には母校の台北工業学校で教職につき、秋には台北州庁土木科に再就職している。翌1939年（昭和14）秋に結婚、台湾詩人協会にも参加した。その年の暮れに『昆虫列車』は廃刊、翌1940年（昭和15）に『文芸台湾』が創刊された。このような流れやまどの生活の変化をみると、作品の投稿先が内地から台湾に移行していくのは自然である。『台湾日日新報』はその流れの中で最も大きな橋渡し

は、私の心友ですが、台湾時代は測量官吏として歩き回っていたので、あまり会などにも出席せず、ただ原稿だけは、同人として真っ先にいつも送ってくれました。（1996年（平成８）２月15日）」。

39）陳秀鳳　同論文の作品リストによる。他の台湾誌にこれ以外の投稿があった可能性は残る。

40）游珮芸は前掲論文 p.182で、柴山関也が昭和1938年（昭和13）12月に創刊した童謡雑誌『ねむの木』にまどの〈林檎〉が載っていることを指摘しているが、その雑誌は１号だけで廃刊した。〈林檎〉はまどの詩集『それから…』童話屋、1994年10月に再録されている（『綴り方倶楽部』1936年４月号掲載作品の再掲載と思われる）。なお游珮芸は台湾における児童雑誌が種類が少ない上に短命であったと指摘している。

をした。投稿作品を見ると、作品の内容の豊富さも作品数も『昆虫列車』と同様、台湾時代のまどにとって最も重要な投稿先となった。まどにとっての『台湾日日新報』の意味について陳秀鳳は次のように述べている。

「昆虫列車」が童謡同人誌という性格を持つため、そこへの発表形式も制約される。一方、「台湾日日新報」は、童謡に限定することなく、多様に広い創作空間を提供していた。

いいかえれば、「台湾日日新報」は、童謡だけではすべてを表現できない当時のまど・みちおの心境と、旺盛な創作意欲のために、適切な発表の場を用意したのである。[41)]

すでにこの頃時局は緊迫の度を増してきていた。まどの創作が1938年（昭和13）をピークに創作数が年ごとに減っていき、掲載作品数を追ってみると、1938年（昭和13）＝81編 →1939年（昭和14）＝62編 →1940年（昭和15）＝16編 →1941年（昭和16）＝ 8 編 →1942年（昭和17）＝ 1 編 →1943年（昭和18）＝ 0 編である。そして応召は1943年（昭和18） 1 月である。戦争協力詩といわれる 2 編が載った『少国民のための 大東亜戦争詩』が出版されたのは1944年（昭和19）である。この減少は時局による雑誌出版事情の悪化だけではない。『台湾日日新報』も『文芸台湾』も廃刊は1944年（昭和19）になってからであり、まども同人であった『文芸台湾』には応召まで投稿しようと思えばできた。それをしなかったのは時局の流れ、つまり戦争へ邁進する国策協力としての創作はしたくないという思いがあったからであろう。『少国民のための大東亜戦争詩』に載った戦争協力詩といわれる〈朝〉〈はるかな こだま〉以外にも中島利朗が指摘する[42)]ような、それとみなされる作品はあっただろうが、基本的には身を引く姿勢が『文芸台湾』に関して感じられ、同じ思いが作品全体の数を減少させた一つの要因と考えられる。

41）陳秀鳳『まど・みちおの詩作品研究 ――台湾との関わりを中心に』、p.42。
42）中島利郎「忘れられた「戦争協力詩」まど・みちおと台湾」、pp.14-47。

『文芸台湾』創刊号
〈鳥愁〉掲載

『台湾文学集』
〈涜の絵〉再収

『少国民のための大東亜戦争詩』
〈朝〉〈はるかな こだま〉掲載

最後に投稿傾向を作品と台湾との関わりで見ておきたい。台湾時代の童話・随筆を含めた全作品数274編[43]の中で、植物など台湾に関わりのある作品数は58編（資料２参照）である。これらを投稿する際に、日本誌と台湾誌への作品選択にまどの意識に違いはあっただろうか。全体の比率は日本誌への数は26編、台湾誌へは35編となっている。『昆虫列車』掲載の《ギナさんアルバム》や《台湾ゑはがき》は日本向けに台湾関連作品をまとめたもので、多少の日本向けの意識が感じられないわけではないが、それでもそのうちの４編は『台湾日日新報』からの再掲載である。また1939年（昭和14）２月の『台湾風土記』所収の〈花箋〉（台湾の花についての13編）などは、台湾色を強調したければ日本の雑誌に載せてもいいものであるが再掲載はしていない。投稿傾向から見て、まどの台湾関連の作品における台湾色は、特に日本向けの意識的なものではなかったと考えられる。

43）この数字は『全詩集』の136編に陳秀鳳がリストに新たに挙げた105編、それに p.15に示した中島利郎と筆者の新たな作品を加えたものである。

4．筆名

日本誌・台湾誌での一つの違いである筆名について考えておきたい。陳秀鳳の作品リストにも綿密な指摘があるが、まどが投稿する際に日本の投稿誌には「まど・みちを」か「マド・ミチヲ」を、台湾の投稿先には本名の「石田道雄」で投稿している。『台湾日日新報』には一時「はな・うしろ」の筆名も使用している。また、ほんのわずかな例だが、中島利郎によると台湾誌にも「まど・みちを」の使用例はある[44]。

まど・みちを

「を」の仮名づかいを戦後「お」に変えたが、処女作から一生を通して用いた筆名である。「わたしの　からだの／ちいさな　ふたつの　まどに／しずかに／ブラインドが　おりる　よる」[45]〈ねむり〉。これは戦後の最も早い時期の詩である。まどにとって窓は自分自身の眼である。自己が外界を知覚認識する最も基本的接点である。まどにとっての窓は近代建築のガラス張りのパノラマ空間ではなく、限られた空間であり、自分の力を知った謙虚さの表れともとれる。空間の限られた窓は指向性をも示し、まどの自己意識の強さも感じられる。一方、外界の光を内にもたらす唯一の空間でもある。「すかしお窓の　くらい土間、／（わしが明るう　してるんじや）／お陽が　鋤など　浮かせてる。」〈ギナの家〉（第２連『昆虫列車』第７冊）。台湾時代に目にした台湾の子どもの貧しい家の窓が明かりとりとなっていることに目を留めている。そこには慎ましい自己と外界との交流がある。

次頁の写真は処女作からほぼ２年後 の『童魚』第８号（p.36）に載った詩である。多少の戸惑いを伴いながらの自己と外界との交流を表現している。

44）中島利郎「忘れられた「戦争協力詩」まど・みちおと台湾」、p.17。

45）本書における引用作品中の「／」は行変えを示し、後出の「／／」は行空けを示す。

詩の内容のように、この一編は36頁の片隅にチョボのように載っている。しかも、タイトルはゴシックの「窓」で、作者名は「みちを」となっていて、詩のタイトルも兼ねて「**窓**　みちを」となっている。窓の垂直断面である「｜」にわずかな一点「、」にすぎない自分が、「ト」の字のようにして窓の外へ面を出す。「みちをはこゝにゐるのだよ」と誰かに言いたくなって、面を出さずにはいられない。ここにまどの詩作の原動力がある。

窓　　みちを

窓の外へ面を出しても
いゝのであらうか、
トの字のやうにして。

窓の外へ面を出すと、
自分はわびしい。
トの字のチョボのやうに。

しかしどうしても、
「みちをはこゝにゐるのだよ」
と誰かに言ひたくなつて、
面を出さずにはゐられない。

マド・ミチヲ

カタカナの「マド・ミチヲ」は『昆虫列車』第８冊から使用し、以後概ね片仮名表記の作品に使用している。それ以前の片仮名表記の作品では「まど・みちを」なので、『昆虫列車』第４輯からカタカナ表記をしている米山愛紫、真田亀久代や第７冊からカタカナを用いている水上不二にまどは触発されたかもしれない。

はな・うしろ

これは『台湾日日新報』で、1938年（昭和13）２月16日から４月１日にかけてわずか６回10作品に使用されたのみである。しかもこれらは台湾誌での最初の投稿であり、４月９日の投稿からは石田道雄に変えた。筆者の推測の域を出ないが、「はな」は「鼻」、「うしろ」は「後ろ」だと思う。まどは鼻について次のように述べている[46]。

> 人間にかかわらず、すべての生きもので、いちばん大事なのは顔で、その中央に出っ張ってあるのが鼻。哺乳類はほとんどそうですが、これは考えさせられます。犬も猫も、足音と匂いで、近づいてくる動物が敵か見方か、危険か安全か、遠くからでも判断がつくのでしょう。（中略）鼻と耳というのは、どちらも平面でなく出っ張っている。それは、何かといえば、自分に迫ってくる相手が、男か女か、敵か見方か、近づいてからでは遅すぎるので、目で捉える前に、鼻で匂いをかぎ、耳で足音を聞き、判断するわけでしょう。そのための器官としての名残だろうと思います。でもまだ器官としては健在で、いまも活きているのではないでしょうか。いずれにしても、我々人間の感じる五感というのは、生活と密接な関係にあります。
>
> 思うに、いつの日か人間が、敵見方を見分ける必要も、男と女を感じる必要もなくなったら、鼻や耳なども、引っ込んでしまうのではないでしょうか。

「まど」の命名もそうだが、まどの意識世界には自己の存在と外界を感知する五感と感知されるまどを取り巻く森羅万象があり、まどはそれらを自分がどのように感知するかに興味があった。鼻は顔の正面についているが、それが後ろであればどうだろうか。普通とは違った感知の世界が広がる。「め・うしろ」でもよかったであろうが、「まど・みちを」の母音 /a,o,i,i,o/ と「はな・うしろ」の母音 /a,a,u,i,o/ とは感じが似ており調子がいい。しかし、気が引けたのか数回で石田道雄になってしまった。台湾在住の家族や知人に対し、「みちをはここにゐるのだよ」と主張したい気持ちもあってのことかもしれない[47]。ちなみに阪田はもう一つの筆名を紹介している。総督府にいた頃、自由律俳句誌『層雲』に投稿したときの雅号が「石田路汚」だった[48]。このような自嘲的な命名も、「まど・みちを」や「はな・うしろ」の

---

46) まど・みちお／柏原怜子『すべての時間を花束にして まどさんが語るまどさん』、p.146。

47) 陳秀鳳は前掲論文で「本名のまま台湾のエリート層向けの新聞「台湾日日新報」に作品を発表することは、「まど・みちを」の筆名で、日本内地の童謡同人誌「昆虫列車」に寄稿することとは、異なる意義を持っていたことが考えられる。」(p.42) と述べている。

48) 阪田寛夫『まどさん』、p.99。

ような一見トボケたような命名も、詩人としての石田道雄を示す重さがある。

第3節　まど・みちおにとっての台湾

まどの台湾での私的な日々の生活での創作活動やその背後にある思いは、わずかな手掛かりで想像するしかないが、少なくとも、筆名の「まど・みちを」の項でも触れたが、「みちをはここにゐるのだよ」という「ここ」とはどこなのか、「みちを」という「自己」はまどにとってどういう自分なのかということを作品は何らかの形で物語っている。

1．鳥愁

『文芸台湾』創刊号（1940年（昭和15）1月）のまどの詩は〈鳥愁〉である。

　人あつて、空ゆく鳥に、旅の愁ひを覚え、ヱハガキしたためて遠い友へおくる。その場合、人は、指をり指をり、かなしみを数へる。
一、あの鳥は、なんであらう。何億鳥分の、一鳥ではないか。
一、全く、何億人分の、一人である自分と共に。
一、この時は、なんであらう。永劫分の、一瞬ではないか。
一、あるひは又、一生涯分の、一時ではないか。あの鳥に、この自分に。
一、この処は、なんであらう。大宇宙分の、一地球ではないか。
一、あるひは又、地球分の、一台湾の、一台湾分の、一水郷ではないか。
一、あの鳥と、この自分と。この時に、この処に、そもそもこれは、なんといふ事なのか。
一、――解らないからこそ、したためたヱハガキも、吁――、あの鳥に、無断であるほかないではないか。
一、友は読むであらう。あの鳥の切抜かれた、ただ一片の歴史を。
一、それは、はじめもなく、をわりもなく、はたはた、はたはた、際限のない羽ばたきであらうか。友の胸に。
一、それは、あるひはさうであらう。が、つひにヱハガキは、捨てられぬとも限るまい。捨てられよう。日のぬくい、或日とでもいひたげな遠い日に。

一、おそらくは、忘れてしまふであらう。自分さへ、いつか。あの鳥も、この時も、この処も、この自分も。

一、さうした時、なほ誰か知つてゐる、これらの事を。それは知つてゐて貰はるべきであると、言はない事に、言はない事に。

一、とにかく、指も足りない。もういい事に、もういい事に。

人あつて、空ゆく鳥に、旅の愁ひを覚え、ヱハガキしたためて遠い友へおくる。その場合、人は指をり指をり、かなしみを数へる。

「愁い」「かなしみ」の世界はまどの作品では異色である。〈公園サヨナラ〉[49]や〈逃凧〉[50]に見る孤児にも似た孤独感・悲しみは幼年期の原体験からであるが、〈鳥愁〉の「愁ひ」「かなしみ」は過去から今という時を超えた延長線上にあるものであり、大人になってさらに深まる世界である。「人あつて」、人が在る、つまりまど・みちおという一人の人間が生まれてから今に至るまで生き、現に存り、今後もしばらくは在り続けるであろう自分の存在である。時間を超越した有るではなく、時と場所の限定を受けた在(あ)るである。誕生と死を背負った存在であるために、それは旅となり愁いも生じる。「人あつて」と自分を一般化したような表現であるが、それは詩としての技法である。「その場合、人は指をり指をり、かなしみを数へる。」の「その場合、人は」が『全詩集』では削られた。より一人称に近づき、後半の「この自分も」は「この今の自分も」に変更された。目線は現在の自分に引き寄せられ、他の表現も直接的なものに改稿された[51]。それが本当のまどの気持であっただろう。

---

49)『昆虫列車』第6冊、1938年1月、p.20。「オ母チヤン ガ ヰナイーン。」を繰り返し叫ぶ。この作品については第2章3節で取り上げる。

50) まど・みちお「幼年遅日抄　逃凧」『文芸台湾』第1巻5号、1940年10月。飛んで逃げていく凧に追いすがろうとするが、海に隔てられた凧は遠くひくく薄れて行く。第2章第2節2.で取り上げる。

51) まどには改稿が多い。『全詩集』も初版、新訂版の度に手を入れている。第2章第3節5.「『まど・みちお全詩集』発刊後」を参照。

目にした「空ゆく鳥」に、まどは限りある命を持った自分の旅を重ね合わせて愁いを感じ、エハガキをしたため遠い友へ送った。そして、ただ一片（ひとかけ）の歴史、永劫分の一瞬にすぎない「空ゆく鳥を写したヱハガキ」にその友は、「はじめもなく、をわりもなく、はたはた、はたはた、際限のない羽ばたき」を胸に感じるであろうかとまどは思う。「あの鳥と、この自分と。この時に、この処に」永劫分の一瞬にすぎない今という時に、ここであの鳥と自分が遭遇することは何なのか。しかもあの鳥は自分を知らない。幼少の頃家族がいない一人っきりのまどは、レンゲの田で空のヒバリの声を聞いていたことがあった。辺りはシーンとしていた[52)]。そのときにまどは幼く、その体験をエハガキにしたためる術はなかったが、30歳になって台湾の水の豊かな水郷に一人立ったとき、まどは幼年期の孤独さに大人としての人生の憂愁を加味してエハガキをしたためた。

> われわれは時間と空間の中に存在しているわけだけれど、目に見えるのは空間だけで、時間は目に見えない。いや、正確に言えば「今」という一瞬一瞬は見えているわけですが、無限に続く「今」のトータルである時間っちゅうものを、流れの中で自覚的に見ることはできませんよね。だからこそ、時間は私たちを悲しがらせたり、うれしがらせたり、懐かしい気持ちにさせたり……と、深く心を揺さぶるんだと思います。[53)]

空間、自分の存在する処は目に見えるとまどは言うが、その見え方は「大宇宙分の一地球、一地球分の一台湾、一台湾分の一水郷」であって、しばしば言われるまどの遠近法と呼ばれる空間認識である。まどの遠近法にはその逆の「近→遠」もある。そのことは時間についても言え、一瞬から永遠へ、そして永遠から現在の一瞬へという時間認識である。また、時空間の「遠←→近」はそこに存在するもの（傍点）についても当てはまる。「あの鳥は何億鳥分

52）まど・みちお／柏原怜子『すべての時間を花束にして　まどさんが語るまどさん』、p.22。
53）まど・みちお『いわずにおれない』、p.100。

の一鳥ではないか。自分は何億人分の一人ではないか」と。そしてその中で、自己存在と他者である生物と物の存在関係を問う。「あの鳥と、この自分と。この時に、この処に、そもそもこれは、なんといふ事なのか。」と。

> そんなことを思うにつけ、感動せずにおれないのは、限りあるいのちである私たちの出会いです。無限の空間と永遠の時間の中で、極微のひと粒が別のひと粒と同じ場所、同じ時にい合わせるなんて、本当に奇跡のようなものでしょう？[54)]

これはまど96歳になってのことばである。その思いは、まどの生涯を通した一つのテーマであった。〈鳥愁〉の「そもそもこれは、なんといふ事なのか」は『全詩集』で「いったいこれは、どんなに大変な事なのか」に変更された。歳を重ねてその思いが強くなったことが窺える。「解らないからこそ、したためたヱハガキ」、その深遠な問いをまどは若いときから考え続け、老いて自分を不思議がりと称した[55)]。その問いはまどの詩の一つの世界である。まどの詩はエハガキである。その詩は手紙でもなく、はがきでもなく、エハガキである。それはことばでの説明を嫌うまどの表現方法であって、ワンカットの映像である。その限られた一瞬の、ある地点での、あるものが存在する一場面を写したエハガキに、まどは時空間の無限性を友に感じとってもらいたい。しかしそのエハガキも、「捨てられぬとも限るまい。捨てられよう。」(『全詩集』では「見失われよう」に変更）という想いや、「おそらくは、忘れてしまふであらう。自分さへ、いつか。あの鳥も、この時も、この処も、この自分も。」という哀しみがある。しかし、まどにとってエハガキに託す想いは「知つてゐて貰はるべき」事であった。「言はない事に、もういい事に」と思っても、窓から遠慮がちに面を出したまど・みちおはエハ

---

54) まど・みちお『いわずにおれない』、p.104。

55)「私は私に不思議でならない物事には何にでも無鉄砲にとびついていって、そこで気がすむまで不思議がるのです。」(「はじめに」『まど・みちお少年詩集　まめつぶうた』理論社、1997年10月新装版)。NHK スペシャル「ふしぎがり～まど・みちお百歳の詩」2009年１月３日など。

ガキを送り続けた。

2．地球人

このような時空間意識で、自分が立つ場と自己存在を問えば、「大宇宙分の一地球、一地球分の一台湾、一台湾分の一水郷」の「台湾」は「大宇宙の中の地球という一惑星、地球の中の台湾という一つの国、台湾の中の一地域である水郷」という意識経過の中の固有名詞が抽象された一つの処であって、それさえも通り過ごされて空間は極微化されていく。その意識を反転すれば、極大化になり、「どこへ行ったって、自分は地球人」[56)]「『地球人』というよりも『宇宙人』」[57)] というまどの意識になる。

2.1. まど・みちおと『文芸台湾』

『文芸台湾』が創刊された時期の台湾の文学における状況は橋本恭子の「在台日本人の郷土主義　――島田謹二と西川満の目指したもの」の要約によく示されている。

> 詩人西川満と比較文学者島田謹二は、1933年代末、台湾独自の「地方主義文学」（郷土主義（レジョナリスム））を育成しようと尽力し、1939年末には台湾文芸家協会が結成され、翌年１月には『文芸台湾』が創刊される。もともと1930年代というのは、日本内地と台湾とを問わず「郷土」に関心が集まった時代であり、内地では農本主義や日本浪漫派のような日本主義的郷土主義が台頭し、台湾では郷土文学論争や台湾話文運動が展開されていた。在台日本人の間にも郷土意識や台湾意識が芽生え、島田や西川も南仏プロヴァンスの言語と文学の復興運動をモデルに、中央文壇から自立した文芸のあり方を模索する。おりからの南進ブームにも乗り、二人は南方文化政策の一環としての「郷土主義（レジョナリスム）」を目指すが、それは内地の日本主義

---

56)「座談会　文芸台湾　外地に於ける日本文学」（『アンドロメダ』1974年９月号、人間の星社、1974年７月、p.11）でのまどの発言。第２章第１節２.で検討する。

57）ききて・市河紀子「インタヴューまど・みちお　小さな窓からみつめた　つけもののおもしと蚊といちばん星と」『KAWADE 夢ムック [文芸別冊] まど・みちお』河出書房新社、2000年11月、p.87。初出『私の地球やまぐち』１号1999年。

的郷土主義とは一線を画した、「反中央的な在台邦人ナショナリズム」の現れでもあった。[58]

当時の在台日本人の文芸は西川満によって主導されていた。西川の『台湾日日新報』文芸部長としての立場と彼自身の詩と小説の華麗な作品は台湾での西川の影響を大きくした。その背後には西川の「郷土主義（レジョナリスム）」を目指す強い個性と行動があった。そのために「エキゾチシズム」を描くことによって中央文壇進出をもくろんでいるという批判も浴びた。それらの批判について、中島利郎は「西川満は自らが出版・発行した詩集や雑誌の内容及び外形の芸術性を、先ず「内地」文芸家に認知させた上で、更に台湾の文芸家を糾合した「協会」及び機関紙『文芸台湾』をも認知させようとしたのである。」[59]と自己顕示とも映る西川の行動の意味を解明している[60]。西川の志は『文芸台湾』第６号（1940年（昭和15）12月）で、「三大誓願　・われら台湾文化の柱とならむ　・われら台湾文化の眼目とならむ　・われら台湾文化の大船とならむ」と文芸台湾社同人の名で表明されている。その一方、その２ヵ月後の『文芸台湾』第７号では西川がそれまでに内地の著名文学者に贈った『文芸台湾』や西川個人への賛辞に満ちた多くの反響を載せ、第11号[61]（1941年（昭和16）８月）では、西川の名前が入った日本詩人協会編『現代詩』の広告を載せたりもしている。その広告には「日本詩壇の中堅をなす各派詩人の……詩壇未曾有の詩華集！」とある。これらを見ると中島の言う通り、西川には志達成のための戦略があり、**認知させる**という意識は台湾と日本の双方

58）橋本恭子「在台日本人の郷土主義（レジョナリスム）　──島田謹二と西川満の目指したもの」『日本台湾学会報』第９号、日本台湾学会　2007年５月、p.231。

59）中島利郎「日本統治台湾文学研究　「台湾文芸家協会」の成立と『文芸台湾』　──西川満「南方の烽火」から」『岐阜聖徳学園大学紀要〈外国語学部編〉』第45集（通巻第51号）岐阜聖徳学園大学　外国語学部紀要委員会、2006年２月、p.96。

60）中島利郎「日本統治期台湾文学研究　西川満論」『岐阜聖徳学園大学紀要』第46集（通巻第号）外国語学部編、岐阜聖徳学園大学　外国語学部紀要委員会、2007年２月、pp.59-64。

61）第２巻 第５号で、奥付では通巻番号が間違って「第10号」となっている。『現代詩』の広告は表紙の裏頁にある。

に強く働いていたと感じられる。

西川は台湾に思いを寄せた。そのことばには台湾・華麗島が溢れている。多くの点で西川の対極にいたとも思えるまどは、それでも『文芸台湾』の前身となった『華麗島』創刊号（1939年（昭和14）12月）から作品を載せている。『華麗島』から『文芸台湾』に至る前後には西川の台湾の文芸家を糾合した「協会」の設立と機関紙の発行という計画があった。西川が最初に着手したのは「台湾詩人協会」の結成1939年（昭和14）9月である。中島が示しているその名簿[62]には33名の名があり、まども石田道雄の名で含まれている。そして『華麗島』創刊時には「台湾詩人協会」は「台湾文芸家協会」と改組され、『華麗島』第2号とも言える『文芸台湾』創刊号にまどの〈鳥愁〉が載った。西川の高揚が香るような創刊号で、まどの〈鳥愁〉には独り別世界の印象がある。西川とまどの志の違いである。西川は台湾を華麗島と呼び、心を向けた。『文芸台湾』6号（1940年（昭和15）12月）の「『文芸台湾』同人」の名簿にまどは委員として名を連ねているが、それ以後6編の作品掲載とわずかな同人消息に名を見るだけで、1942年（昭和17）8月の第4巻第5号（通巻23号）の2編を最後に石田道雄の名は消えた。その号は「現代台湾詩集」のタイトルがつき、まども既作を転載しており、お付き合いの感じは否めない。その前に〈竹苑歌〉を載せた第2巻第3号（通巻9号）とは14ヵ月もの間がある。

まどがこのように『文芸台湾』から身を引いて行った理由は色々想像できるが、一つには時局下の報国的色彩の強まりが考えられる。第2巻第1号（通巻7号 1940年（昭和15）3月）の同人消息欄には「石田道雄氏　府情報部より児童劇脚本の執筆を依嘱さる。」とあり、2カ月後の第2巻2号にはまどの〈兎吉と亀吉〉が所収された『青少年劇脚本集』の広告が載っている。

62）中島利郎「日本統治台湾文学研究　――日本人作家の台頭　――西川満と「台湾詩人協会」の成立――」『岐阜聖徳学園大学紀要〈外国語学部編〉』第44集（通巻第51号）岐阜聖徳学園大学外国語学部紀要委員会、2005年、p.45。

その広告文には「皇民錬成運動」とあり、「台湾の生活を醇化し、その中から立派な日本人的性格を助長する様な演劇脚本を集録したものである。」と結んでいる。まどの〈兎吉と亀吉〉については陳秀鳳が内容にまで触れて、「アイデンティティの喪失したところに、皇民の資格が与えられるのである。まど・みちおが、このような目的の脚本集に、自分が自分であることこそ幸せなのだと訴える作品を寄せたことは、必死に台湾人を日本人に同化させたい総督府の政策に対する大反発に見える。」[63]と述べ、まどの当局に対する姿勢を指摘している。

2.2. 応召までのまど・みちお

『文芸台湾』はまどの最後の投稿となった第4巻第5号（通巻23号）以降も1944年（昭和19）1月の終刊号（通巻38号）まで発刊を続けた。この最後の号には「台湾決戦文学会議号」とサブタイトルがついている。そして、編集後記に当たる「端月消息」の最後は「大東亜万歳！」で締めくくられている。まどの応召は1943年（昭和18）1月で、前年の1年間の創作は『文芸台湾』と『台湾文学集』への数編の再掲載を除けば、中島利郎が「忘れられた「戦争協力詩」 まど・みちおと台湾」[64]で示した『台湾地方行政』と『台湾時報』の作品があることが確認されているのみである。戦争協力詩とされる〈朝〉〈はるかな　こだま〉2編が載った『少国民のための 大東亜戦争詩』の発刊は1944年（昭和19）9月で、まどが戦地に行った後である[65]。応召までのまどの気持ちがいくらかでも垣間見られるのは中島が同論文で問題とした『台湾時報』1942年（昭和17）12月5日掲載の〈妻〉と〈近感雑記〉である。〈近感雑記〉は「北原白秋先生がつひに逝かれた。」と書き出し、白秋に

63）陳秀鳳『まど・みちおの詩作品研究　──台湾との関わりを中心に』、pp.35-36。

64）中島利郎「忘れられた「戦争協力詩」まど・みちおと台湾」、p.24、29、44。

65）与田準一等の連名による「あとがき」の日付は出版の1年以上前の1943年（昭和18）8月10日になっている。

対する想いと白秋なき後の日本の童謡界を憂い、「この国家の超非常時下、真に正しい新童謡への発足は、実に大きいこれからの仕事である。（中略）日本の子供たちに、あたらしいうたを、あたらしい力を、際限なく注いでやらねばならないことだつたのだ。しかし先生は逝かれた。ついに逝かれた。」[66]と述べ、それに続けて台湾少国民文化の創造と推進に言及している。中島はこれをまどの台湾少国民の「皇民化」と読み、戦争協力詩とされる〈朝〉〈はるかな　こだま〉はこの〈近感雑記〉の延長線上に位置すると判断した。そして、自分を「地球人」と称するまどとの間に大きな違和感を覚えると感想を述べている[67]。ここでは〈近感雑記〉の文から、白秋に関することに触れておきたい。

> ご生前、一度も直接お訪ねしたことのなかつたわたくしだが、ながい間童謡を教へていただいてゐたので、多少わたくしなりの思ひ出は教へられる。いちばん忘れられないのは、一昨年だつたか、第一回児童文化賞（童謡）が与田準（ママ）一氏に決定をみて、その事で同氏が先生を訪ねられたとき、特にわたくしに伝へてくれといはれたといふあたたかい激励のおことばだ。しかし、その年の秋までに出すやうにすすめられてゐた童謡集も、つひに出さなかつたばかりか、種々の理由があつたにせよ、二年を経た今日なほ、仕事らしい仕事を纏めえないでゐる程のだらしなさだ。おろかしくも今となつて、悔い嘆きお申訳なさに涙を感じてゐるが、も早なんともせん術なく胸ばかりふさがる思ひだ。

白秋の死去は1942年（昭和17）11月２日である。〈近感雑記〉の『台湾時

---

66)『台湾時報』、1942年12月５日。

67) 筆者も〈近感雑記〉を読んで、初めは中島と同じような違和感をまどのことばに覚えたが、研究の過程でまどの童謡論を知った時に、もしかしたら、まどのことば「あたらしいうた」の本意は、まどの「子どもの心を真に解放し喜ばす、まどの思い描く理想の童謡」の可能性がありはしないかと思うようになった。このまどの文中に「内地の現状に見るまでもなく」とあるが、これは「ジヤーナリズム童謡が日夜児童大衆を堕落せしめてゐる」（〈童謡圏　――童謡随論――（二）〉『昆虫列車』第９冊）というまどの危機感の表れとも受け取れる。『台湾日日新報』にもほぼ同じ趣旨の短文〈一つの緊要事〉（1941年６月11日夕刊）を載せているが、その文中には「真に彼らの魂に身近かな学校から家庭への文化」、「台湾独自の児童文化確立」という表現もある。これらについてのまどの真意を調べることは今後の課題である。

報』掲載は12月5日なので、その間一ヵ月ほどである。白秋死去のニュースを聞いて間もなく書いたこの文には白秋に対する想いが溢れていて昂った感じがある。

ここで、他の詩人たちがまどにとってどういう存在であったかに少し触れておきたい。まず人間的な意味では、東京での就職を二度まで誘った与田準一が一番大きいであろう。与田は戦後のまどの就職の世話もしている。次に『昆虫列車』をともに創刊した水上不二は、『動物文学』『童話時代』『童魚』などで互いに名を知り、文通が始まったと思われる。二人はそれらにほとんど同じ時期に投稿を始めている。戦後の交流や、水上不二が没した40年後の『水上不二さんの詩』の刊行に尽力した[68]ことを見ると、まどの水上に対する親しさを感じる。次に台湾の西川満であるが、西川との関係は先に見たようにまどに近い存在という印象は受けない。

以上、これらは人間的な側面であるが、創作面での関係については、まどは水上作品を「ふしぎな美学」と言い、「私にはないものがあった」[69]と述べたそうだが、創作上の影響とは言えない。それは『昆虫列車』の真田亀久代等にも言える。ただ、まどが好きだったという尾形亀之助の世界に、まどは「とぼけた所があって、無意味なことをやっている、世の中のことは何も感じないで、ただ自分の中にとじこもっている、遊びみたいな詩」[70]を感じ、自分の共感を表明している。谷悦子はそれを「意識下にブラックホールのような空洞を背後に持つノンセンスな笑い」[71]「状況に左右されないで、自分自身に即して生きていく存在のあり方」[72]と分析し、まどのナンセンス

68)「あとがき」『水上不二さんの詩』水内喜久雄編、ポエム・ライブラリー　夢ぽけっと、2005年11月、pp.343-346。

69) 同書、p.345 。

70) 阪田寛夫『まどさん』、p.100。

71) 谷悦子『まど・みちお　詩と童謡』、p.49。

72) 同書、p.50。

性を帯びた〈毒ガス〉〈ポン博士〉の創作の共通土壌と見る。しかし、それさえも影響とは言いにくい。

そういう中で、白秋については「白秋先生のことでは、擬音について、私はずいぶんその作品から感銘を受け、また、学びとったものです。」[73]と擬音についての白秋からの影響について述べている。「白秋は非常に大きい存在でしたから、意識せずに知らず知らずにそういうのが出ているというのはみんなあると思いますから、私の場合もあるかもわかりませんが、意識的にはそんなに無いのではないでしょうか。（中略）『月と胡桃』は読んだんですけど、それ以外はあまり読んでいないんです。」[74]ということばもあるので、擬音以外は全体として白秋からの影響も直接意識されるようなものはなかったと言ってよい。ただ、人情的には最初に認めてくれた恩人という意識はもっていたであろうし、1929年（昭和４）７～８月の白秋の台湾訪問の際には白秋の講演を一番前で聞いた体験もある[75]。また、自分の「まど」という名が喫茶店やら新聞のコラムに沢山あるので嫌になって変えようとしたときに、白秋が「いい名前だ」と言ったので「まど」で通したなどというエピソードもある[76]。そして、最後に与田準一を通して白秋からの激励のことばを聞いた。それはその年末までには詩集を出すようにということであったらしい。まどの文中にある第一回児童文化賞の与田の受賞は1940年（昭和15）１月であるから、ちょうど『昆虫列車』が終刊した頃で、『文芸台湾』の作

73）まど・みちお／柏原怜子『すべての時間を花束にして　まどさんが語るまどさん』、p.123。

74）谷悦子『まど・みちお　研究と資料』、p.198。

75）まど・みちお／柏原怜子『すべての時間を花束にして　まどさんが語るまどさん』、p.56。白秋の台湾滞在は昭和９年７月２日～８月10日であった。（北原白秋『華麗島風物誌』弥生書房、1960年12月）。伊藤英治は「遠くの席から眺めただけ」ということばを伝えている。（「まどさんの眼と心」『季刊 銀花 no.136　冬の号』文化出版局、2003年12月、p.68）。

76）この筆名についてのまどのことばがある。「よく覚えておらんのですが、窓っちゅうものが好きだったから、そんな名前をつけたんだと思います。しかし、喫茶店やら新聞のコラムやら同じ名がたぁくさんあるので、すぐいやになりましてね。変えようかと思ったら、白秋先生が「いい名前だ」とおっしゃったというんで、それで通したんです。」（『まど・みちお『いわずにおれない』集英社、2005年12月、p.120）。

品を除けばまどの台湾時代の作品はほぼそろっており、童謡集を出せないことはなかったはずだ。しかし、まどは「つひに出さなかつたばかりか、種々の理由があつたにせよ、二年を経た今日なほ、仕事らしい仕事を纏めえないでゐる程のだらしなさだ。」と悔いている。この間、作品の発表が減っており、なにかしら個人的な事情があったかもしれない。

台湾時代にまどは『童魚』『昆虫列車』の同人になり、また『文芸台湾』でもわずかな期間ではあったが同人であった。しかしそれ以外、西川満のような内地の詩壇との関係はもたなかった。それは、引用した〈近感雑記〉でも自分を「童謡詩人」と呼んでいるように、詩人としての自覚が十分確立していなかったからであろう。「台湾におりまして、中央で出ていた詩の雑誌みたいなものを目にすることはありました。だけども、ほんとに本気に、例えば個人の詩集を心をこめてまとめて読んだということはあまりないのです。」[77]ということは、他の詩人の世界は自分に馴染まないと感じていたからである。それは戦後も続いており、いくらか読んだのは村野四郎で、現代詩の中では「櫂」の仲間の谷川俊太郎、茨木のり子、吉野弘などに共感を覚えると言っている[78]。また、近代詩の人のものはそれほど好きになれないとも言い、『童魚』『昆虫列車』『文芸台湾』以外は終生どこにも属さずに通した。

本節の「まど・みちおにとっての台湾」を終えるに当たって、まどのことばを示しておきたい。まどの正直な気持ちであり、台湾におけるまどの創作のスタンスを物語っている。これは戦後も変わらず、戦後作品に台湾関連が皆無なのもそこに起因している。

> （前略）台湾なら台湾のエキゾチックな風物をどんどん書いても、とことんまで書いたら、私ならば地球的になると思うのです。どこにいて書いても、本気で書

77）谷悦子『まど・みちお　研究と資料』、p.194。

78）同書、pp.194-195。

いたらそれは地球的になるのであって、つまりそこまで追求しなければ本ものではないという感じが私にはあるんですね。

それに私は非常にのんきで、まったくノンポリで、今でもそうですが何も考えなかったんです。台湾にいて台湾の風物を見るといったって、まったく表面的で、いろんな植物や動物や土俗的なものをただ絵画的に眺めるだけであってね。その裏にあるもの、たとえば、日本人が台湾を統治してましたからむろん差別や不公平があったわけですが、その政治の横暴が見えなかったんです。目前のね、日本人の巡査が向こうの人を殴るとかいう現場にいたら、それに対しては憤慨しましたけどね。それで十五年戦争下の台湾が、そのおかれている地理的風土的経済的特殊状況の中でどのように変貌させられつつあるかなども、まるっきり見えなかったようです。何しろ、ろくに新聞も読まないような私でしたから。だから台湾にいたために積極的にこちらの人と変わったというのはそれほどない、消極的にしかないと思いますね。先にも言いましたように日本と台湾が違うということを強調するんではなくて、私の作品にはむしろ、同じ自然だ、同じ人間だ、ということを強調するような所があるんだろうと思うのです。[79]

2.3. まど・みちおの戦争体験

まどは1943年（昭和18）１月21日に応召され、台南の安平で船舶工兵隊に入隊した。安平での２ヵ月の訓練後、高尾港から南方へ向かった。マニラ、シンガポールなどで訓練を受け、最後にアルー諸島へ行った。まどは船酔いがひどく無線の仕事に廻されたこともあった。また、アルー諸島では胃潰瘍と脚気を患い入院し、マニラへ送られた。まどの体験談[80]では３年半の兵役の期間中５分の１ほどは病気をしていたようである。退院して一旦レイテ島へ向かうが、危険で近寄れずマニラに戻り、そこからサイゴン、タイ、マレー半島、シンガポールと移動し、そこで敗戦を迎えた。まどにとって直接弾をくぐるという戦争体験は、マニラなどでの空襲にあった以外は、レイテ島へ行く途中でマングローブの林の両岸から射撃されたぐらいである。

79）谷悦子『まど・みちお　研究と資料』、pp.172-173。

80）同書、pp.174-175。

まどは「実際に鉄砲待って敵と対面するというようなことは、ほとんどなかったのです。ですから、いわゆる生命について考えるという状況ではなかったです。」[81]と言っているが、まどの入隊時の年齢と健康状態、また性格などを考えると軍隊生活そのものがまどにとって大きな体験であったと想像できる。台湾時代に「のんきで、まったくノンポリ」と自認していたまどでも、多くのことを学んだであろう。その中から詩人として表現し得る想いもあったはずであるが、それらをまどは戦後の詩や童謡に作品化していない。「国と国が戦争するが本当の敵は相手国ではなく「戦争」そのものである」という主旨の〈敵〉[82]や、〈日本日本〉[83]の中に「その美しい日本の／旗が歌が昔は／戦争に使われていたんだが」といった表現が見られることはあっても、まどの戦争体験が直接活きた作品とは言えない。しかし、まどは個人的想いを戦中の日誌に書きつけている。阪田寛夫は『まどさん』の中で、戦地でどれほどまどがことばを書きしるすことに力を注いでいたかを伝えている。阪田の要点をまとめて挙げる。

・南方の島を転々とした兵役中、一兵士の身でありながら、日誌だけは古兵の目を盗んでまで書き続けた。奇跡的に小型ノートの最初の二冊だけが現存している。(p.190)
・マニラにいる間に虹のような「ボンガビリヤ」という花の名を題名にした童謡を作詞作曲して夫人に送った。(p.201)
・敗戦を迎え、足かけ三年間苦労して書きとめてきた日誌と、一層愛着のある「植物記」を英国軍の接収に先立って全部焼却させられた。(p.213)
・捕虜収容所に入ってから、日誌を兼ねた短歌を書きはじめた。翌年六月復

81）谷悦子『まど・みちお　研究と資料』、p.174。
82）まど・みちお『まど・みちお少年詩集　いいけしき』理論社、1981年。
83）まど・みちお『うふふ詩集』理論社、2009年３月。

員船に乗るに当って検閲を想定して白紙のノートに見えるように工夫し[84]、約七百首を葉書大の紙四枚の表裏に書きこみ無事内地へ持ち帰った。（p.214）

これらのまどの行動の背後にまどの日誌に表れた気持ち、「どうせ日誌を書いたところで、もつては帰へれないのだと戦友はいふ。それを考へてなるべく軍機に関する事は書いてないのだが、万一凱旋出来た場合この一冊が本当にもつて帰れないとすると悲しいことだ。どうせ生還は期し難い身ではあるが、応召中の自分の生涯を空白にし度くない気持は強い。」[85]が働いている。実際、まどの必死の努力にもかかわらず、わずかなもの以外は没収や焼却された。特に自らの手で焼却を余儀なくされた３年間の日誌と植物記に対する無念さは大きなものであった。

人間はなぜ詩を書くのか。人間はなぜ息をするのか。息をしないと死んでしまいます。私は詩を書かないと死んでしまう、ほどではございませんけども、息の次に大事なものがあります。言葉でございます。[86]

戦場においてはなおさら書きしるすことは、まどにとって息、つまり命の次に大事なことであった。日誌から受ける一つの特徴は、まどの植物に対する並外れた興味である。戦地にあってのまどのこの性質は終生変わらず、すべての時代の作品にそれが反映している。

84）『まど・みちお　えてん図録』周南市美術博物館編、周南市美術博物館、2009年11月、p.135の写真７の説明より。

85）阪田寛夫『まどさん』p.203　に掲載された1943年（昭和18）４月10日のまどの日誌。

86）まど・みちお『百歳日記』、p.43。

第2章　まど・みちおの歩みと詩作——戦後

第1節　日本での出発

1．出版社勤務と厳しい現実

まどは1946年（昭和21）6月に広島県大竹港に引き揚げ船で無事帰還、昔の佇まいの郷里徳山に辿り着いた。神奈川県川崎の味の素工場の守衛として職を得、妻子と一緒に生活できるようになったのは半年後である。

台湾時代に職場やキリスト教会内での人間的な醜い部分に失望・嫌気・疲れを覚えたまどは、戦時中の軍隊においても変わらない。その失望を日誌に「腕時計が「インチキインチキ」と、いちんち鳴ってゐるのが、ただ苦のタネだ。」と書いた[1)]。そして、戦後守衛として働いても、その潔癖さは同じである。味の素工場で働き始めたときは皆食べるのに精いっぱいの時代である。働く仲間が工場から物を持ち出すのは日常茶飯事であった。まどはそれら不正に対する怒りと、現実には苦しい自分の生活などで体調さえ崩した。ことばを書きしるすことは息をすることの次に大事であったまどにとって、守衛として働いた2年近くは日誌を書くこともままならない苦しい体験であった。それに、戦中に記した日誌や植物記を失った喪失感もその当時は強かった。そのようなときに与田準一から声がかかった。復刊されることになった子ども雑誌『コドモノクニ』の編集の仕事であった。まどは1948年（昭和23）10月、味の素川崎工場から東京の婦人画報社に転職した。

---

1)　阪田寛夫 『まどさん』、p.195。

私は編集という仕事についても、児童文化や幼児教育についても全く無知で、むろん復刊誌への抱負などは持っていませんでした。ただその投書欄に投書して北原白秋に選ばれたことで、生涯童謡を書き暮らすことになった雑誌、「コドモノクニ」そのものとの浅からぬ因縁に感激してはいりました。[2)]

その後の10年に及ぶまどの出版社勤務について、『チャイルド本社五十年史』を参照して考えてみたい。まどの就職先の出版社名と雑誌名にはいきさつがあって紛らわしい点がある。まず、婦人画報社であるが、戦前に『コドモノクニ』を発刊していたときは東京社であった。まどが就職した1948年(昭和23)に社名を婦人画報社に改めた。また、予定していた雑誌名も変更された。種々の経緯から誌名の『コドモノクニ』は『チルドレン』に、さらに『チャイルドブック』にと変更された。創刊号は予定どおり翌1949年(昭和24)の3月に、4月号(入園号)として刊行された。まどはその『チャイルドブック』の編集長であった。ところが、創刊号が出た年の秋に国民図書刊行会が『チャイルドブック』の発行を引き受けることになり、同社発行の『日本のこども』と合併して『チャイルドブック』の紙名を継承して発行することになった[3)]。国民図書刊行会[4)]は1944年(昭和19)の出版企業整備統合によって帝国教育出版部から変わったもので、与田準一との縁が深い。『チャイルドブック』と合併した国民図書刊行会の『日本のこども』も、元をたどれば『コドモノヒカリ』で、その後『日本ノコドモ』から『日本のこども』となった。『コドモノヒカリ』は『コドモノクニ』の編集をしていた奈街三郎等が独立して起こした子供研究社から創刊した雑誌で、後に奈街は小川未明主宰の『お話の木』も出した。しかし、『お話の木』は1年あまりで経営難で廃刊し、『コドモノヒカリ』も帝国教育出版部で引き受けて続刊することとなった。その編集者として与田は迎えられたのである。『チャイル

2) 石田道雄「思い出すままに」『チャイルド本社五十年史』チャイルド本社、1984年1月、p.116。
3) 同書、p.111。
4) 1960年(昭和35)にチャイルド本社と改めた。

ド本社五十年史』を通読して感じられることは与田の存在の大きさである。与田が戦前戦後を通して、三度もまどに仕事のことで声を掛けることができた背景には、そのような児童書出版界における与田の力があった。

国民図書刊行会に移ってから、『チャイルドブック』の編集は『日本のこども』の編集者であった城谷花子が専属となり、まどは他の多様な仕事に忙殺されることとなった。

> それで私は与田さん、顧問の山下俊郎先生、「婦人画報」の編集長の熊井戸立雄さんらのご助言に支えられ、我流で、ただやみくもに出発したように思います。（中略）
>
> さて国民図書に移りました私は、それまでのようにひとりで勝手なことはやれなくなりました。こんどは城谷花子さん、小松アヤ子さんとご一緒です。仕事はむろん編集ですが、合併した「チャイルドブック」だけでなく、さまざまな書籍類にも関わりました。[5)]

まどが挙げたさまざまな書籍類は次のようなものである。『チャイルドブック』『保育ノート』『新児童文化』『保育講座』『アメリカ教育使節団報告書要解』『うたとリズム』『こどものくに名作選』『幼児げき』「教科書」「スライド」。そして、それぞれの仕事について次のような思い出を書いている[6)]。

・『チャイルドブック』：一番つらかったのは原稿料の催促を受けても、確実な支払日が答えられなかったこと。

・『保育ノート』：〈ふしぎなポケット〉[7)]を1954年（昭和29）9月号に載せた。

・『こどものくに名作選』[8)]の編集の際、まどは編集者として自作の収録は辞退した。

---

5)　『チャイルド本社五十年史』、pp.116-118。

6)　同書、pp.118-120。

7)　ポケットの中のビスケットが叩くたびにふえる、そんな不思議なポケットが欲しいという内容の童謡である。何かしらまどのその当時の窮状を彷彿とさせる。

8)　『コドモノクニ名作選』アシェット婦人画報社、2010年8月、下巻p.214にはまどの〈雨ふれば〉が載っている。

・「教科書」：編集部全員に社長まで加わって、夜を徹して理科か算数の横書きの教科書原本の整理をしたこともあった。

特に教科書の仕事の大変さは文部省の検定を通さなければならないという絶対条件があったからである。1947年（昭和22）に検定制度が施行され、国民図書刊行会も1950年（昭和25）度用から検定教科書を手掛けるようになった。出版目録[9]によると、初年度はローマ字と高校音楽の教科書二種類だったのが、26年度用は新たに９科目が増えた。時流とはいえ、出版社としては無理がある。柏原芳一「教科書発行のころ」にも、「一応原稿完成という段階で社に原稿が渡されると、急拠その担当者を決めて制作に当たらせていたようである。そして原稿申請の提出期日に合わせて、手を貸せるものは業務の合間を利用して全員総がかりで進行し、提出用原稿を完成させた記憶がある。（中略）作業が深夜に及ぶことがあって、遠くて帰宅できないものが事務室に泊まり込んだこともあった。」[10]とある。まどの日誌を辿ってみよう。1951年（昭和26）からのものである。

1951年２月25日　日曜

思いきって、ノート、原稿用紙を少々買う。このノートもそれだ。何年ぶり、何十年ぶりというきもちだ、日誌をかくのは。見合がすんでいよいよ話が定った妻へ手渡したあの大学ノート大型十数冊へ書きつづった日誌。つくづく惜しい。戦地で書いたものまで烏有だ。もういうまい。作品もなにも一切なのだから。それにしても帰還後、はたしてどれだけの仕事をしたのだろう。ぜんぜんではないか。[11]

５月25日

徹夜やら、残業やら、日曜祭日なしに、音楽、かきかたの教科書の仕事に追は

9）『チャイルド本社五十年史』、pp.268-269。

10）同書、p.167。

11）阪田寛夫『まどさん』、p.223。

れ、へとへと。日記もぜんぜん。（略）酒田冨治氏来。「幼児のうた」[12] にうたを書けと。

6月10日

ひさかたぶりに早く帰って、日誌というもの、机というものについてみる。酒田氏への幼児童謡六篇即興、ハガキにかいて……明朝ポスト。[13]

国民図書刊行会の出版目録にある新たな9科目の中に「小学校かきかた」や「たのしいおんがく1～3年」などが入っており、5月25日のまどの日誌と合致する。また、6月10日の部分は「一枚の葉書に書きこんだ六篇のなかに「ぞうさん」が含まれていた筈だ。」と阪田の推測があって、〈ぞうさん〉誕生の逸話としてしばしば引用される。

阪田はこのようなまどの軌跡を辿りながら、「ここまでに紹介してきたまどさんの童謡で、自我の痕跡をのこさぬ、つぎめひとつない、ユーモアを湛えた作品の多くが、この「怒り」と「焦り」を原液に、吐気・微熱・頭痛・潰瘍・浸潤をたえず伴なって滲み出し、戦後の十数年間に集中して作品化されている。―怒りと焦りなどと書いたが、それはまた「愛」と「いたみ」と言っても同じだろう。」[14] と述べている。また、谷悦子もこのまどの状況を「自己喪失の危機」と見て、〈ぞうさん〉誕生を「無意識層で燻っていた自分が自分であることへの思いは、苦悩に満ちた現実の時間の中で濾過され、突然、簡潔な明るさを湛えた形象となって出現したといえよう。」と捉える[15]。

12）佐藤宗子「酒田冨治曲譜「ぞうさん」の意味　―もう一つの享受相と童謡の教育的活用―」『児童文学研究』第44号、日本児童文学学会、2011年12月、p.32。この論文で、佐藤は綿密な調査の結果、次のような結論を導き出している。「〈ぞうさん〉の初出は1951年夏に白眉音楽出版社から刊行されたと考えられる、酒田冨治編『新しい幼児のうた』であると、みなす。」

13）阪田寛夫『まどさん』、p.224。

14）同書、p.228。

15）谷悦子『まど・みちお　詩と童謡』、pp.61-63。

2．まど・みちおの自己存在

第１章からここまで、まどの徳山での幼少時代と台湾での歩み、戦争を挟んで復員後の数年間のまどの歩みを見てきた。谷が自己喪失の危機と捉えたそのときのまどの心は、引用した1951年（昭和26）２月25日の日誌に端的に表れている。大事に書きためたものがすべて烏有に帰した虚無感と、日本に帰ってからの自己存在のよりどころとする書くという行為、つまり、まどにとっての真の仕事を全然していないという焦りが自己喪失の危機となっていた。戦地での日誌にもそれを書く動機として「応召中の自分の生涯を空白にし度くない気持は強い」と表現したまどである。自己存在として書くという行為そのものだけがよりどころであれば、紙に書かれたものが烏有に帰しても惜しい気持ちはないはずである。書くことを通して見つめ発見する自己だけではなく、まどには書き残されたものはそれ以上に重要である。「自分の日誌はいはば『作品』だ。彼のはいはば『素材』だ。」[16]「今や　この裏表紙をさへも空白にしておくのが惜しいやうな気持ちだ。禱の部屋にでもは（ママ）入つたやうな感じを、この紙質は自分にあたへる。」[17]と日誌に記している。創作に専念するために国民図書刊行会を退社した数年後の1963年（昭和38）以降もノートとして10冊を残している[18]。

老年になり病院での一人生活になってからは、日記は黒と赤の二色を使い、黒字は頭、赤字は心で、一人で対話をしている[19]。

> そうすると、「こうなんだ」と言う黒いペンの自分に、赤は賛成したり、反対したり、励ましてくれたり、「そうだそうだ」って言ってくれたり、「もっと元気出せ」と言ったりします。

16）阪田寛夫『まどさん』、p.204。

17）同書、p.209。

18）谷悦子『まど・みちお　詩と童謡』、p. 61。

19）まど・みちお『百歳日記』、p.28。

書く作業はまどの内部での自己対話であり、ことばになる以前の混沌からの意識化であって、しかも詩人としての作品化意識も働く。そして書き残されたことばは、後に再びそれを読む自分との対話となって自己存在の確認となる。それは台湾時代に創作を通して養われたことであろう。まどはしばしば「詩は自分の中の自分。童謡は自分の中のみんな。」と言っているが、その意味では個人的な日誌は最も自分の中の自分であり、自分の中のみんなの方向に、散文詩、詩、童謡が位置する。それらの表現形態の違いとまどの創作の歩みの変遷との関わりは興味深い。

まどの自己存在という観点からまどと台湾との関わりも確認しておきたい。その要点は、復員後の生活苦を伴った日誌さえも書けなかった厳しい情況、またその後の童謡詩人としての成功と晩年の世間に認められた詩人としての軌跡の中で、まどにとって台湾はどのような意味をもっていたかである。日本に帰還してからのまどの初期の生活は、台湾を思い出すゆとりさえ与えなかったと思われる。それと同時に、まどの場合、台湾と日本の間に３年あまりの南方戦地での体験があり、台湾からの直接の引き揚げではなく、戦地からの帰還であったことも、復員後のまどの台湾意識を薄めた要因の一つと考えられる。しかし、それらの要因を別にしても、戦後の作品に台湾にかかわる事柄が全くないことは何かを語っている。台湾時代の同窓会出席や、台湾を懐かしんだ発言はあるものの、自己存在を問うまどの意識においては、台湾という地はそれほど大きな意味を待っていなかったと言えよう。まどの「私の場合は、昔の自分の作品を読んでみても、内地へかえってのちにも、全然異和感はないですね。台湾にかぎらず、どこへ行ったって、自分は地球人だとの認識の上にたって書いているから。」[20]もそれを示している。これは『文芸台湾』の同人だった７人が1974年（昭和49）６月に集まったときの発言である。まど以外の出席者は北原政吉、島田謹二、竹内実次、

20）前掲座談会「座談会　文芸台湾　外地に於ける日本文学」（『アンドロメダ』）、p.11。

立石尚子、長崎浩、西川満である。座談会の内容は西川満の功績や台湾の思い出が語られ、話題は台湾からの引き揚げ者の意識に移った。以下要点を記すと、長崎「台湾から引きあげてくると後遺症がでてきますね。しかも強いです。」、北原「外地引きあげの人には共通の何かが出てくると言えますね。戦後西川さんも引きあげ者でなくては書けぬ哀切に満ちた作品があり、高く評価されてよいでしょうね。（中略）まだ『文芸台湾』は終わっていないんだ、という考えと、今のうちにもっと台湾を書くべきだとの考えがありますね。」、島田「（前略）台湾における日本人の文学活動を年代的に徐々にきわめてゆき、著したく思っております。（中略）はじめは『華麗島文学誌』と表題を決めていましたが『台湾に於ける日本文学』と、するつもりです。」この後にまどの「地球人」発言が出た。それを受けて竹内は「たしかに最終的には地球人であるという立場でなくては文学は成り立たない。但し観念的ですよね。具体的には、われわれは日本人だと感ずるのじゃないですか。」と感想を述べている。しかし、まどの世界は竹内の思うような観念的世界とは違う。第１章第３節１.で見た〈鳥愁〉（『文芸台湾』創刊号）におけるまどの立つ地は、「地球分の、一台湾の、一台湾分の、一水郷」であっても、「地球分の、一日本の、一日本分の、一徳山」であっても、地球人として〈鳥愁〉の自己存在を問う本質は変わらない。

第２節　〈ぞうさん〉に見るアイデンティティ[21)]

アイデンティティということばを広辞苑で引くと次のような記述がある[22)]。

21）本節「〈そうさん〉に見るアイデンティティ」は筆者の論文「〈ぞうさん〉とまど・みちおの思い　──〈ぞうさん〉は悪口の歌？──」（『異文化 論文編』14　企画広報委員会、法政大学国際文化学部、2013年４月）を書き改めたものである。

22）新村出『広辞苑 第６版』岩波書店、2008年１月。見出し語は「アイデンティティー」と末尾

①人格における存在証明または同一性。ある人が一個の人格として時間的・空間的に一貫して存在している認識を持ち、それが他者や共同体からも認められていること。自己同一性。同一性。

②ある人や組織がもっている、他者から区別される独自の性質や特徴。「企業の―を明確にする」

アイデンティティはego identity（self identity）の略で、自己同一もしくは自我同一と訳される。その内容は次の自己感覚と考えられる。

a. 自分という存在の認識、他者ではない自己の自覚。

b. 他者との同異の認識。

c. 自分を良しとする自己肯定感。

d. 他者との関わりにおいて自分の存在意味の自覚。

これは自己認識の発達的見方と言えるが、アイデンティティの内容理解には助けになる。上の広辞苑の定義だと、①の後半「それが他者や共同体からも認められていること」は、上のd「他者との関わりにおいて自分の存在意味の自覚」に当てはまる。つまり、①はa「自分という存在の認識、他者ではない自己の自覚」にd「他者との関わり」が混在した定義である。また、②は狭義ではbだが、「自分らしさ」というニュアンスではb、c、dにまたがる。前節で「自己存在」という言い方を用いた。それはまどのaに重きを置いたからである。まどがことばを書くということを通して自覚するaである。そうすると、谷悦子の言うまどの「自己喪失の危機」とはa～dのどのような領域での自己喪失であったのか。

が長音化されている。

1．〈ぞうさん〉の歌われ方

ぞうさん
ぞうさん
おはなが　ながいのね
　そうよ
　かあさんも　ながいのよ

ぞうさん
ぞうさん
だれが　すきなの
　あのね
　かあさんが　すきなのよ

〈ぞうさん〉に関する作者自身の思いを創作からほぼ30年後に初めて聞き出したのは阪田寛夫である。そのときのまどのことばはこうであった。

> 童謡はどんな受けとり方をされてもいいのだが、その歌がうけとってもらいたがっているようにうけとってほしい。
> たぶんこういう風にうけとってもらいたがっている、というのはあります。
> 詩人の吉野弘さんの解釈が、それに一番近かった。吉野さんは、「お鼻が長いのね」を、悪口として言っているように解釈されています。
> 私のはもっと積極的で、ゾウがそれを「わるくち」と受けとるのが当然、という考えです。
> もし世界にゾウがたったひとりでいて、お前は片輪（ママ）だと言われたらしょげたでしょう。
> でも、一番好きなかあさんも長いのよと誇りを持って言えるのは、ゾウがゾウとして生かされていることがすばらしいと思ってるから。[23)]

阪田はそのまどのことばに非常に驚き、それをどうしても飲み込むことが

23）阪田寛夫『まどさん』、p.27。

できなかった。実は筆者も最初理解できなかった一人で、日本の童謡に対する興味のきっかけともなった歌である。では、一般的にはどのような印象が持たれているであろうか。もし、実際に子どもたちが〈ぞうさん〉を歌う場合に、全く悪口の意味合いがないとしたら、作詞者とそれを歌う子どもの意識の乖離した童謡例と言えるであろう。実際の歌われ方の例を見てみたい。

> 枯葉にうもれた山あいの道を歩いていたときです。すこし前を、母と子の三人づれが、同じほうへむかって行くのが見えました。追いついて道をたずねようとしたとたんに、はっとして歩をゆるめました。
>
> 三人は歩きながら、たのしそうに歌をうたっているのです。「ぞうさん」の歌です。はじめのうちは三人の合唱でしたが、そのうちに、歌詞の後半の「そうよ／かあさんもながいのよ」「あのね／かあさんがすきなのよ」は、子ども二人だけでうたいだしました。(中略) 母といっしょに、うれしげにくり返しうたう「ぞうさん」の歌。それはいっさいの理くつ抜きで、無意識にとけこんでいる童謡の風景でした。[24] (鶴見正夫の体験)

> 何度この歌を歌ったことだろう。「そうよ」のところで、ときどき音程をはずしてしまう私の歌を、両親も飽きずに（いや、ほんとうは飽きていたのかもしれないけれど、とりあえずニコニコして）聞いてくれた。父のために、「とうさんバージョン」を勝手に作ったりもした。つまり、かあさんをとうさんに替えるのである。(中略) この歌の会話のスタイルが、自然に体に染みこんで、私はぞうさんに話しかけていた。「ぞうさん」という詩の言葉は、作者のものであると同時に、私のものでもあったのだと思う。[25] (俵万智の体験)

この二例は〈ぞうさん〉がどのように子どもに歌われるかの典型的な例と言ってよいだろう。そして、このような歌われ方からは「おはなが ながいのね」ということが悪口とか、「鼻が長いことはハンディ」という受け止め方は感じられない。無邪気そのものであって、文字通り邪気がない。

---

24) 鶴見正夫「あるとき津軽で」『児童文芸・'82秋季臨時増刊号・増刊12』日本児童文芸家協会、ぎょうせい、1982年9月、p.103。

25) 俵万智「「ぞうさん」と私」『飛ぶ教室』45号　楡出版、1993年2月、p.50。

しかし、一方ではまどの解説のようなからかい・意地悪と捉える子どもの例もなくはない。まどの解説が知られる以前のもので、引用する文は阪田寛夫の実際の体験談と考えていいだろう。

> 講義を終えて帰り途、山裾の駅から同じ電車に乗り合わせた三十すぎの女の人が、自分も子供の頃「ぞうさん」は悪口の歌だと思っていました、と信じられないようなことを言った。(中略) その人が言うには、小学校に入ったばかりの頃、みんなから髪が赤い、言うことが変わっていると、ひどく嗤われた。その時「ぞうさん」の象の子流に、──母親も同じように変わり者と言われている人間だったから、その娘なんだからと、自分を元気づけた。「ぞうさん」を自分の歌にしていた。[26]

この例のように子どもが自分を慰める歌として歌っていた事実は、〈ぞうさん〉の受け取られ方の幅の広さを示している。

ここで〈ぞうさん〉の可能性についてもう少し考えてみたい。「おはながながいのね」に対する子象の受けとめ方の可能性としては、表現意図の誤解も考慮すると、感嘆や驚きで言ったのに悪口と受け取ってしまう場合もあり、逆に悪口や冷やかしで言ったのに、子象は幼くてそれが分からない場合もあり得る。また、この〈ぞうさん〉を子どもが歌うときに、子象に語りかける者の立場か答える子象の立場かという固定した意識で歌う場合、あるいは両方の意識が行き来する場合、またそのような意識が希薄な場合などがあるだろう。鶴見正夫が山道であった子どもたちは母親と三人で歩きながら歌っていた。「そうよ／かあさんも ながいのよ」の部分は子どもたちだけで歌った。最初の部分も母親と歌ったが、語りかける者としての立場は母親に役割を少し委ねた。この場合、子象としての意識が高く、母親との一体感の喜びがある。俵万智の子どものときの〈ぞうさん〉(多分「とうさんバージョン」も) は一人二役で歌い、両親との時を楽しむ歌であった。「かあさんが すき

---

26) 阪田寛夫「遠近法」『戦友　歌につながる十の短編』、pp.22-23。

なのよ／／とうさんが すきなのよ」を実際の両親の前で言ってみたい、その喜ぶ顔が見たいという思いである。俵万智はまどの自作解説を知ってからの気持ちも書いている。

> 単純なように見えるやりとりのなかに、なんて深いものがこもっているのだろう、と思った。単純なままに受けとっていた自分が、ちょっぴり恥ずかしい。「ちょっぴり」というのは、自分を甘やかしてのことではない。単純なままに、すうーっと心に入りこんでゆく、という読まれかたも、一方では許されると思うから。[27)]

単純でいいと思う。「単純のままに、すうーっと心に入りこんでゆく」、それこそが子どもの姿であり、童謡の一つの重要なあるべき姿であるからだ。

最後に子どもによる歌われ方ではないが、からかいと受け取る詩人の解釈も挙げておく。一つはまどが引用した吉野弘の例である。

> 多くの人々に愛唱されている、この傑作の中で私が感嘆するのは〈そうよ／かあさんも　ながいのよ〉という箇所である。この詩に関して、少しばかり変った読み方をするのを許していただくと、冒頭の〈ぞうさん／ぞうさん／おはながながいのね〉は、象の鼻の長すぎることを、いくらかからかった者の意地悪と読めないこともない。ところが、そういう意地悪をすら〈そうよ／かあさんも ながいのよ〉が、見事に肩すかしを食わせるのである。得意になって答える子象に、意地悪なからかいも、微笑して同調せざるを得なくなる。[28)]

次は鶴見正夫の〈ぞうさん〉についての感想である。

> 自然や人や動物や物のすべてを通して、そこに在る永遠不変の根源的な声が聞こえる。それはもう、あたりまえのことがあたりまえのことではなくなっていることに、私は感動するのだ。しかも感動しながら、ついほほえんでしまう。
>
> 子どもの頃に、ふとった子が、「でぶ、でぶ、百貫でぶ」と友だちにからかわれていた姿を思いだし、「そうよ、かあさんも」と胸をはって言わせてやりたい

27）俵万智「「ぞうさん」と私」『飛ぶ教室』45号、pp.51-52。

28）吉野弘「まど・みちおの詩」『現代詩入門』、p.208。

気がしてくる。[29]

吉野の「少しばかり変わった読み方をするのを許していただくと」という表現から、「おはなが ながいのね」を悪口と取るのは一般的ではないという吉野の判断がくみ取れ、阪田や筆者は多数派だったと分かるが、三番目の子どもの受け取り方の例同様、少数派であってもからかいと感じ取る詩人もいることは、〈ぞうさん〉の第一連の対話の中に多様性が秘められていることを示している。対話の構造を見れば吉野が肩すかしと表現したように、応えに論理の飛躍があり、そこに深さと味わいが生まれている。そして、飛躍の帰着が鶴見の言う根源的な声である「おかあさん」であるがゆえに、語りかけが悪口であろうとなかろうと子どもの心を捉える歌となっている。

以上の検討を経ると、阪田や筆者の最初の驚きはやや極端に過ぎたかとも思われてくるが、まどのことばの中で、「私のはもっと積極的で、ゾウがそれを「わるくち」と受けとるのが当然という考えです」は一般的な領域を越えたまどの世界であるという印象が残る。

まどは30年近く自分の思いを口にしなかった。〈ぞうさん〉に関する朝日新聞の誤った記事[30]に対しても沈黙し、阪田の執拗な問いにもなかなか真意を明かさなかったまどであってみれば、もし阪田による公表がなければ、〈ぞうさん〉について最後まで口をつぐんでいた可能性も否定できない。しかし、まどはその後繰り返し、〈ぞうさん〉は悪口の歌であると解説し、その考えは一般化した。

29）鶴見正夫『童謡のある風景』小学館、1984年７月、p.170。

30）1968年（昭和43）４月21日の朝日新聞「東京のうた」欄に載った記事。長男の誕生日に汽車のオモチャをせがまれたが、困窮を極めたまどはそれが買えず、長男を連れて上野動物園に行った。ゾウ舎は空で、戦火で黒焦げであった。寂しいゾウ舎の前でこの詩は生まれたという内容。しかし、それは記者の創作であった。まどは動物園に行っていない。

2．〈ぞうさん〉のアイデンティティ

日本国際児童図書評議会（JBBY）が1990年度国際アンデルセン賞作家賞にまどを推薦する際に、谷悦子はまどの紹介文を書いた。その中で〈ぞうさん〉について簡潔な作品論をまとめている。「（前略）他者とは異質な自己を、母という根源的なものへの愛を通して肯定している内容が、無意識の深い部分で私たちを捉えるからだ。」[31] これは〈ぞうさん〉がまどの童謡の中で日本人に最も愛されている理由として述べた一文である。谷はまた、「雨情、八十、白秋などの象の作品は鼻・口・眼・大きな体などの外部の描写に止まっているのに対し、まどの〈ぞうさん〉は語りかける者と答える者との鮮やかな切り結びがあって、存在の本質に切り込む対話になっている」[32] と指摘している。その違いは歴然としており、谷の指摘のように唯一対話形式となっている白秋の〈象さん〉[33] でも、形状的な特徴と鼻の特殊な機能に着目しているに過ぎない。第5連で「たいくつね」と同情的気持ちがわずかに示されているが、他は内面的なことは表れていない。第3連「吸ひ上げて、吸ひ上げて、／象さん、その床どうするの。／― ほこりのお掃除、すっぷうぷ。」は鼻の機能に興味を抱いた子どもからの接近を感じさせるものの、交歓というにはほど遠い。次の韓国の〈ぞうおじさん〉[34] は対話の形にはなっていないが、象の鼻の多様な機能を身近なものに見立てて子どもの気持ちはより近いものである。

ゾウおじさんは 鼻が手だって
お菓子をあげると 鼻でもらうのよ

31）谷悦子『まど・みちお　研究と資料』、p.134。
32）谷悦子『まど・みちお　詩と童謡』、p.76。
33）北原白秋〈象さん〉『赤い鳥』1931年4月号、赤い鳥社、p.74。
34）ピョン・ギュマン作。日本語訳は筆者による。韓国の小学校一年の音楽教科書に載っている。

ゾウおじさんは 消防士だって
火事になると すぐにきて連れていくのよ

この童謡はまどの〈ぞうさん〉のように、韓国では子どもたちに親しまれ、長い間歌い継がれてきた。この歌が子どもに愛される理由は十分理解できる。しかし、これも象の鼻の形態と機能への着目で、まどの〈ぞうさん〉とは根本的な違いが際立つ。〈ぞうさん〉以外の童謡は、谷の言う他者と自己の世界には全く踏み込んでいないのである。他者と異質な自己は、視点を変えれば自己とは異質な他者という意識を併せ持つ。そして、他者があなた・彼・彼女という個としてのアイデンティティを互いに認めた他者か、または皆・普通で表現される没個性的な他者なのかによって意味が違ってくる。からかいや悪口は「みんなと違う」「普通と違う」という意識から生ずる場合が多いであろう。そして、それに劣等感などの意識が潜在的にともなえば、「わるくちと受けとるのが当然」というまどのことばに結びつく。

第1章で触れたまどの幼年期の孤独な体験はまどの作品にも投影されている。

しかしふと私たちは、手のつけられない障碍に出逢つてゐた。その障碍は何であつたらう。私には、かなしい海のやうなものの前に立つて、遠くひくく薄れてゆく凧を見守つた記憶が鮮明である。凧といつしよに、空さへ遠のいて行くやうであつた。私たちだけを、おいてきぼりにして、世界中が流れ去つてゆくやうであつた。私たちは胸に、熱いものを堪へて、一やうに遠い空へ頸をかしげてゐた。[35]（中間部）

9歳のときにまどが台湾の家族のもとへ行くまでの4年間の体験は、消し難い心の疎外感をまどに与えた。「オ母チヤン ガ ヰナイーン。」を汽笛のように繰り返し響かせる〈公園サヨナラ〉（1938年）は幼い子どもにとってはすべての根源に母があること、また、母無しの事物は虚無であることを叫んで

35）まど・みちお〈逃凧〉《幼年遅日抄》『文芸台湾』第1巻5号、1940年10月1日、p.396。

いる。このように心の奥深く刻印された気持ちは〈ぞうさん〉とは無関係ではないであろう。〈ぞうさん〉の創作時期の困窮、多忙、過労などは自分を見失いそうな心理状況に追い込み、さらに、かけがえのない母の些細なことからの誤解[36]は、復員後のまどの心に大きな痛手となっていた。阪田の推測によると、母との関係にわずかな改善の兆しが見えた時期に〈ぞうさん〉は創られた。それはまどの日誌からの推察で、1951年（昭和26）の６月10日のことであった。激務で疲労困憊の中で作曲家の酒田冨治の依頼によって葉書に書きしるした６篇の幼児童謡の一つが〈ぞうさん〉であった。推敲するゆとりもなく、心にある叫びがそのまま詩となったであろう。実際のそのときの母に対する心情吐露というよりは、長い間心に抱き続けた母であった。

『全詩集』の作品中〈ぞうさん〉以前の詩で母を示す語が出てくる作品は、動物に対する擬人的な使用を除くと16篇ある。その内、まどの台湾時代のものが15編ある。 その中でまどの母親に対する情感がはっきりと表れているのは〈雨ふれば〉〈生まれて来た時〉〈一ネンセイノビヤウキ〉〈公園サヨナラ〉〈びわ〉である。〈雨ふれば〉は雨の降る日に部屋の中で裁縫をする優しい母の姿の描写によって、生活の中での母の存在を通して得る心の平安を歌い、〈生まれて来た時〉は自己存在の原始的郷愁を母に重ねている。〈一ネンセイノビヤウキ〉は熱で朦朧と夢をみるような状態から目を覚ますと、つききりで看病するお母さんがいたという内容である。母の愛情とそれによって得る安心を表現はしているが、背後に母が存在しない夢の中の不安も表れている。そして〈公園サヨナラ〉は先にもふれたように自己存在の原始を母に置き、母の不在への虚無と不安を叫んでいる。子どもにとって身近で楽しい公園も、滑り台も暖かい陽ざしも、一切が無となる。〈びわ〉はその語彙／やさしい、だっこ、うれる、しずか、ぬるむ、ママ、おちち、あまい／が示すように、母の甘くにおう優しさを抽象的に香らせている。

36）阪田寛夫『まどさん』、p.215。

以上、〈ぞうさん〉までのまどの母親像とも言える作品を見たが、まどには幼年期に体験した疎外感があり、優しい暖かい母親が描かれても、その背後にはまどの心に抱き続けた母親像の重なりがある。

> 日本人はその自我をつくりあげてゆくときに、西洋人とは異なり、はっきりと自分を他に対して屹立しうる形でつくりあげるのではなく、むしろ、自分を他の存在のなかに隠し、他を受け容れつつ、なおかつ、自分の存在をなくしてしまわない、という複雑な過程を経て来なくてはならない。[37)]

これは臨床心理学者河合隼雄の言葉である。筆者は本書66頁で、「自己に対する他者は、個としてのアイデンティティを互いに認めた他者か、または皆・普通で表現される没個性的な他者かによって意味が違ってくる」と指摘した。からかいや悪口は発話側にとっても受け手側にとっても、「みんなと違う」「普通と違う」という意識から生ずる。阪田に自分の体験を話した女の人のように、「みんなから髪が赤い、言うことが変わっていると、ひどく嗤われ、――母親も同じように変わり者と言われている人間だったから、その娘なんだからと、自分を元気づけた」というケースが良い例である。河合のことばを借りるならば、「自分を母親の存在のなかに隠し、他を受け容れつつ、なおかつ、自分の存在をなくしてしまわない、という複雑な過程を経た母親」と共有するアイデンティティである。〈ぞうさん〉も基本的には同じであるが、母との共通性による自慰ではなく、それを誇る点が大きな違いである。「突然、簡潔な明るさを湛えた形象となって出現した」と谷が言うのもその点にある。しかし、母に依存したアイデンティティであることに変わりはない。まどは河合が指摘した複雑な過程を経なければならなかったのである。

37）河合隼雄『大人になることのむずかしさ［新装版］子どもと教育』岩波書店、1996年１月、p.138。

3.「おはなが ながいのね」の「の」をめぐって

酒田冨治が作曲した後、〈ぞうさん〉は佐藤義美によってNHKに持ち込まれ、團伊久磨の曲を得てみんなに愛唱されるようになった。その際、佐藤は「おはなが ながいね」に無断で「の」を入れた。佐藤通雅はこれについて、「の」を入れたことによって「おさなごの　セリフ」になった、改作がすぐれていると述べている[38]。確かに語調としてのそういった面はあると思うが、「の」が入ることによって引き起こされる意味の変化にも注意を向ける必要がある。

「の」はいくつかの選択肢の中から一つをとりたてる意識が働くときに出てくる。何らかの可能性という文脈の前提が必要である。〈ぞうさん〉について言えば、子象の鼻を見ていきなり「ながいのね」と切り出すのは不自然である。つまり、これは口調の問題ではなく、その場面での自然なことばとしてまどは「の」を入れなかったのではないだろうか。歌全体としては、「かあさんも　ながいのよ」で初めて「の」が現われることによって、母と自分のアイデンティティを自分の思考によって見出し、それを誇らしげに宣言する強さはより効果的なものとなる。

谷は「原作の「ながいね」の方が媚がなく「そうよ」のきっぱりした表現とよく呼応しており、発話主体の多様なイメージを可能にするように思う。」と言い[39]、また佐藤宗子は「詩において「ながいね」と人間に素朴に指摘されるあるいは驚かれようと、「ながいのね」と若干揶揄ないしは批評的に言われようと、「誇りを持った子ゾウの気持ち」に揺らぎはない。」[40]と言っている。これらの「の」に対する感じとり方に「の」の意味が隠されている。

38）佐藤通雅『詩人まど・みちお』、p.227。

39）谷悦子『まど・みちお　詩と童謡』、p. 82。

40）佐藤宗子「酒田冨治曲譜「ぞうさん」の意味　―もう一つの享受相と童謡の教育的活用―」、p.38。

日本語はお互いの了解事項はできるだけ表現しない言語である。発話の成立する背景である「場」や「コンテクスト」に言外のことを語らせる。その特徴が「の」にも現われている。子ども語に「の」もしくは「ん」が多いのは、言外つまり未発達で表現しきれない事象が多いからである。文体習得の未熟さも無関係とは言い切れないが、「の」は子どものことばの本質ではない。谷が「ながいのね」に媚を感じ、佐藤宗子が「ながいね」に素朴さを、「ながいのね」に若干の揶揄と批評を感じたのも頷ける。「の」は自然なコンテクストの流れではなく、何かの交錯したコンテクストの中で使われるからである。

4．自己喪失の克服

この節のキーワードは「アイデンティティ」と「悪口と受けとるのが当然」である。ここで最初のアイデンティティの内容に戻ると、a～dの4点が考えられた。「a. 自分という存在の認識、他者ではない自己の自覚。b. 他者との同異の認識。c. 自分を良しとする自己肯定感。d. 他者との関わりにおいて自分の存在意味の自覚。」である。「悪口と受けとるのが当然」はb、c、dに関わることで、特にdの捉え方によってcの自己肯定が出来るか出来ないかが決まってくる。dの「自分の存在意味」は他者からの評価に依存しがちである。他者からマイナスの評価をされれば自己存在の否定につながり、プラスの評価をされれば自己肯定とつながっていく。言いかえれば、プラスは「他者に対する自己の相対的優越感」であり、マイナスは「他者に対する自己の相対的劣等感」である。まどの発言の中には、子どものときからの劣等感が潜在的にあったことが窺える。「悪口と受けとるのが当然」には、他者に依存したアイデンティティの側面がある。しかも、そこからの自己解放が母との共通性に依存したアイデンティティであるならば、河合の「自分を他に対して屹立しうる形でつくりあげた自我」ではない。第1章で引用したが、既に1935年（昭和10）にまどは〈動物を愛する心〉で後のアイデンティティを主題とした作品と同様な考えを示している。「石ころは石ころ、野の草は草としての使命をもち、世の中のあらゆるものは価値的にみんな平等でありみんなそれぞれ尊い」と。それは上のa、bの段階でのアイデンティティの確立を意味している。しかし、現実の戦後の困難な状況の中で、日誌を書くということさえ出来ない苦悩に満ちた現実の中では、c.の自立的なアイデンティティの確立は難しかったであろう。〈ぞうさん〉は〈動物を愛する心〉で示されていた「すべてのものがそれぞれに尊い」というまどの理想が、現実において自分に具現する過渡期の作品と言える。

〈ぞうさん〉はまど自身に変化を与えた。それは〈ぞうさん〉の成功である。俗な言い方ではあるが、〈ぞうさん〉は以後の童謡詩人としての評価と、それに伴う多少の経済的好転をもたらしたであろう。そして、まどは純粋に自分が自分であることの喜びを歌った童謡が作られるようになっていった。そのような作品は台湾時代にはなかった。〈ぞうさん〉以後のその兆しは〈おちゃわん〉である。これは『全詩集』で〈ぞうさん〉の次に掲載されているが、索引によれば初出はまどが勤務した国民図書刊行会の『うたとリズム』（1952年（昭和27）６月15日）で、ちょうど〈ぞうさん〉を創った１年後である。

あなたは
だあれ
　そっと
　たたいて
　ききました

あたしは
　ちゃわん
　　かわいい
　　おへんじ
　　いいました

第３節　童謡から詩への推移[41)]

１．創作の開始

まどの戦後の発表された作品として『全詩集』の最初を飾る詩は〈今きた一九四八年〉である。

ハーロー　二郎
ぼくは　今きた一九四八年

これから一年
ほんとに　一年きっかりだよ
ぼくは　まいにち　きみといーしょだ

なんでもすきなことを
どしどし　きみはやるがいい

だが一年たって　ぼくがかえっていくときに
ちょっと　まってくれないか

ぼくはしょうしょうねぼけていて
大きくなるのを　わすれていた　なんて
ぼくは　知らない　グッバイ

十年さき
二十年さき
もっともっと　さきになって

41）本節「童謡から詩への推移」は筆者の論文「まど・みちおの童謡から詩への推移」（『異文化論文編』13　企画広報委員会、法政大学国際文化学部　2012年４月）を部分的に書き改めたものを含む。

おーい　むかしのあのころの
お母さんとぽちを出してくれ　なんて
ぼくは　知らない　グッバイ

ハーロー　二郎
ぼくは　今きた一九四八年だ

この詩が作られたのは1947年（昭和22）10月11日と推測される[42]。この時期は第1節2で見た戦後初期のまどの歩みと照らし合わせると、味の素川崎工場2年半の勤務の中ごろで、婦人画報に入社するちょうど1年前である。ノートに短詩をメモ風に書きとめるのが精いっぱいの状況で、翌年1948年『子どもの村』1月号に発表された。何も好きなことがどしどしやれない状況のまどが、現実を乗り越えたい夢を詩に託した。そして一九四八年が過ぎ去るときに、まどは出版社に勤める身になり、十年先には出版社を辞めて創作に専念出来る身となった。たとえ出版社勤務時代に苦労があっても、この詩に託した夢が現実のまどの歩みに実現していったことが分かる。

〈今きた一九四八年〉が作られた1947年（昭和22）10月と、葉書にかかれた〈ぞうさん〉がポストに投函された1956年（昭和31）6月との9年の間で『全詩集』に掲載された作品は次の7篇しかない[43]。〈イヌが歩く〉『こどもクラブ』、〈でんしゃの まどから〉『幼年ブック』、〈たんたん たんぽぽ〉（白眉社出版物）、〈つみき〉（NHK）、〈キリン〉『銀河』、〈タマネギ〉『銀河』、〈けしつぶうた〉サトウ・ハチロー選

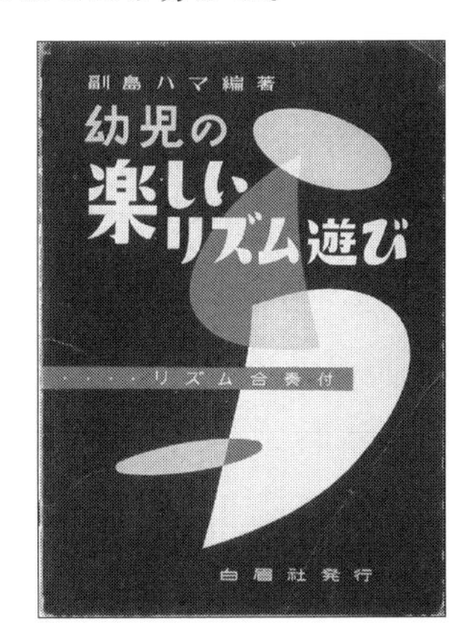

42）前掲書『まど・みちお　えてん図録』、p.135写真8の説明より。〈今きた一九四八年〉の詩に日付「10月11日」と軍事郵便のはがきを利用して作った創作ノートに記してあるそうだ。

43）初出は『全詩集』の索引による。

表3　主な雑誌の年度別作品掲載数　(1952年〜1970年『全詩集』索引による)

西暦	52	53	54	55	56	57	58	59	60	61	62	63	64	65	66	67	68	69	70	
昭和	27	28	29	30	31	32	33	34	35	36	37	38	39	40	41	42	43	44	45	計
チャ	1	2		2	1	4	4	1		2	1	4		2	2		1	4	1	32
幼指									5	20	5									30
保育									14	10	3		2	2	1					32
日本					15	1												2		18
キン									1			1			3					5
幼保															1	3	7	7	2	20
こど															1	2	4	1	3	11

※西暦年は下二桁で示した。雑誌名の略記は次の通りである。チャ：チャイルドブック、幼指:幼児の指導、保育:保育の手帖、日本：日本児童文学、キン：キンダーブック、幼保：幼児と保育、こど：こどものせかい。
※『チャイルド』は『チャイルドブック』(『チャイルドブックゴールド』も含む)。
※『日本児童文学』の1956年は短詩14編を二回に分けて載せたので作品数が多い。1970年代移行に13編ある。

『世界の絵本・少年詩歌集』である。しかし、実際には『全詩集』の「編集を終えて」で伊藤栄治が言っているように[44]、〈ぞうさん〉前後に幼児向けの童謡がもう少しあったと思われる。たとえば、前頁の写真『幼児の楽しいリズム遊び』[45]は発刊年は少し後になるが、それに所収のまどの童謡は〈たんたん たんぽぽ〉〈わにのこ〉[46]〈おやつ〉〈かしわもちごっこ〉〈ポンポンダリア〉〈スワンのおふね〉〈ぞうさん〉[47]〈きしゃごっこ〉〈つみき〉で、すべて酒田冨治の曲譜と、〈たんたん たんぽぽ〉と〈スワンのおふね〉の2曲以外

44)「しつけうた」「あそびうた」など応用文学とでもいうべきものは、まどさん自身ここに収めるのを恥ずかしがっておられます。しかしある時期のまどさんがこれらを書かれたことは紛れもない事実なので、全量の半分ほどをここに収録することを同意してもらいました。(『全詩集』p.706)

45) 副島ハマ編著、白眉社、1957年11月。

46)『昆虫列車』第19号〈ワニノコ〉の改作。

47) 團伊久磨の曲でNHKからはじめて放送されてから4年後で、「おはなが ながいのね」と「の」が挿入されている。

は副島の振り付けがついている[48]。この中で〈たんたん たんぽぽ〉〈ぞうさん〉〈つみき〉以外は『全詩集』に収録されていない[49]。これらは「しつけうた」「あそびうた」の類で、『全詩集』未収録の童謡があることが分かる。この未収録のいくつかは〈ぞうさん〉の前後に創作されただろう。

表3は〈ぞうさん〉以降に、まどが主な雑誌に発表した1952年（昭和27）から1970年（昭和45）までの年度別作品数である。集計は『全詩集』の索引を参照した。1971年（昭和46）以後も作品はあるが、わずかである。これで分かることは自分が勤め、担当した『チャイルドブック』には平均的に発表し続け、それは1959年（昭和34）国民図書刊行会退社後も続いた。それに対して、他社の雑誌は退社後の掲載となっている。雑誌以外の作品発表もあったが、前述のように「しつけうた」「あそびうた」の創作が中心であっただろう。それは仕事上の要請で、まどの本意ではなかったと思われる。

2．まど・みちおの童謡と詩の創作数の時代的推移

まどの童謡と詩の創作の推移を創作数を手掛かりに考察したい。資料は『全詩集』によった。

『全詩集』所収の散文詩以外の作品は1934年から1989年までのもので1156編[50]ある。そして、その中で作曲されたもの[51]は440編である。しかし、この作曲された数はまどの童謡数を正しく反映したものではない。作曲されなかった作品の中にも童謡と言い得るものがあるからである。また、童謡と言っても歌謡的韻律の詩といった広い概念もあり、必ずしも作曲されることを前提としない呼び方もあるので、どの作品を童謡とするかもそれほど簡単な

48）〈ぞうさん〉の振り付けについては佐藤宗子の前掲論文「酒田冨治曲譜「ぞうさん」の意味――もう一つの享受相と童謡の教育的活用――」、pp.36-37に詳しい。

49）〈ポンポンダリア〉は『全詩集』のとは別作品。

50）短詩はそれぞれ一つと数えた。

51）詩の初出年と作曲時期は同じとは限らないが、ここでは詩の初出年で時代区分をした。たとえば、台湾時代の〈びわ〉は戦後の作曲である。

ことではない。それで、ここでの童謡は童謡創作数の時代的推移を見る一つの目安として作曲された作品数を用いた。その数値は作曲されていない童謡をも含む数値より当然少ないが、まどの作品中での童謡の増減傾向は見ることが出来るであろう。

まどの創作を全体的に概観すると、大きく次の五つの期間に区分が出来る。

1．台湾時代　2．出版社勤務時代　3．童謡中心時代　4．詩中心時代　5．詩時代

1．台湾時代　1934年（昭和9）、24歳 ～1942年（昭和17）、32歳

『コドモノクニ』への投稿〈ランタナの籬〉〈雨ふれば〉が北原白秋に認められ、童謡を創作し始めてから応召までの期間で、その流れは第1章で見た。始めのきっかけが童謡の投稿であったためか、この時代の詩には音律の整ったものが多い。しかし童謡の模索時代という印象があり、内容的には戦後の作品に見るような童謡になりきった作品はそれほど多くはない。作曲されたものの中には〈ふたあつ〉のように、まどの知らぬ間に作曲されてレコード化されたものもあるが、この期間のまどの作品の作曲数が5[52]というのは少ない印象である。

2．出版社勤務時代　1948年（昭和23）、38歳 ～1959年（昭和34）、49歳

1946年に復員してしばらくは生活に追われ、ほとんど創作できない状況であった。1948年に婦人画報、翌年国民図書刊行会に就職し、1959年の退社まで10年間編集の仕事をした。『全詩集』所収のこの期間の作品数は82編で、

52）〈ふたあつ〉〈トマト〉〈台湾の地図〉〈トダナノナカニ〉（『全詩集』の索引には記載ないが『昆虫列車』第6冊に曲譜がある）〈びわ〉（戦後の作曲）。なお『全詩集』未所収の〈漢方薬の薬やさん〉にも曲譜がある。詳しくは本書第5章 第1節 2.1.「まど・みちおの童謡創作の歩み」と注19を参照。

その内作曲されたものは58編、作品に対する作曲されたものの割合は70％である。かなりの高率である。全体の作品数は後半こそ10作を超す年もあるが、前半の少なさは多忙をしのばせる。そういう中で〈ぞうさん〉をはじめ、〈つみき〉、〈おさるが　ふねを　かきました〉など、傑作と言われる童謡が生み出されていった。作品の中での童謡の割合が高い理由の一つに、子ども向けの雑誌の編集に携わったことが考えられる。19作品が国民図書刊行会に関わる雑誌での発表である。そして、「あたらしい子どものうた」運動の中心的役割を果たした作曲家の集まり「ろばの会」の協力やNHKなどの放送メディアの発展もまどの童謡創作意識に関係があったはずである。

３．童謡中心時代　1960年（昭和35）、50歳 ～1967年（昭和42）、57歳

1959年に国民図書刊行会を退社し、創作に専念するようになってから初めての詩集を出すまでの期間である。『全詩集』による作品の初出年度は実際の創作年とのずれが予想され、一年ごとの判断はあまり意味のないことであるが、10年近くの単位で見れば傾向は知ることはできるであろう。この期間の作品数は315編で、作曲されたものは278編ある。一年で40編近い創作である。しかも作曲されたものの割合は90％近い。まどの童謡創作において最も充実した期間であり、優れた作品が数多く創られている。

４．詩中心時代　1968年（昭和43）、58歳 ～1986年（昭和61）、76歳

1968年に初めての詩集『てんぷらぴりぴり』[53]を出版した。それから童謡をほとんど創作しなくなった時期までの期間である。作品数は553編で、その内作曲されたものは100編である。1971年、1977年は保育のための曲集が出版されたために、作曲された数が25編、12編と多くなっているが、その他の年は10編以下で、その２年を除いた期間だけの作曲された作品の割合を見

53）まど・みちお『てんぷらぴりぴり』大日本図書、1968年６月。

ると13％である。そして『全詩集』発刊が近くなってほとんど0に近づいている。

5．詩時代　1987年（昭和62)、77歳 ～100歳ごろ

童謡は全く創らず、詩のみを創作している。2011年5月の雑誌[54]のインタビューで、もう詩は創らないというまどのことばがあったが、その数年前の100歳近くまでは詩作が続けられた。100歳を記念した詩集『のぼりくだりの……』[55]『100歳詩集 逃げの一手』[56]を出版している。

3．『てんぷらぴりぴり』がもたらした転機

「前半に童謡が多くて、昭和43年頃から詩に移っていくような気がしますが……」という谷悦子の問いかけに対して、まどは次のように答えている。

> それはその通りです。というのは、いま言いましたように、童謡集を出せと言われて『てんぷらぴりぴり』という詩集を出したんです。そしたらたまたまそれが認められたんです。それで、あー、なんだ自分も詩を書けば書けるな、という気になって、それから積極的に詩を書き出したんです。[57]

このまどのことばは、上で見た詩と童謡の創作数対比の変化の時期と合っている。しかし、童謡に対する詩の割合の増加があるのは当然としても、なぜ童謡創作が減少の一途をたどって創らなくなってしまったのだろうか。

このことについては佐藤通雅の論考がある。「この転機には年齢の問題も介在している」とした上で次のように述べている。

> うたうとは、文字を持つ以前の身体から湧出する韻や律と感応することであっ

54)「詩人 まど・みちお 101年の思索」『婦人画報』アシェット婦人画報社、2011年5月、p.329 。

55) まど・みちお『のぼりくだりの…』編集市河紀子、理論社、2009年11月。 帯には「100歳詩集 最新・書き下ろし」とある。

56) まど・みちお『100歳詩集 逃げの一手』小学館、2009年11月。

57) 谷悦子『まど・みちお　研究と資料』、p.186。

> た。そこでは認識以前の自然性が主たる要素としてあった。
> ところが、まどはその対極に認識者の要素も色濃く持っていた。『てんぷらぴりぴり』がきっかけとなって詩のほうへと傾いたのは、自然性の衰退に替わって埋もれていた認識の目が前面に出てきたからにほかならない。[58)]
> うたうという身体性や動性よりも、より静的なもの・沈潜するもの・透明度のあるものに嗜好が推移しても不思議ではない。徐々にそれらは忍び寄り、たくわえられ、いつしか満水状態になった。『てんぷらぴりぴり』の話はそういう時期にやってきた。[59)]

佐藤のこの結論の背景には「声の文化」と「文字の文化」の概念がある。「声の文化は共有的・集団的である。しかし人間はそれだけで生きる存在ではなく、より高度な自己意識と内面を獲得しようとする。それが文字の文化である」[60)]。そして、童謡は「声の文化」、詩は「文字の文化」・「意味」の特性を持ち、まどについては、童謡から詩へ移行していった理由を次のように結論付けている。「まどはうたうことへのたぐいまれな資質を持つと同時に対象を凝視する・認識する資質をも宿していたがゆえに、それらを亀裂として内部に抱え込んでいた。それが『てんぷらぴりぴり』を転機とし、年齢の問題も介在して童謡から詩へ傾斜させていった」[61)]。

この佐藤の論述は詩と童謡を考える上で深い示唆を与える。谷はまどに次のような問いかけをした。「まど先生の原点は童謡にあって特に「ぞうさん」にあるみたいな言われ方なのですが。私はむしろ、原点は童謡よりも詩そのものだという感じがします。そもそもが詩であって、たまたま童謡も書き得たみたいな気がするのですが。」[62)] それに対して、まどは「私もそう思う」と答えている。

58）佐藤通雅『詩人まど・みちお』、p.236。

59）同書、p.238。

60）同書、pp.179-187の「声の文化」と「文字の文化」についての要点。

61）同書、p.237前後の論旨。

62）谷悦子『まど・みちお　研究と資料』、p.187。

まどにとって童謡とはどういうものであっただろうか。たまたま童謡を書いたのであろうか。第５章で引用するが、まどは「自分が詩と名づける詩の世界は大人語ではとても構築できないことが多いから子ども語で書く」[63]と言っている。このことは、まどの詩と童謡の創作意識においては、切り離せない何かが内に秘められていたということを暗示しているように思える。

4．まど・みちおにとっての童謡と曲

『季刊どうよう』31号で、阪田寛夫が「まどさん八十二歳の夏」と題してまどの話をまとめているが、その中でまどは童謡について次のように語っている。

> 今はもう童謡は書いていません。もともと作曲するための童謡には、あやふやなことがつきまとっていました。音楽としてできあがった歌を見ると、作詞家の役目はただヒントを差し上げるだけで、その詩の意味についても、厳密に言えば、もはや作曲家の支配に属する気がします。その証拠に、日本語の意味を知らずに発音だけできる人が、たとえば「ぞうさん」を作曲したら、全然別のものになるでしょう。
> —逆に考えれば、作曲家のことは考えずに、詩人は自分勝手に詩を書けばいいんだという気がします。[64]

このまどの発言は諦念の響きがある。その諦念の背後にまどの童謡創作の真剣さがあった。まどが82歳だったのは1991年である。それは『全詩集』発刊の１年前であった。『全詩集』所収の最後の３年間の作品数が極端に少ないのも、『全詩集』発刊のためであったと想像される。『全詩集』発刊にともなう校閲作業の中で、まどは自分のそれまでの作品のすべてを振り返り見渡したことであろう。童謡創作に関する感慨があったはずだ。上記の作曲家に

63）このまどのことばについては第５章３節で触れる。

64）阪田寛夫「まどさん八十二歳の夏」『季刊どうよう』31号 特集「童謡の源　—まど・みちおの世界」1992年10月、p.15。

対することばにはずいぶん厳しさが含まれている。また、次のまどのことばからはずっと以前からそのようなある種のもどかしさが心にあったことが分かる。これも作曲家に対してであり、童謡を子どもに提供するジャーナリズムの人々に対しての落胆でもあろう。これはまど54歳のときのことばである。

……ところでツマラヌ童謡は、今でもツマラナクナイ童謡を上回って出回ってはいないでしょうか。ここでいう童謡とは曲ではなくて歌詞の方のことですが、ツマラヌ童謡とはその歌詞が精神の高度の燃焼による所産とはいいがたい作、つまり詩ではない童謡のことです。

自分で実作してみて思いあたるのは、歌詞が多少とも詩にちかづいたような作は案外ジャーナリズムの担当者や作曲家が喜んでくれず、逆に常識になり下がった失敗作が往々にして佳作として歓迎され、すばらしい作曲をされてしまうことです。[65)]

童謡曲集『ぞうさん　まど・みちお　子どもの歌100曲集』の「はじめに」の中で、昔のいわゆるレコード童謡をツマラヌ童謡と言った上で述べたことばである。まどのことばは、童謡に対する基準の高さから、自分に対しても他人に対しても、個人の名前こそ挙げないが手厳しい。この1963年（昭和38）のことばは、まどが童謡をもっとも精力的に創作していた時期のものである。

以上、まどのことばから童謡が創られ子どもに歌われるという現実のあり方に対して、まどは時の経過とともにある意味での悟りを感じるようになっていったことが窺える。佐藤通雅の鋭い指摘と共に、曲に対する諦念も歌うという童謡からまどを遠ざけていった一つの要因となった。まどは作曲家もジャーナリズムの人々も童謡の良し悪しを識別する力がないという厳しい評価もしたが、一方、「もともと作曲するための童謡には、あやふやなことがつきまとっていた。作曲家のことは考えずに、詩人は自分勝手に詩を書けば

65）まど・みちお『ぞうさん　まど・みちお　子どもの歌100曲集』フレーベル館、1963年。

いいんだ。」とも言っている。まどの童謡はことばの音（おん）と表現世界が重要であった。「詩の意味についても、厳密に言えば、もはや作曲家の支配に属する」とまで言うまどの気持は、曲がつけば、もはやまどの詩の意味を十分表わし得ないということである。

まど自身は自分の作品をどう捉えていただろうか。『ぞうさん　まど・みちお　子どもの歌100曲集』（以下『100曲集』）についての気持ちを次のように述べている。

> 国土社の詩の本[66]は、あれは童謡集みたいなもので、私の場合はフレーベル館から出ている『ぞうさん』という曲集をもとにして編んだんです。そしてその曲集はいくらかでも広く歌われている歌をということで編んだのです。自分が詩としていいと思って選んだわけではないんです。そのためかあれを見ると、あれに入れなかった作品の中に却っていいのが残っているような気がしてならないのです。つまり、逃した魚は大きいみたいな感じがいつもあってね。[67]

このまどのことばを手がかりにすれば、『100曲集』にもあって国土社の『ぞうさん』にも載せたものは、まどの作品としてのお墨付きの童謡ということになる。また、『100曲集』になかったものは逃した大魚ということになり、どちらにしても国土社の『ぞうさん』はまどの「童謡観」を探る上で重要なものである。そして曲集とはせずに、詩としての童謡を主張している。また、いくつか作曲されていないものも載せている。これは多少なりとも作曲者や童謡に関わる大人たちへの自分の童謡に対する思いを示すメッセージでもあろう。

最後に『100曲集』にはなく、国土社の『ぞうさん』に入れられた〈一ばん星〉（曲はない）を挙げたい。初出は詩集『てんぷらぴりぴり』で、童謡集の『ぞうさん』に載った。まどにとっての詩と童謡の近さを示している例と

66）まど・みちお　『ぞうさん』　国土社、1975年11月。

67）谷悦子『まど・みちお　研究と資料』、p.202。

言えよう。

広い　広い　空の　なか
一ばん星は　どこかしら

一ばん星は　もう　とうに
あたしを　見つけて　まってるのに

一ばん星の　まつげは　もう
あたしの　ほほに　さわるのに

広い　広い　空の　なか
一ばん星は　どこかしら

『てんぷらぴりぴり』

まどの童謡の神髄は魂の震えである。そして、その震えは子どもの中にこそあるとまどは感じ取っている。幼年の日の日暮れの空に探しあぐねた一ばん星を見つけたときの感激をまどは忘れない。

５．『まど・みちお全詩集』発刊後

『全詩集』の発刊は1992年（平成４）９月であった。〈鳥愁〉の例で見たように、まどはその際原作にかなりの手を入れた。80歳を越えての改稿は大変なことである。『全詩集』所収の最後の作が1989年（平成１）で、その数年前は創作数が少ない。最初の詩集『てんぷらぴりぴり』以降『全詩集』発刊まで10冊の詩集を出し、旺盛な創作を続けていたまどであるが、『全詩集』発刊の際に300編[68]近い作品に何らかの改稿をしたのであるから、その間創作数は当然減少する。まどは1994年（平成６）10月の増補新装版の際にもまた200編に再度手を入れ、2001年（平成13）５月の新訂版でも50編を直している

68）『全詩集』索引における改稿の表示による。

そうである[69]。まどの推敲癖は尋常ではない。「ふつう全集には、その時代時代に書いたものをそのまま入れるのが当然だし、直したら意味がないのはわかっているんだけど、直さずにはおられませんでした。」[70]と、まどは述懐している。

『全詩集』発刊後も詩集は13冊を数える。最後の詩集『のぼりくだりの……』『逃げの一手』はまど100歳の2009年（平成21）の刊行である。その13冊の作品数は450編を越える。この推敲癖と最晩年までの創作意欲は次のまど65歳のときの〈いわずに　おれなくなる〉が物語っている。

いわずに　おれなくなる
ことばでしか　いえないからだ

いわずに　おれなくなる
ことばでは　いいきれないからだ

いわずに　おれなくなる
ひとりでは　生きられないからだ

いわずに　おれなくなる
ひとりでしか　生きられないからだ

『まど・みちお詩集⑤ ことばのうた』

まどが心に感じる世界は、なかなかことばでは表現しきれない。しかし、言わずにはおれない。それには限られたことばでしか言えないもどかしさが付きまとう。一つの詩に推敲を重ねる。また、一つのテーマや題材を限りなく追い求める。蚊を題材とした詩は驚くほど多い。タイトルに出てくるものだけでも『全詩集』で５編、後の詩集で16編もある。「吁　この柩のやうに静かな頁に／をし花とも見える音のない蚊だ」（〈ノートに挟まれて死んだ蚊〉

69）まど・みちお『いわずにおれない』集英社、2010年３月、p.174 。
70）まど・みちお『いわずにおれない』、p.173。

終わり部分。『動物文学』第９輯1935年）が蚊に関する最初の作品で、このモチーフは何度か繰り返される。晩年になるに従って題材は限られ、詩も短くウィットを帯びてくるが、幼少のときに心に抱いた世界は晩年になっても甦る。テレビで見たツルが空を見あげているのを見たときに、まどは涙が出そうになった。恐らくまどが80歳を越えたときの作品であろう。「ぼくがツルで　そこに立って／ひとり／空を／見あげているのかと……」（〈ツル〉の後半部『それから……』1994年）は徳山の田んぼで一人でいるときに見たツルが重なっている。『文芸台湾』に載せた〈鶴の雑記帳〉も童謡の〈かたあし　つるさん〉もそうである。小さな命に対する感動や畏怖の念、幼少時の孤独な世界、花の美しさや自然の深遠、ものの存在の不思議さと面白さ、その中にあって、ひとりでは生きられない自己を感じ、またひとりでしか生きられない自己をまどは知っている。アイデンティティも共生観もそこから生まれる。ことばではいいきれない心の世界をまどは自分の詩の世界として詩作の歩みを進めた。

６．抽象画

まどは抽象画に没頭したことがある。創作専念のために国民図書刊行会を辞めて２年ほどした1961年（昭和36）春ごろからである。それは約３年間であったが、具象から抽象の世界へ自分を解放する行為であった。ことばでは表現不可能な心象世界への開放である。まどは抽象画についての考えを次のようなことばをもって端的に語っている。

> 要するに視覚は、どのように感じるべきかを、あらかじめ定められてしまっている。
> それればかりか、視覚はどのように感じるにせよ、感じるためにはその前にまず見なければならないのだが、その見る自由さえも人間は自身の手で捨て去ろうとしている。そして私が視覚にもとめているのも、その見る自由であって、大げさかも知れないが、それを守る最後の砦が抽象画だという風に私は考えているらしい。（中略）私たちの生活は、あらゆる事物に名前をつけることで成立ってい

る。何かを見るということはその事物の本質には関係のない名前という符牒を読まされることで、それによって生活上の便宜から定められた意味だけを知らされることになっている。（中略）

そしてことばによって命名されたり、ねじ曲げられたり、端折られたり、曖昧にされたりする以前の世界が、そのまま純粋に視覚的な構築を得たものが抽象画であって、それは私には、この世で視覚が「名前」と「読み」と「意味」から自由になれる唯一の世界のように思える。[71]

（傍点 筆者）

まどが望む意味という読まされる符牒からの自由は、それが視覚的な表現であれば抽象画になる。そしてそれが詩による表現であれば、ことばではいいきれない世界ということになる。まどが感じるもどかしさはそのことばの限界にあったであろう。別の見方をすれば、それ故にまどは詩作を100歳近くまで続けることができ、遊び心も加味した晩年の作風も生まれた。それに対して、抽象画はもどかしさからの解放とかなり自由を味わう体験をまどに与えたように思われる[72]。

まどは2009年（平成21）９月から自宅近くの介護付き病院に入った。それからまた多くの絵を描いた。

1936年（昭和11)、まど26歳のときに『動物文学』に載せた〈魚を食べる〉にまどの一生の詩作の源泉と言えることばを残している。

人間はもの丶形に接する場合、あらかじめ一つの予想若しくは希ひを用意してゐるものであつて、その希ひが肯定されたり否定されたりする事に依つてその感情は様々にうち顫ふ。（中略）人間は弧的なものに対しては完全円的なものを、線分又は有限波線等に対しては共に夫々無限直線及び無限波線等を、又限られたる面積に対しては限られざる面積を無意識的に希つてゐるのだ。だから線分的な煙突の先端には説明し難い淋しさがあり、すべて限られたるもの丶形には感情の

71）まど・みちお「私の一枚・セルゲ・ポリアコフ「無題」」『みずゑ』788号、美術出版社、1970年９月号、p.46、p.49。

72）まどの抽象画には無題の作品が多く、題のあるものも後に付けられたものが多い。

> 喘ぎがあるのだ。而も亦、これは物の形に就いて丈ではなく、宇宙人生の凡ゆる現象へも適要される。俳諧で言はれるさびの世界なども、その要素の大部分はこの「限りもなく生きたい人間の限られたる人生への意識的無意識的な心のふるえ」に他ならないと思ふ。[73]

まど・みちお（本名 石田道雄）はこのふるえを感じながら詩作の歩みを続け、2014年（平成26）2月28日に104年の人生の旅を終えた。

73）『動物文学』第19輯、白日荘、1936年7月、p.6。

第３章　まど・みちおの認識と表現世界

第１節　映像的表現[1)]

まど・みちおの詩には映像的表現と言える手法の詩がある。それはもちろん映像的という意味合いが一番強いが、それだけではなく、詩の中における音に関する表現も合わせれば映画的ともいえる。さらに映画でいうショットの切れ、つまりカットがどのように次のショットにつながっていくかという構成の意味も含めることができる。ショットがつながってシーンとなり、また、シークエンス、ストーリーと発展する。ただ映画的というとストーリー性のニュアンスが強いので、この節ではこれらの映画的と言える特徴をも含め、映像的という表現を用いることにする。

〈夜行軍〉

こごる、こごる、こごる。
星が、兜(かぶと)が、耳が。

おもる、おもる、おもる。
銃が、背嚢(はいなう)が、靴が。

あるく、あるく、あるく。
脚(あし)が、剣(けん)が、中隊が。

1)　本節「映像的表現」は筆者の論文「まど・みちおの詩に見る映像的表現」（『法政大学大学院紀要 第71号』大学院紀要編集委員会、法政大学大学院、2013年10月）を部分的に書き改めたものである。

つづく、つづく、つづく。
闇が、息が、地面が。

ない、ない、ない。
声も、灯（あかり）も、自分も。

みえる、みえる、みえる。
古里（くに）が、母が、旗が。

すゝむ、すゝむ、すゝむ。
前へ、闇へ、敵へ。

『昆虫列車』第８冊

このまど・みちおの詩は1938年（昭和13）５月の『昆虫列車』第８冊に載ったものである。まどの応召は1943年（昭和18）なのでこの詩の内容はまど自身の体験ではないが、時局はちょうど日中戦争が泥沼化の様相を呈していた頃であり、日本軍の状況はまどにもある程度伝わっていたはずである。日本軍兵士の行軍の様子が描写され、一連一連が映画のショットのつながりのようだ。倒置法による各連の初めに並ぶ述語の動詞が、兵士たちの黙々と進むリズムのように繰り返される。この情景は1939年（昭和14）公開の田坂具隆監督の映画『土と兵隊』[2]の行軍シーンを彷彿とさせる。それは銃を持ってぬかるみの草原を進む隊列のロングショットと兵隊の足だけを撮ったクロースアップ、画面を次々と通り過ぎてゆく兵隊たちの顔のアップ、そしてまた隊列のロングショットというカットインとカットアウェイ[3]で構成された

2)　火野葦平の小説『土と兵隊』（改造社、1938年11月）を映画化したもの。

3)　カットインとは、撮られている対象の一部分の接写（クロースアップやそれに類似）に切り替えること。カットアウェイとはその逆で、接写から遠方のショットへと切り替えること。以上、今泉容子『映画の文法　―日本映画のショット分析』彩流社、2004年２月、p.55の説明による。

シーンである。このシーンは今泉容子が指摘する[4]ように、特に戦争によって個性が抹消された兵士の匿名性が強調されている。それに対して、まどの〈夜行軍〉は背景が夜ということもあり、視覚的というよりは感覚的である。そしてその感覚「こごる・おもる・みえる」は個人的なものであるだけに、詩の心象も兵士の個人に近づく。「見える」という視覚表現も個人的な心のイメージである。つまり『土と兵隊』と〈夜行軍〉には文体上の相違があるが、全体的なモチーフとリズムは共通しており、また〈夜行軍〉にも見られる「星→兜→耳」、「脚→剣→中隊」、「古里→母→旗」は『土と兵隊』のカットイン・カットアウェイを思わせる表現である。その他にも［銃→背嚢→靴］、「闇→息→地面」、「前→闇→敵」は映画のカメラアングル[5]技法であり、特にこの詩に全く言葉の説明がない点は一番重要な映像的特徴である。

この節ではまど・みちおの映像的表現の詩を考察し、その特徴の分析を試みる。

１．〈かたつむり角出せば〉

かたつむり
角出せば、
角のへん明るくて
ひぐらし啼(な)いている。

かたつむり
角出せば、
角も細くて
庭はしずくしている。

4)　今泉容子『映画の文法　──日本映画のショット分析』、p.58。

5)　カメラ位置の高さを変えることによって、被写体に対するカメラの角度が変わる。同書、p.40の説明による。

かたつむり
角出せば、
角の先まるくて
木瓜(パパヤ)の花咲いている。

かたつむり
角出せば、
西にも向いて
夕焼がきんきらしている。

実に映像的である。どの連も三つのショットで構成されている。1.かたつむりのクロースアップが最初にあり、角を出す時間経過がある。2.次のショットはカメラ位置は変わらずに、ただ焦点が角にしぼられる。3.最後のショットで大きくカメラはカットアウェイし、かたつむりを包み込んでいる自然を写す。この1.2.3.のリズムを第1連から第4連まで繰り返している。もし映画であれば、それらの映像情報量はわずかな言葉で表現される詩に比べれば比較にならないほど多い。言葉では到底表現し得ない強烈な映像シーンが心に焼きつけられる場合も確かにある。しかし、それらは映像としての情報がいかに多くても、そこに説明はない。逆に言葉には映像の持ち得ない力がある。その言葉によってまどは映像的な世界を表現した。しかも言葉の力である饒舌性によってではなく、詩という限られた言葉のショットつなぎに、ショットとショットの行間に自分の世界を表した。

〈かたつむり角出せば〉でも、まどは映画のようにぎりぎりのところまで説明をそぎ落としている。わずかに「角出せば」の「ば」と「角のへん明るくて」の「て」に映画のカットとの違いがある。詩の内容から見れば動作主体はかたつむりであって、文体としての私は表面上どこにも表れていない。しかし、「〜ば」や「〜て」に微妙な作者の存在が香る。各連の後半2行は「〜て」でつながれ、①「角のへん明るい」→「ひぐらし啼いている」、②「角も細い」→「庭はしずくしている」、③「角の先まるい」→「木瓜の花さいている」、④「西にも向く」→「夕焼がきんきらしている」、と二項が結びつく。これらはカットアウェイ手法によるイメージの転移である。また、かたつむりのクロースアップから全体の情景へと引いていくカットアウェイは一種の倒置法であって、そのロングショットで提示される場に自分が包み込まれていることを示している。もう少し細部に目を向ければ、「明るい、細い、まるい」の形容詞、また動詞であっても「庭はしずくしている、夕焼がきんきらしている」は「ひぐらし啼いている、木瓜の花さいている」とは違って、作者の感じ方が多少とも潜在する形容詞的表現である。

比較のために情景描写の中でかたつむりを題材にした北原白秋の〈朝〉を見てみよう。

蝸牛(でで むし)角振れ、
野茨(の ばら)が小風に揺れ出した。
雀もちゆんちゆく鳴いてゐる。
お乳しぼりも起きて来た。
牝牛も青草食べ出した。

『白秋全童謡集Ⅰ』

これも映像的と言える。最初の「角振れ」という働きかけ以外は完全に映画的ショットを四つつないだだけである。ただ、まどの〈かたつむり角出せば〉に表現されている作者の微妙な感じ取り方は、白秋の〈朝〉にはない。まどは静的であり、視覚的である。同じ映像ショットのつなぎでも、白秋のは生活に根ざした躍動が感じられる。生活という場があって朝が来たという時間の経過があり、その中で自分も生き、蝸牛も生きる、そういう世界である。それに対して、まどは自分を取り巻くすべてがどのように自分を包み込んでいるか、それに対して自分はどう存在しているのかという表現世界を持っている。そのようなまどの詩作の流れで見ると、もっとも初期作品である〈かたつむり角出せば〉は象徴的である。このようなまどの初期に多くみられる映像的詩は子どもの世界とは違う方向性が感じられる。

かたつむりには子どもの興味を惹く特性がある。その形態、感触、そして何より角の動き、動きの緩慢さ、思わぬところにいる意外性など。童謡はそのようなところに着眼する。西條八十と野口雨情のかたつむりの詩も見てみよう。

・西條八十　〈蝸牛の唄〉

のォろり、のォろり蝸牛／日がな一日のォぼつて／檞の木で何見た／／一本目の枝で／見えたは牛の子　隣の牛の子／母さんに抱かれて藁の上／…（中略）…四本目の枝で／つい日が暮れた／金貨のやうなお月さま／葉つぱのかげから今晩は。

『西條八十童謡全集』

・野口雨情　〈でんでん虫の角〉

牛の角／太い角／／うしろへ曲つた／山羊の角／／
オーヒンヨ／オヒンヨ／／鹿の角／鬼の角／／
鬼の角／　こわい角／／でんでん虫虫／／　角お見せ

『定本　野口雨情　第四巻』

これらはすべて先に示した興味の惹かれるかたつむりの特徴に着目した作品である。そして対象であるかたつむりに問い、語り、働きかける。そこには作者と対象であるかたつむりの置かれた場を問い、存在を問う要素はない。しかしまどの場合、〈かたつむり角出せば〉に萌芽がみられるその視線は、後になってもう少し明らかな形となって詩に現れてくる。

〈デンデンムシ〉

きみは　デンデンムシ
ひっそりと
雨戸をわたっている
どこかの淋しい国へ
逃げてでも行くように

だが　きみはいま
必死で横断中なのだ
はっぱ　一まい
つゆ　一しずくない
この垂直の砂ばくを
アンテナ高くおしたてて
新しいオアシスの探検へと
フルスピードで　のろのろと

いま　きみの中で
きみの社会と理科と
算数と図工と体育たちが
どんなに目まぐるしく
立働いていることだろう

教えてくれ
ミスター・フルスピード・ノロ
きみの行手(ゆくて)が近づくだけずつ
きみの後(うしろ)へのびていく
きみの道のまぶしさを

きみの勇気の光なのか
天からのくんしょうなのか

『まど・みちお少年詩集　まめつぶうた』

1934年（昭和９）の〈かたつむり角出せば〉からほぼ40年後の詩である。もはや映像的表現では表しきれない。〈かたつむり角出せば〉ではかたつむりの動きはただ角を出すだけであった。それでもまどはその角に光を感じた。40年後、まどは進み続けるかたつむりに意思を感じ、努力と勇気を感じ、そして光は天からの勲章となった。かたつむりの存在の背後に作者自身の存在を問い続ける視線が感じられる。

上の〈デンデンムシ〉の数年後にもう一つ同じタイトルでかたつむりの詩を書いている。6月の雨の日に東京のまん中の12階の窓にデンデンムシを見つけたという内容である。皆が窓に駆け寄り、そして、

しーんと　なりました
目のまえに
虹が一つぶ　うかびでて
みるみる　ひろがっていくかのようでした

その虹のまぶしさで　そこがいま
ろうやのように思われだした
その　ろうやの中　いっぱいに！

そして　めいめいの胸の中にも
みるみる　みるみる　いっぱいに！

〈デンデンムシ〉後半
『まど・みちお詩集②　動物の歌』

小さなデンデンムシの放つ虹の光がビルの中の人々の心に満ちる、ビルの部屋は牢屋だとまどは言うのである。この詩も前の〈デンデンムシ〉も映像的表現の枠を超えているが、視覚的であることは変わっていない。まどは子ども時代、植物や虫などを一人見つめることが多かった。それは凝視と言っていいものであった。まどは人一倍光り輝くものに敏感であるように感じられる[6)]。

---

6)　光に関する単語の『全詩集』における使用数は次の通りである。「ひかり・ひかる」: 77、「にじ」: 70、「まぶしい」: 26、「きらきら」: 26、「ぴかぴか」: 12。上の詩以外にもカタツムリやナメクジの糊のような跡筋を虹にたとえた作品は「でで虫は虹をもってる／でで虫は虹の道をつくっていく……」〈でで虫〉、「どこまでも　つづいた／にじの　みちの……」〈デンデンムシ〉、「なめくじちゃんが　えを　かいた／まどに　のぼって　ぬるぬるぬる／にじが　たいそう　してる　えなのに……」〈あめの　ふるひに〉、「蛞蝓の通つた跡の美しい虹」〈病人〉がある。

2．まど・みちおの映像的詩の類型

類型の手がかり

前項では〈かたつむり角出せば〉をめぐって、映画手法をヒントにしながらまどの映像的な表現について、またその背後にあるものを考察した。ここではまどの詩の中で映像的表現と見られるものを見渡し、それらの中に何らかの類型が見出せないか試みたい。

〈かたつむり角出せば〉の底本として用いた『全詩集』には1156編の詩（14編の散文詩を除く）が掲載されているが、その中で筆者が映像的表現の詩として選んだものは55編[7]ある。選ぶ基準によってその範囲は当然変わってくるが、一応の判断基準を設けた。それについては後で触れる。

〈朝日に〉[8]

朝日に　鳴いた
猫の　口、
湯気を　残して
リヤン、
閉ぢた。

朝日に　咲いた
白い　湯気、
おヒゲ　残して
ヒユン、
消えた。

朝日に　鳴いた

7）それらの作品引用は可能な限り初出資料を底本とした。

8）この作品は『昆虫列車』第２輯に載った同名作品の改作である。それについては本章第２節３.「まど・みちおの詩におけるオノマトペ」の項で触れる。

猫の　顔、
朝日　残して
プイ、
逃げた。

『昆虫列車』第３輯

この作品も映像的な詩である。〈かたつむり角出せば〉と比べても作者の感覚・主観が入り込む余地のある形容詞は「白い」のみで、述語はすべて動詞で成り立つ。一連ずつがワンショットで、それがつながれて猫がひと鳴きしてから去るまでのシーンとなる。各連で７・５、７・５というリズムを完全に守っている。和歌や俳句の日本語の短詩型リズムを基本的に持っている日本人には、／朝日に鳴いた　猫の口／と、ここで必ず休止が入るであろう。そうすると、閉じるという動詞の主語としての猫の口という意識は薄れ、「猫の口が閉じた」という明確な主述関係の意識を離れて「朝日の光の中で猫が大きく口を開けて鳴いた」イメージと、「その口が湯気を残してリヤンと閉じた」イメージとに分かたれる。それはちょうど第１連と同じカメラ位置のワンショットとして写すが、最初は猫の口に焦点を合わせ、次に湯気に焦点を合わすのに似ている。映画ではカットには言語的文法は無く、ショットとショットの間の空白の読みは読み手に委ねられる。そこに詠嘆や心象が生まれる。第２連になって、「朝日に咲いた　白い湯気」は第１連よりもっと印象的な映像を示し、息が白くなる早朝の冷えと朝日の輝きが浮かび上がる。そして順番に消えていくもの「猫の口」→「湯気」→「ヒゲ」が提示され、最後に朝日が残ったと表現している。実際の場面やフィルムによる映像は言語では表現しきれない情報を伝えるが、一方、映像だけでは伝えきれない作者の心象の世界は修辞的な言葉で表現し得ている。「朝日に→咲いた、鳴いた」の組み合わせ、「息→湯気、ヒゲ→おヒゲ」の言いかえ、「リヤン、ヒユン、プイ」の擬態語、「残して、消えた、逃げた」というある種の評価的ニュアンスを含んだ動詞の使用などがその例である。この点を考慮すれば作者の主観は表出しており、類型としては〈かたつむり角出せば〉とは違った修辞的な型という予想がつく。

それでは次のはどうであろう。

〈夕焼へ〉

夕焼へ
金色の
小便した

空気さへ
明るくて
まばゆかつた

寒い
受験準備の
かへりだつた。

『童話時代』第22号

この詩には私という主語は用いられていないが、小便をしたのは私であり、空気を明るくまばゆく感じたのも私である。〈かたつむり角出せば〉や〈朝日に〉とは違って話者としての明確な私がある。情景として誰かが小便をしているのではない。映画の文法に従えば、まず私のクロースアップがあって主語を提示するだろう。私がその行為をし、そのときに何かを感じたのであった。それが何かはこの詩を味わう者にとって多少の相違はあるかもしれないが、言葉では表現しにくいある種の確かな感覚と心象がイメージされる。「受験準備のかへり」という状況説明を除けば、やはり映像的ショットのつなぎの方に含みと広がりがある。

中井正一は「映画のもつ文法」の中で映画のカットについて次のように述べている。

> 大切なことは、この映画の時間は、画面と画面の移りゆく推移、カットとカットの連続で描かれているのである。言語の世界では、表象と表象をつなぐには、「である」「でない」という繋辞(コプラ)をもってつなぐのである。文学者は、この繋辞でもって、自分の意志を発表し、それを観照者に主張し、承認を求めるのである。
> 　ところが、映画は、このカットとカットを、繋辞をさしはさむことなくつないで、観照者の前に置きっぱなしにするのである。[9)]

この言葉は映画の思想性をも含んだ広い意味での考えであるが、上のようなワンシーンにおいても当てはまる。そこから生じる含みをまどはもくろんでいる。それでも〈朝日に〉に比べると〈夕焼けへ〉は感覚的な心象世界ではあるが生活に根ざしたもので、より作者の存在は前面に表出されている。

〈あかちゃん〉

あかちゃんが
しんぶん　やぶっている
べりっ　べりっ
べりべり

あかちゃんが
しんぶん　やぶっている
べりっ　べりっ
べりべり

あかちゃんが
しんぶん　やぶっている
べりっ　べりっ
べりべり

かみさまが

---

9)　中井正一「映画のもつ文法」『中井正一全集　第三巻　現代芸術の空間』美術出版社、1964年8月、p.207。初出『読書春秋』1950年9月。

かみさま　している
べりっ　べりっ
べりべり

この詩はどうであろうか。ある意味では〈朝日に〉よりも映像的である。第1連から4連まで、無心に新聞を破り続ける赤ん坊の姿が、各連全く同じ表現で繰り返され、連と連の間によって沈黙と時間経過が示される。最後の第4連を除けば完全な映像シーンである。まどの眼はカメラのようにひたすらその赤ん坊の姿を無言で撮り続ける。もちろんカメラを向け、撮り続ける背後には撮影意図が隠されているのだが、もし最後の第4連がないとするならば、詩として成立しないだろう。しかし、第4連の「かみさまが　かみさま　している」という一言で、まどの心の世界が明確に開示されている。映画では表現し得ない。この詩は映像的詩とそれ以外との境界線上にある作品である。

以上の例を見てくると、映像的なまどの詩を類型化する一つの手がかりが見出せた。それは詩の中にどれほどの自己表出があるかという点である。一般的に自己表出という言い方は吉本隆明の『言語にとって美とは何か』[10]の指示表出に対する概念として語られる場合が多いが、それは言葉の発生と人類の言葉における美意識の蓄積、また個々の作品における文学性という本質論をも含むのである。しかし、ここではそれには深入りせず、作者のそれぞれの作品に表れた情感や思いの自己表現性というほどの意味で使用する。その意味で、どれぐらいの自己表出があるかを自己表出度と呼ぶことにする。また、ここで試みるまどの映像的詩の類型化には、手がかりとして自己表出度以外にもいわゆる映画の文法と呼ばれるカメラワークやショットの編集技法のような視点もあるが、本節では自己表出度を手がかりとした類型化のみ

10）吉本隆明『定本　言語にとって美とはなにかⅠ』角川学芸出版、2001年9月。『定本　言語にとって美とはなにかⅡ』角川学芸出版、2001年10月。

を試み、映画的表現手法については随時参考程度に留める。

3．自己表出度

ここまで冒頭の〈夜行軍〉の他いくつかの詩を取り上げた。それらを自己表出度の観点から比較して表出度の低い順に並べると、〈かたつむり角出せば〉、〈朝日に〉、〈夕焼けへ〉、〈あかちゃん〉となる。〈あかちゃん〉は表面的には語法上最も自己表出性のないものであるが、第４連の「かみさまがかみさま　している」という特殊な言い回しによって、幼児の一切の邪念のない境地に神を見るというまどの判断、つまり中井正一流に言えば繋辞（コプラ[11]）が示されている。これは事象に対する判断作用であって、目で見た現象を描写するという域を越えた自己表出である。

これらの例を概観すると、自己表出度の非常に低い詩作品から非常に高いレベルの作品が想定され、そのライン上にまどの映像的詩をマークすることができる。

〈パンク〉

お山の中の日溜りで、
乗合バスがパンクした。

バスから出てきたお客さん、
「まぶしいお空と、山だこと。」

地べたにかがんで運転手さん、
時々させてた、こんことん。

11）Copula。西洋の論理学の用語で日本語で繋辞と訳す。命題の主語（S）と述語（P）とを繋いで、S is P の英語の be 動詞などの辞を指す。日本語の場合「である」がそれに当たると言われるが、助詞「は」も含めた「SはPである」とみなす方がより正確である。〈あかちゃん〉の場合、Copula は第４連の前後の行間に示される。

パンクの周囲、影法師、
遠くで鶏、啼いていた。

純粋な情景描写に近いこの詩で作者は自分を語っていない。自己表出度は非常に低いと言える。修辞的表現もなく、カットつなぎは時間経過だけである。その意味で、これは自己表出度の低い一つの極とすることができるだろう。それでは、もう一方の高い方の極はどうであろうか。

〈深い夜〉

あばらに手を置けば
深い夜である

生きて
年齢をもち形をもち血さへ流れてゐる自分である

あばらの数は
ひとつひとつ深い夜である

生きて
しみじみ女でない自分である

あばらの中のかそけさは
深い夜である

生きて
限りなく他の人でない自分である

『動物文学』第8輯

この詩を映像で示そうとしたらどうであろうか。夜、一人横になり手をあばらに置いて物思いにふけっている情景は確かに映し出すことはできるが、まどの内省的な感慨を表現することは不可能である。言葉の持つ力と映像の限界をよく示している。映像的表現の枠から外れている。

以上で大体の自己表出度を測るスケールは手に入れた。また、付随的に映像的表現の詩の大枠もつかめた。つまり、〈パンク〉……〈赤ちゃん〉の範囲である。〈深い夜〉は範囲から外す。それでは次に、このライン上に類型を探りながら筆者が選んだ映像的表現の詩55編をマークしてみよう。

4．自己表出度による映像的詩の類型

（自己表出度は下へ行くに従って高くなる。）

A. 〈パンク〉型　6例……実写

〈布袋戯、焼金、ハダカンボノ ギナ、冬の午後、はなび〉

B. 〈アリ〉型　10例……感覚的表現

〈かたつむり角出せば、くらやみの庭、夜行軍、あけの朝、だいこん じゃぶじゃぶ、ゆげ ゆげ ほやほや、なかよし スリッパ、さくらのうた、ぱぴぷぺぽっつん〉

C. 〈朝日に〉型　16例……比喩を含む情景描写

〈ジヤンク船、あめの こびと、山寺の朝、動物園の鶴、大根干し、このおひる、ゆきが とける、こっつんこ、ちいさな ゆき、はしごのり、はなび、みぞれが ふった、ことりが なくよ、おもち、にんげんの家の〉

D. 〈オテテ ノ ホタル〉型　3例……視点交錯、同化

〈竹の林、　一ぴき麒麟〉

E. 〈ランタナの籬（かき）〉型　13例……生活の一情景に表れた自己意識

〈雨ふれば、蕃柘榴（ばんじろう）が落ちるのだ、父さんお帰へり、ぎょくらんの花、宿題、団仔（ギナ）さん、お夕はん、夕はん、ぼくらの学校、くれの まち、つんつんつるで、まつりの はやし〉

F. 〈夕焼けへ〉型　3例……行動主体としての自己

〈祭の近い日、じてんしゃ〉

G.〈山寺の夜〉型　２例……自己存在意識
〈公園サヨナラ〉
H.〈あかちゃん〉型　２例……認識判断、物の存在論
〈この土地の人たち〉

類型の妥当性

まず、まどの映像的詩と非映像的詩の二分類作業について考えたい。筆者の想定した映像的というのは冒頭で触れたように、映画的なイメージである。それは音も含み、また映画的表現手法の意も含めている。そうすると、まずそのような映画的手法では表現が困難な詩はどれかという抽出作業があり、それらが非映像的詩としてまどの詩の中から除かれていった。そして、残ったものが結果として映像的詩ということになった[12)]。

それでは、まず非映像的詩の抽出についていくつか例を示す。

a.　感覚の五感のうち触覚・味覚・臭覚世界は映画的手法では表現できない。
知覚的世界：〈宿題、せっけんさん〉、体感的世界：〈あめあめ ふるひ、はしろうよ〉など。
b.　感覚領域を越えた感情や思い、思想や想像などの様々な思惟作用は、映画の語り手としては表現不可能である。
心情吐露：〈窓、おしょうがつ いいな〉、内省的世界：〈深い夜〉、希望・願望：〈牛のそば、魚のやうに、曇った日〉、疑問・推量・演繹・判断：〈つけものの おもし、樹、かいがらさん、家〉、仮定：〈あたまの うえには〉、空想・物語・連想・比喩：〈雨のふる日、ドロップスの うた、蝶、にじ、懐中

12）ただし、あまり幼児的な「がったん　ごっとん　ぴい　ぽっぽ　大きな　きしゃが　こっちから　やってきて…」〈大きなトンネル　小さなトンネル〉と言ったものは映像的詩から省いた。この類は他に〈じどうしゃ　ぶぶぶ〉などほんの数例である。

時計〉、アイロニー：〈ケムシ、ああでもない こうでもないの うた〉、言葉・音・リズム：〈チューリップがひらくとき、がいらいごじてん、かんがるー〉など。

C. 作品中の会話、例えば〈ぞうさん〉は、その会話だけで詩のフレームが満ちており、非映像的である。しかし、映像的詩の類型Aの〈パンク〉に出てくる会話は情景の一つであって、作者の語りではないので映像的詩に入れる。

働きかけ・命令：〈トマト、キリン〉、語りかけ：〈スイギュウ オジイサン〉、会話：〈ふたあつ、ぞうさん〉など。

このように非映像的詩の抽出から作業を始めたのだが、実際の映像的詩と非映像的詩との二分は単純ではない。一番自己表出度の低いAは問題が少ないとしても、B、C……Hと自己表出度が高くなるに従ってレトリックとしての比喩や思惟作用が多少とも入り込んでくるからである。それが最も強いのがHの〈あかちゃん〉型で、線の引き方によっては非映像的詩に入るものである。しかし、ここでは比喩や思惟性の混入は、むしろ純粋な映像と比較した場合、詩の持つ特性として浮き上がる可能性を見込んで、映像的詩の枠を映像的要素を多く含んでいるものと決めた。逆に言えば、非映像的詩の中にも部分的には映像的な表現が少し入る。

次に映像的詩の類型A～Hの妥当性である。各型の独立性は詩の類型化作業において詩を比較しながら検討したので、少なくとも二つの型が包摂関係になることはない[13]。ただ、一つの詩に複数の型が見出される例があり、

13) それぞれの型には弁別可能な有意の相違が認められる場合に別の型とした。類型の妥当性のもう一つの指標に類型の数がある。たとえば、上に示した類型D.F.G.H.は該当作品が2～3例しかなく、はたしてそれぞれ一類型として立て得るのかという点である。それらを「その他」として一つに括ることもできるが、それではまどの「視点交錯」などの特徴を見逃してしまう。このような類型化は目的論的有効性も妥当性の指標となり、今後の研究の補正によってその妥当性は高まるであろう。

詩の部分部分で検討する必要のある場合もある。また、二つの型の中間的なものもある。

5．各型についての検討

A.〈パンク〉型……実写

この型の六つの例は一つのシーンを実写したもので、ほぼ映像的表現と言える。〈パンク〉については前に見た。はじめの「お山の中の日溜り」と終わりの「遠くで鶏、啼いていた」が暖かさと音響効果も合わせて、バスのパンクの場面に対しての背景として場を設定している。

〈布袋戯（ポテヒイ）〉……台湾の人形劇で、月明かりの下、野外でアセチレンの光に照らされて繰り広げられる劇の様子を、そして周りの情景を、まどはシナリオのト書のように単語を並べて描写している。各連の最後で囃し音楽の「チャーイヌ　コッコ、チャーイヌ　コッコ。」を響かせて。唯一、各連一つだけの動詞に終助詞「よ」をつけ、「アセチリンを　つけてるよ。／布袋戯をかこんでるよ、／龍が　オオンとたふれたよ、／ハハン　アハンと　見てゐるよ。」（『昆虫列車』第5輯）と語り手の存在を明示している点は映像との違いを示している。

〈焼金〉……台湾の子ども（ギナと呼ばれる）が祖母と一緒に神仏に手向ける金紙を焼く様子を描いている。「てふてふ　みたいな／紙の灰、」と「ギナはあまえて」の、みたいという直喩とあまえての二語以外は話者の思いは入らない。この二語も主観性は弱いだろう。〈ハダカンボノ ギナ〉でも幼いギナが裸で「ヒヨツコ　ヒヨツコ　カケタ／ガテウノ　ヤウニ」と直喩が使われている。

〈冬の午後〉……底冷えのする昼過ぎの軒ばたで、母親が餅うすを挽いている。その傍らで子どもが炭火を入れた籠を抱いて母を見ている。そのような情景描写である。〈パンク〉と同じように第1連で「庭と雲」、4連で「置時計がしずかに二時を打った」という場を提示している。映画で言えばエスタブリッシング・ショットとエンディング・ショットである。しかし、注意したいのは第２、３連では主語が主格を表す「が」ではなく、いわゆる主題提示の「は」になっていることである。

三尾砂は場との相関関係における言葉の分類を試みた。それによって日本語の助詞「が」と「は」の特質の大枠を示している[14]。話者の主観を離れた現前の事象を言い表す文を現象文と呼び、形の上では「体言＋が＋動詞ている形、または過去形」が多いとする。それはちょうどシナリオのト書のように場そのものを表す。それは「今、この辺」という時空間の制約を持っている。しかし、三尾が判断文と呼ぶ「課題―解決」の文は「ＡはＢだ」という文型を持ち、主語―目的語などの格の関係を越えた、真理判断や価値判断の論理を持つ。その判断の責任は話者が負う。

このような「が」と「は」の基本的な理解に立つと、まどのＡ型の詩は写生・実写と言ってもすべてが現象文ではないことに気がつく。助詞「が」が用いられる現象文は詩によって切り取られた背景としての場にだけ用いられ、中心的事象には「は」が用いられている。場から視点が移り、フォーカスが定まり、そして感受者の主観領域に入る。つまり、詩人の自己表出の素地ができたことになる。〈パンク〉では助詞は第１連の「が」一つしかなく、それ以外は「は」も「が」もなく、多少意識の未分化性が感じられるが、助詞を補えば第１、４連は現象文の「が」、第２、３連は判断文の「は」である。〈冬の午後〉も全く同じ構造である。しかし、〈布袋戯〉、〈焼金〉、〈ハダカンボノ ギナ〉、には「が」はなく、いきなり「は」が来ている。

布袋戯は、廟（べう）のまへ、
芭蕉畠（ばせうばたけ）の　うしろ、
お月さまの　下、

冒頭部
〈布袋戯（ポテヒイ）〉『昆虫列車』第５輯

14）三尾砂『国語法文章論』三省堂、1948年２月、pp.58-108。一般的には「主題」と言われるものを三尾はここで「解決」との呼応のために「課題」と呼んでいる。

最初にいきなりクロースショットで布袋戯を示し、そのあとでカメラを引きながら人形劇の演じられている周囲の状況を実写していく。まず全体の状況を示し、その次に布袋戯に焦点を絞って主題化するという一般的な文法とは逆の倒置法と言える。

〈はなび〉……第1連だけ示しておこう。

そらにあがるよ　はなび
あっちに　ぱあっ
こっちに　ぱあっ
ぱあっ　ぱあっ　ぱあっ
おおきいのが　ドーン
ぱらあっ

「そらにあがるよ　はなび」は「花火が空に上がるよ」の倒置法に見えるが、三尾が場を指向する「未展開文」と呼んだものに近く、自己表出度は最も低い例である。以上A型の五つの詩を見て言えることは、情景の実写ではあっても、それぞれの詩にはまどの詩人としての感性が微妙に表現されていることである。そこに映像と詩の違いがある。さらに言葉による表現性を除いても、あるシーンを切り取ってフォーカスを当てたこと自体にまどの作品性があることは言うまでもない。

B.〈アリ〉型……感覚的表現

見る対象から得る感覚的世界を表現した詩である。写生という意味ではA型と変わりないが、作者の感じ取ったイメージを作品としてはっきり表現しているものである。

アリ、アリ、クルヨ、
タクサン、タクサン。
　　　アリ、アリ、アンヨ、
　　　タクサン、タクサン。

アリ、アリ、オテテ、
タクサン、タクサン。
　　　アリ、アリ、クルヨ、
　　　タクサン、タクサン。

『昆虫列車』第 4 輯

表現・内容としてはこれほど幼児的なものはない。「蟻が沢山来る」それだけのことである。しかし、普通なら何の感動もないこの情景をまどは心に刻み、それを言葉で表現しようと試みた。表記をカタカナにしたこと、文字の配列と言葉の繰り返しによって、蟻の行列を視覚的にイメージした[15]こと、「アンヨ、オテテ」のクロースアップや終助詞「ヨ」で作者の視点を表していることである。その他の詩についても自己表出のしるしを挙げてみる。

〈くらやみの庭〉……「みなで　出てると／くらやみの　庭は、／夜含(ヤーハム)の匂(ニホ)ひ、／ねばい、ねばい、ねむい。／アンニア・アンニア・アイクンラア。／／……」(『昆虫列車』第 4 輯)

これは A 型の場の提示とは違って一つの感覚的世界の表現である。この詩の出だしの「みんなで　出てると」は、川端康成の「国境の長いトンネルを出ると雪国であった。」(『雪国』書き出しの文) に近い意識で、一つのまどの感覚世界である。

〈あけの朝〉……「しずかだな」「さみしいな」「はだしの 指に つめたいな」

これらの形容動詞・形容詞はまどの主観的感覚と情感が一体となった表現である。

〈夜行軍〉……「こごる」「おもる」「みえる」

冒頭で指摘したように、客観的な情景としては視覚的であるが、詩が作者の語りとした場合は身体的な感覚が強い。それは行軍という思考力も奪うほ

15) 一種の視覚詩・カリグラムである。次節の 1.「オノマトペの範囲」の項の〈つらら〉に関連して脚注で触れる。

どの肉体的な疲労を暗示している。映画『土と兵隊』の行軍シーンは個性が抹消された兵士を客観的な視点で写しているようではあるが、それを観る者にとっては、まどの詩のような個人的な感覚を呼び覚まされる。語り手と受け手には絶えずそのような含みが生じる。

〈だいこん じゃぶじゃぶ〉……「まっしろけーの け」「まっかっかーの か」「まっくろけーの け」

ただ単に「白い、赤い、黒い」という客観の域を越えた作者なりの感じ方の表現である。

〈ゆげ　ゆげ　ほやほや〉……「ゆげ ゆげ ほやほや、にこにこ　みんな」

「ほやほや」は擬態語によるまどの表現でもあり、「にこにこ　みんな」はまどの感情の表れでもある。

〈さくらのうた〉……「……さくらが さいたと　みあげれば／さくらの　おくにも／まだ　おくにも／さくら　さくら さくら　さくら／さくらら　ららら／はなびら ららら／／……」

「さくら」と「ら」の繰り返しは〈アリ〉と同様な文字の視覚的イメージと、「ら」の聴覚的イメージの工夫である。

〈なかよし スリッパ〉……「ぺっちゃら　ぺっちゃら」「 ぺらぺらぺらぺら　ぺらぺらぺらぺら」

オノマトペはまどが力を注いだ感覚表現である。この詩はその典型的例であるが、各連の出だしには「あるけば うれしい スリッパ／おしゃべり はじめる スリッパ」のような擬人的比喩があり、次のＣ型の要素も含む。それは次の〈ぱぴぷぺぽっつん〉も同じである。

〈ぱぴぷぺぽっつん〉……「たちつてとんまに／あめが　ふる／とたんのいたやね／たいこで　ござると／たちつてとんたた／たんたたたん」（第２連）

「たちつてとんまに」は五十音の言葉遊び要素と意味を絡ませて一種のオノマトペとしている。

C.〈朝日に〉型……比喩を含む情景描写

この型に入る詩の範囲をどう決めるかは難しい。比喩そのものが映像では表現不可能なものだからである。しかし、その比喩が部分的であり、詩の全体的な表現が映像的であれば映像的詩に組み入れ、このC型とした。この型をA、Bよりも自己表出度が高いとしたのは、比喩は作者の表出意識として一歩上位に位置づけられるからである。C型はB型の〈なかよし　スリッパ〉、〈ぱぴぷぺぽっつん〉の延長上にあるものだが、これらをB型に入れるかC型に入れるかは感覚的要素と比喩の要素の比重による。

〈ジヤンク船〉……「トロンコ、ペン。キップ、キップ。／トロンコ、ポロンコ、ピンチ、ピンチ。」

ジャンク船が水に浮かぶ音である。このような擬音も広い意味では一つの喩と捉えられ、「お手々をつないだ　蝙蝠（かうもり）みたい」等の直喩もこの作品で重要である。

〈あめの こびと〉……「……あめの　こびと／やねで／おいけで／かいだんで／たいこ　たたいて／たんたら　たん／／……」

B型〈ぱぴぷぺぽっつん〉と同じ雨の描写だが、雨を小人に見立てている。

〈山寺の朝〉……「うをん　うをんと　響いてる。／…流れてる。／…触つてる。／…巻いてゐる。／…這つてゐる。／…撫でゝゐる。」（『童魚』第8号）

山のお寺の鐘の音がまるで霧か煙が流れるようにお寺の中を行きめぐる様子を視覚的イメージでカメラは追っていく。

〈動物園の鶴〉……「鶴が、青空ながめた。／遠い飛行機くはへた。／金網（あみ）の中から。／／……」（『お話しの木』第1巻3号）

「鶴が遠い飛行機くはへた」というのは視覚的な遠近一致とでもいうような比喩である。これと類似した例はE型に類別した〈夕はん〉:「ぬれた箸ほうら挟める、新月は　とても細いな」や、また非映像的詩として除外した〈とおい ところ〉:「くものすに カと ならんで ほしが　かかっている」のように部分的に見られる。

〈大根干し〉……「家来みたいに、盤古みたいに」

　ギナ（台湾の子ども）が大根を自分のぐるりに家来みたいに干した、盤古（神話の巨人）みたいに笑いかけては干したというもの。この詩には主語がない。《ギナさんアルバム》の中の一編なので主語はギナと分かるが、〈夜行軍〉やＦの〈祭の近い日〉と同様主語がないので、話者の視点が三人称から一人称に転換しやすい。

〈このおひる〉……「日にほけて、／日にほけて、／一つよ、家が。」「とろけそに、／とろけそに、／ねてるよ、ねこが。」（『昆虫列車』第11冊）

　各連最初に時空間「篁（やぶ）の中。」「屋根の上。」「壁の中。」「このおひる。」のロングショットの場の提示があって、次に上の比喩表現が来る。カメラは接近することによって主語を捕らえる。比喩と倒置法によって自己表出度は高まるが、詩のトーンはＡ型である。

D.〈オテテ ノ ホタル〉型……視点交錯、同化

サーチライト　ガ　ミツケタヨ、
ミチ、ミチ、ミチ、ミチ、
ツタツテ　イク　ヨ。
　ホウ、コソバイナ、オテテ　ノ　ホタル。

サーチライト　ガ　カゾヘタ　ヨ、
ユビ、ユビ、ユビ、ユビ、
ハナレテ　オヤユビ。
　ホウ、ウスミドリ、シンメ　ノ　ヨダナ。

サーチライト　ガ　ホウ、トンダ　ヨ、
ホシ、ホシ、ホシ、ホシ、
オホシ　ニ　イツタ　ヨ。
　ホウ、イツチヤツタ、ホウホウ、ホタル。

手に持ったホタルをサーチライトに見立てている。この詩は類型で言えば、比喩を含むＣ型に重なる部分がある。しかし、自己と対象の距離のあり方と自己表出度の違いという視点で別類型となった。サーチライトは局所的に狙いを定めて光を照射するものである。ある意味でホタルは方向性はないものの、光がほのかなだけに暗闇の中の光源としては局所性があってサーチライトの比喩も頷ける。「サーチライト　ガ　ミツケタ　ヨ、」「サーチライト　ガ　カゾエタ　ヨ、」とサーチライトに見立てたホタルが主語となっている。このことは手にあるホタルをかざす行為と、見るという意識の一体化を示している。見る自分が照らすホタルに同化している。それは映画における照明とカメラのようであって、対象に光を当て、フレームで切り取ることと同じである。さらに映画ではそのショットを編集することによって文体と構造を持つが、映像的な詩も文学として同様の本質を持つはずである。第３連の「サーチライト　ガ　ホウ、トンダ　ヨ、」「ホウ、イツチヤツタ、」で、ホタルへの自己同化は解消し、飛んで逃げていくホタルを見る自分の文体となる。

〈竹の林〉……「竹の林に、／はいりこんでいくと、／みるみる　みるみる／竹になる。なるなる。／／顔が お腹が、／空へ空へのびて、／あをあをあをあを／青竹に、なるなる。……」（『昆虫列車』第１輯）

竹になるのは自分である。竹林の中に入っていくと自分が竹に同化していき、みるみる竹になって自分の顔やお腹が空へ伸びていく。そういう心的体験である。

〈一ぴき麒麟（きりん）〉……

一ぴき　麒麟、
朝日に　ひよろり、
のびたよ、立つた。

表か、裏か、
すがしい　体、
一ぴき　立つた。

お頭が、ほうら、
お空で　ついた、
新芽の　駅に。

食べよう　食べる、
ねえ、ねえ新芽、
食べよう　食べる。

一ぴき　麒麟、
さみしい麒麟、
食べよう　食べる。

『昆虫列車』第10冊

第１、２連は観察者である私が一匹の麒麟を描写していると感じられる。第２連の「表か、裏か」は見ている者の判断作用である。第３連は麒麟が長い首を伸ばして高い木の新芽に頭を到達させた状況を観察者の私が語っている。しかし、第１、２連とは違って「お頭が、ほうら、／お空で　ついた、／新芽の　駅に。」は「ほうら」という投げかけの言葉とともに、麒麟の長い首の先にある頭が空で新芽に到達したことに対する私の感歎の表れであって、私の意識が麒麟に近づいている。「ほうら」は側近者が実体験者に共感したり、励ましたりする際に投げかけることばなので、観察者としての視点もあるが、前の〈竹の林〉で自分の顔やお腹が伸びて竹になるのにもいくらか似た意識であって、かなり麒麟に同化しつつある。また、第４連で「食べよう、食べる」と意識の交錯が現れ、麒麟と私の距離は最短となる。最後の第５連では「一ぴき」が繰り返されて「さみしい」と続く。第１連から５連へと、観察者としての視点描写から麒麟への距離は縮まり、最後には「一ぴ

き　麒麟、／さみしい麒麟、／食べよう　食べる。」と麒麟に同化した私か、また観察者としての私か、微妙になっている。

以上見て来たＤ型の自己表出度がはたしてＣとＥの間の線上にマーク出来るかどうかは問題が残るかもしれない。なぜなら、視点交錯や自己同化は一種の自己消滅の方向性を持っているからである。しかし、まどの詩の分析の観点に立てば、まどの小さな生きものや動物・身のまわりの物や空の星に対峙して自己存在を問う心は、このＤ型の同化と表裏の関係にあるとも考えられる。その意味ではある面での自己表出度の高さを認め得るであろう。

E.〈ランタナの籬〉型……生活の一情景に表れた自己意識

ランタナの籬（かき）に　沿ふてゆけば、
ランタナは　目の高さ、
きらきらと　朝露も　目の高さ。

ランタナの中の　庭は静か、
いつも　ゆうかり
裏がへしの葉　つけて、
やせつぽちで　立つてゐる。

ランタナの籬に　沿ふて帰れば、
どの葉も　どの葉も　西陽（にしび）、
葉の中のすぢも　西陽。

『昆虫列車』第２輯

これも情景描写だが、まどの生活背景がある点Ａ、Ｃ型とは違っている。まどの妹が通った師範学校の付属小学校の垣根である[16]。すぐそばに下宿していたまどは朝晩それを目にした。通りすがりに見るランタナの籬を、目の

16）まど・みちお／柏原怜子『すべての時間を花束にして　まどさんが語るまどさん』、p.56。

高さの移動カメラが撮影するように描写している。カメラは朝露、庭、そして葉の細部にまで焦点を当てていく。第1連が朝、第3連が夕方で、背後にまどの一日の生活がある。その他の例も少し示したい。

〈蕃柘榴(ばんじろう)が落ちるのだ〉……「ぽとり、ぽとり、落ちるのだ」「聞こえるのだ」「音がするのだ」

文末「～のだ」が特徴である。「のだ」には実生活の時の流れの意識がある。

〈父さんお帰へり〉……「ひとりボク／父さんお帰り／待つてゐた」

一人で父の帰りを待つ心境を言葉では説明せず、周りの情景「蜜柑の皮が／おちてゐた」「蟻がぐるぐる／歩いてた」「シンとしてゐた／何もかも。」(『童話時代』第18号)などの提示だけで表現している。

〈宿題〉……

庭の樹が、見える。
この机、青い。
　鉛筆が、匂う、
　日曜の、朝だ。

空気だろ、光る。
このノート、白い。
　　　　雀だろ、啼いてる。
　　　　宿題も、じきだ。

直接表現としての自己表出はないが、周りの情景描写によって説明無しの表現を試みている。色、匂い、光、鳴き声といった感覚で自己を包んでいる。これは外界と自己との存在認識と言える。第1、2連とも一行をワンショットと見れば、「庭の樹が、見える」「空気だろ、光る」の外景のロングショットから始まり、「この机、青い」「このノート、白い」の身近なショットになり、次に視覚を離れて臭覚と聴覚へと認知は移る。そして最後に「日曜の、朝だ」「宿題も、じきだ」という作者が持つ個人的な気分感覚で終わる。情景描写は一見現象文的だが、「この机、青い」などは助詞「は」はないものの判断文に近い。また、「だろ」という特殊な使い方は「空気が光る」「雀が啼いてる」という現象文ではなく、提題化つまり取り立て性があり、判断文である。その意味でこの詩は自己表出度がＥ型の中では高い。

F.〈夕焼けへ〉型……行動主体としての自己

Ｅ型の一種の情景描写を通しての自己表出とは違って、行動をする主体としての自己表出である。先のＥ型〈宿題〉は机の前に座ったままであるが、見る、嗅ぐ、聞くという感覚を意識的に働かせるという意味ではＦ型につながる。

〈祭の近い日〉……

祭のちかい
秋の日、
豚の腸を
洗つた。

裏の
青い埤圳(ひしゆう)で、
たぐりながらに
洗つた

朱欒の　皮が
上から、
流れて　お手に
さはつた。

朱欒の虹を
こはして

豚の腸を
洗つた。

『昆虫列車』第12冊

この詩には〈大根干し〉と同様に主語がない。これは《ゑはがき台湾》という一連の作品の一つで、主語は豚の腸を洗う台湾人であろう。「ゑはがき」とある通りほとんどが映像的なものである。主語をしばしば省略する日本語の特質をまどはむしろ意識的に用いているようである。もし主語を台湾人の三人称とすれば、この詩は自己表出の最も低いＡ型になるが、一人称の私であればＥ型に近いＦ型である。「お手」という言い方を除けば一人称的文体である。内省的な面の感じられない詩だが、洗うという行動を体で感じ取る感覚は明確に表出されている。朱欒（ザボン）の皮が含む油が水面に漂い、七色に反射するのを腸を洗うたびに壊すという捉え方は一人称的ショットである。

〈じてんしゃ〉……これは自転車に乗る快感が歌われていて童謡の一つの典型である。その様子は非常に映像的ではあるが、体感的世界も表出している。

G.〈山寺の夜〉型……自己存在意識

ランプ、
ランプを　見てゐる。

私、
私が　見てゐる。

ランプ、
ランプが　見られてる。

私、
私に　見られてる。

前半部
〈山寺の夜〉『お話の木』第１巻第４号

前のＤ〈オテテ　ノ　ホタル〉型のところで、「小さな生きものや動物・身のまわりの物や空の星に対峙して自己存在を問う心は、Ｄ型の視点交錯、同化と表裏の関係にあると思われる」と述べた。それがこのＧ型である。自己を包み込む場としての情景ではなく、自分と物を意識化し対峙する。

上の〈山寺の夜〉は私がランプを見ているという事象を「私がランプを見てゐる」と「ランプが私に見られてる」の二つに視点を分解している。現象文は現前の事象を話者の判断をまじえずにそのまま言い表した文である。「雨が降っている」「犬が歩いている」などである。しかし、「私が見ている」のように主語が一人称である場合は形は現象文であっても、文の語り手である自分自身を客体化するという意識が働いており、現象文ではない。むしろ三尾の言う転移文「見ているのは私だ」→「私が見ているのだ」に近づいた意識が感じられる。ランプを見ている自分を意識化している。それと同時に普通なら受け身形の主語とはなり得ないランプという物に視点を反転させている。映像で言えば、ランプの位置に据えたカメラからカメラを直視する私を撮るショットである。第三人称が私とランプを見ているという客観的カメラ位置はこの詩にはない。静寂の中で見る私と見られるランプに視点が二分される。このような視点を持つ作品例は他にもいくつかある。非映像的詩の例として挙げた〈深い夜〉のあばらに手を置いてしみじみ女でない自分を感じるのもその一つである。見るということを意識化するときに視点と視線が問題となってくる。まどの詩についての視点・視線の考察は足立悦男[17]、佐藤通雅[18]、小林純子[19]などによってなされているが、それらは非映像詩とし

17）足立悦男「日常の狩人　──まど・みちお論」『現代少年詩論』。

18）佐藤通雅『詩人まど・みちお』。

19）小林純子「まど・みちお詩における視線の探求」『国文白百合』40号、白百合女子大学国語国文学会、2009年３月、pp.40-51。

て思惟的な領域に属する。

〈公園サヨナラ〉……すでに第2章の第2節2.「〈ぞうさん〉のアイデンティティ」で取り上げた。ここではもう一度映像的観点から見てみよう。

オ母チヤン　ガ　ヰナイーン。

オスベリ台　ノ
ウヘ　ノ　オ日サマ。

オ母チヤン　ガ　ヰナイーン。

オ耳　シヅカナ
ヲリ　ノ　小ウサギ。

オ母チヤン　ガ　ヰナイーン。

罌粟（ケシ）　ノ　オ舟　ヲ
ユスル　ミツバチ。

オ母チヤン　ガ　ヰナイーン。

オ母チヤン　ノニ
ニテル　パラソル。

オ母チヤン　ガ　ヰナイーン。

カゲ　モ　デテイク
ゴ門　ノ　ヒナタ。

オ母チヤン　ガ　ヰナイーン。

『昆虫列車』第6冊

母を求める幼児の叫び声だけが響き、何の応えもない静寂が周りの映像ショットの繰り返しと行間で描写される。まどの幼年期の体験が背後にあり、それが自己存在希求の方向づけをしている。

H.〈あかちゃん〉型……認識判断、物の存在論

前に述べたようにこの型は部分的に思惟に属するものを含むが、映像的部分の比重の重さから一つの類型として映像的詩に入れた。

〈この土地の人たち〉……

道をゆく人の背に
小さな日溜がある

日溜の中に
誰にも知られない蠅がゐる

蠅は時に　そこを離れ
ぐるりと人の周囲（まはり）を廻る

そして又もとに帰り
じつと動かない

道をゆく人のゆく先は
又　蠅のゆく先である

ろくろく蠅の面も知らずに
この土地の人たちは
日毎　蠅と共に生きてゐる

『動物文学』第９輯

道行く人の姿、陽ざし、蠅の存在と動き、それらは確かに映像となる。しかしそれらの映像を心に感受しながらなお見つづけるまどの眼差しは、まどの心の中での思いとフィードバックしながら深まっていく。それは非映像的

世界である。人と蠅の存在と関係を問い、命と行く末を思索する。〈あかちゃん〉でも、まどは幼児が無心に新聞を破る姿を見続けつつ、その幼児に畏怖感を覚える。これらの作品はまど自身の姿を表現してはいないが、その深い思索は自己表出度の高さを示し、非映像的要素を内包している。

以上、この節ではまど・みちおの詩から映像的なものを検討してきた。対象とした作品は『全詩集』所収の作品であったが、実際には戦前のもので全集に未収録の作品もある。陳秀鳳は『まど・みちおの詩作品研究　──台湾との関わりを中心に』で、まどの詩作品83編を新たに発掘したと述べている[20]。また、全詩集に収録されていない1990年以後の作品もある。

最後に映像的詩の年代別分布表を示す。

20）陳秀鳳『まど・みちおの詩作品研究　──台湾との関わりを中心に』、p.41。

6．映像的詩の年代別分布

表４　映像的詩の年代別分布表

年	映像的詩の型と数	全作品数	割合(%)
1934	BEE　3	3	100
1935	AEEFH　5	11	45
1936	C　1	13	8
1937	ABBCCCDDEEEG　12	26	46
1938	ABCDEEG　7	36	19
1939	AABCEF　6	37	16
1940～44		10	0
……第二次世界大戦……			
1948～59		142	0
1960	AF　2	27	7
1961	BBC　3	49	6
1962	CE　2	12	16
1963	BC　2	49	4
1964		7	0
1965		7	0
1966	BBCCCCEE　8	120	6
1967		9	0
1968		37	0
1969	C　1	26	4
1970		13	0
1971	CH　2	34	6
1972		21	0
1973	C　1	48	2
1974～1989		419	0

これを見て分かることは、まどの詩作の歩みの中で映像的詩は圧倒的に戦前の初期に集中していることである。1966年に８作品あるが、全体の作品数も多く割合は６％である。また、A〜Hの各型の時代別傾向は顕著には表れていない。戦前の作品で全集未収録の作品と1990年以後の作品の検討が残っているが、まどの映像的詩の傾向はほぼ把握できたと思う。

ここで一番興味深い点は、創作の初期に集中的に表れた映像的詩がまどの詩創作の中でどのような意味を持つのかである。まどは20歳前から詩作を始めており、1934年（昭和９）24歳での初めての雑誌の投稿時には、すでに詩の素養はあったと思われる。しかし個人的な詩作とは違って、白秋などの目にも触れる詩の投稿となれば、やはり自負があったであろう。その時点で、まどなりに一番自分のものとなし得た表現世界をまず投稿したことは想像に難くない。その一つの中心となるものが映像的詩であった。

本節ではそれらのまどの映像的作品を映画の手法との比較もしながら考察した。それによって、まどのもくろんだ映像的表現世界がどういうものかがより明確に理解でき、また作品に多少の優劣はあるとしても、その表現の背後にはまどの緻密な構成力が働いていることも見えて来た。まどがその技量をどう学んだかは興味深い点である。可能性として、映画や先輩詩人たちの作品の影響も考えられないこともないが、まず根底には凝視の人と言われるまどの幼少からの資質と感覚・心象の世界が潜在的にあって学び得たことは間違いない。それが前に引用した[21]まどの詩的原体験であった。まどの詩で時々言及される「遠近法」もその一つであり、言わばレンズを通しての世界であって、一種のカメラワークと言える。

まどの詩作の流れで見るときに、まどの表現世界のいろいろな試みで映像的詩はまどの詩作の出発点であり、助走であったと位置づけることができるであろう。

21）第１章第１節１.「徳山での寂しさと台湾での小学・高等小学校時代」

第２節　詩と童謡におけるオノマトペ表現

オノマトペと総称される擬音・擬態語は日本人の日常の言語生活に深く根ざした身近な言葉である。それがあまりにも身近であるため、またそれが言葉として未成熟な語であるという印象があるために、学問的にはあまり注目されていなかったように思える。確かに幼児の言葉にはオノマトペが多く、童話にも童謡にも多くのオノマトペが使用される。それは最も原始的な音としての直接的語法であり、感覚的表現であるからである。しかし、そのことは感性の表現世界である詩においてのオノマトペの重要性をも示唆している。事実、オノマトペを作品中で大事にした詩人は多い。詩人まど・みちおはどうであろうか。この節ではまどの詩作におけるオノマトペの全体的傾向を考察するとともに、まどの詩と童謡[22]におけるオノマトペの表現の特徴をも考察する。対象作品は『全詩集』の全作品1156編（短詩も一作品と数え、散文詩は除外）である。

１．オノマトペの範囲

オノマトペの一般的な捉え方は小野正弘の次の定義に見られる。「物の音や動物の鳴き声などを、人間の音声でまねした「擬音語」と、ひとの気持やものの様子などを、音のイメージに託して表した「擬態語」の総称である」[23]。また、その特徴についても「具体性をもたらし、体感的な実感を伴うものである。」と述べている。

本節で対象とするオノマトペ抽出にあたってもそれを基本とした。しか

22）本節ではリズムなどの童謡の一般的概念に加え、内容が子どもが歌える世界であることを童謡の条件として重んじた。

23）小野正弘『NHK　カルチャーラジオ　詩歌を楽しむ　オノマトペと詩歌のすてきな関係』NHK出版、2013年７月、p.131。

し、実際にまどの詩と童謡の中からオノマトペを拾い出そうとすると、厳密な線引きの難しく感じられるものもあり、本節での基準として以下の点も付け加えた[24)]。

①「はひふへ ほほほ」などのただ発音を主とした語や、「たんぽぽぽんのぽんぽぽぽんの ぽん」などの単なる調子音はオノマトペに含めない。②「トラララララ」など、動物などの名前が掛詞として「トラが走るときの耳に鳴る葉音」のようにオノマトペ的に使用されている場合、また「トンテンカン トンチンカン」や「きのこ　ノコノコ　ノコノコ／あるいたり　しないけど」のように、ことばのもじりがオノマトペとして使用されている場合は入れる。ただ、「つららら　つららら」は草野心平の〈春殖〉[25)]の文字の象形性と同類のもので、擬するという意味では擬形語といっても良いが、視覚的観点[26)]には触れないので除外する。③名詞用法の「わんこ、ポッポ、カナカナ、にこにこちゃん」などもオノマトペから除く。

以上の基準で、まどの作品1156編から考察対象とするオノマトペを抽出した。

2．詩と童謡におけるオノマトペ使用の量的分布

ローレンス・スコウラップは日本語表現の色々な場面でのオノマトペの使

---

24)「すいすいと」などの「と」とオノマトペの結合は語によって強弱がある。「って」という形にもなり、本論で原則として「と」を省く形とした。ただし、「ちょっと、ちゃんと、きちんと、ずっと、ずうっと、ふと　そうっと」などは語として成熟しているので「と」を含めて１語とした。スコウラップはそれらを副詞として除外しているが、本論では浅野鶴子・金田一春彦『擬音語・擬態語辞典』（角川書店、1978年４月）を参考にオノマトペに入れた。

25) ただ「る」を長々と連ねて蛙の卵の視覚的イメージと鳴き声をイメージした。

26) 縦書きの場合「つららら」は垂れたつららがまだらに光る模様に似ている。まどの詩にはもう少し広い視覚効果をねらった視覚詩・カリグラム的なものも数例ある。〈アリ〉については本章第１節５.の〈アリ〉型で見た。〈かんがるー〉：カンガルーの象形である「る」が茂みを飛び出して草原をジャンプしていく。〈わまわし まわるわ〉：「まわるわ」と「わまわし」の文字列を二重の輪に32文字ずつ並べている。〈キリン〉：食べたご飯が首の中を落ちていく様子。

われ方を定量的に分析している[27]。児童図書、小説、学術論文、新聞、漫画、会話などを取り上げ、字数1000に対するオノマトペ使用語数を割り出した。大雑把に言えば、書きことばよりも話しことばの使用頻度が高く、フォーマルよりもインフォーマルの方が高い。この結果は日常の体験からもある程度予想されることではあるが、明確な分析数値が示されたことは意義のあることである。まどの詩と童謡との比較のために、スコウラップのそれぞれの分析数値を紹介しておく。

児童文学：8.00～18.00、一般的小説：（本文）0.67～2.33、（対話部分）0.00～1.33、学術論文：0.0、　毎日新聞：0.33、スポーツ新聞：（相撲）3.55、（野球）1.03、漫画：（台詞）1.44、会話：2.09

この数値から分かることは、児童文学がいかに突出しているかである。これを見るとオノマトペは子どものことば、幼児的という一般的な考え方の証明のようにも見えるが、スコウラップは、「オノマトペは大人にも用いられており、子どもじみているという指摘は語自体の固有の幼稚さないしはその機能に起因するのではなく、子どもに対して使うことばにオノマトペがきわめて頻繁に用いられる[28]ことから生じる二次的現象だろう」と述べている[29]。

それでは、次にまどの詩と童謡についての分析結果を見るが、問題はまどのオノマトペの一語をどのようにとらえるかである。スコウラップの対象としたオノマトペは「キイーン」「ごっそり」「よたよた」など以外、「グイ

27）ローレンス・スコウラップ「日本語の書きことば・話しことばにおけるオノマトペの分布について」『オノマトピア　擬音・擬態語の楽園』筧寿雄／田守育啓編、勁草書房、1993年９月、pp.77-100。

28）これは子どもの言語発達の問題で、まどの作品を見ても、「うしの　あかちゃん　おっぱい　チュチュ……つばめの　あかちゃん　むしを　パクリ」などのように語の品詞的見方からは未分化な原始的オノマトペが数多く見られる。それは上の例のような動詞の未分化だけではなく、形容詞、副詞、名詞にも現れる。それが大人との用法の違いであり、子どものことばにオノマトペが多い一つの理由である。

29）ローレンス・スコウラップ「日本語の書きことば・話しことばにおけるオノマトペの分布について」p.95。

ッ、グイッ、グイッ」を一語とみなすといった程度の基準で一語の認定が明確であった。しかし、まどのオノマトペには「たっぷ　らんらん／ちー　たった」のようなものがあり、もし分かち書きで数えれば４語、行単位では２語、音の一まとまりで言えば１語、といった可能性がある。分かち書きにも行変えにもそれなりのまどの意図があるはずだが、音の調子と律動からは「たっぷ　らんらん／ちー　たった」は分離できない一まとまりとしての力を持っている。それで、本論では「ぽとん」「ずしんずしん」「ゆらり ゆらり」などと同じように、「たっぷ　らんらん／ちー　たった」[30]などの連続した一まとまりも１語とみなした。

そのような語の定義で数えると、まどの詩と童謡のオノマトペの概数は次のようになる。

オノマトペを含む詩

詩作品数：326	詩作品総字数:90000	語数：718	1000字当たり語数：8.0
	オノマトペ総字数：3500		１語当たり4.9字

オノマトペを含む童謡

童謡作品数：305	童謡作品総字数:55000	語数：1161	1000字当たり語数：21.1
	オノマトペ総字数：7500		１語当たり6.5字

（※数える文字の表記はテキスト通りとし、字数計算は句読点、記号は含まれていない。語数は繰り返しも含む。）

上に見るまどのオノマトペ数は1000字当たり、詩：8.0、童謡：21.1で、童謡は詩の2.6倍の語数である。この詩の値はスコウラップの児童図書３冊の

30）このような行を越えて１語とみなした例は他に32例ある。中には「ビン ブン／ビン ブン／ミン ブン ミン」のように３行以上に渡るものもあるが、数値上の差は３％未満で、大きな違いではない。なお、語を分かち書き単位で１語とみなした場合、その語数は詩が887語となり1.2倍、童謡が1928語で1.7倍の増加となる。

テキストの中でオノマトペ語数の少ない作品例の数値と同じで、童謡は３冊の児童図書で一番多い18.00よりもまどの童謡のオノマトペ数値が高い[31]。

また、オノマトペが用いられた作品数は詩が326、童謡が305なので、１作品当たりのオノマトペ数は詩が2.2、童謡が3.8である。この詩と童謡の開きには歌うという童謡の特性が一つの理由として関わっていると考えられる。佐藤通雅はまどのオノマトペの例も引きながら詩と童謡という深いテーマで、「声の文化」という観点から童謡について次のように述べている。

> まど・みちおが「ひとりの自分が創るのではなくて、自分の中のみんなが創る」といったのは、声の文化に特徴的な共有性・集団性に由来していた。「自分の中のみんなが　いくらか　わいわいと、そんなに深刻にではなく、天を仰いでいるような」「自分の中にある普遍性みたいなもの ――庶民としての我々一般、子どもも含めて誰でもがもっているもの、その世界の中を自分が書くという感じ」といったのも同じだ。童謡がことばから見ても構造から見ても、素朴・単純・明快なのは享受対象を考慮しているからにはちがいない、しかし、それだけでは半分しかいいあてていない。個人の意識が細分化・鋭敏化する以前の声の文化を根拠とするために、「自分」ではなく「みんな」が、あるいは「個別」ではなく「普遍」が前面に出てくる。その文化は文字の文化よりもはるかに長い時間つづいていた。[32]

そして、佐藤はまどの〈つみき〉のオノマトペ「いっちん かっちん／たーん ぽん」を「意味や理屈の成立する以前の場所を呼吸している、そういう種のことばだ。いや、ことばとしてのかたちもまだ持ちえていない、始源における音韻というべきだろう。」[33]と評価している。佐藤の上のことばは、まどの一つ一つの童謡に流れる「声の文化」としての呼吸を論じた中での言及である。「いっちん かっちん／たーん ぽん」をその呼吸の一つの始

31）スコウラップの児童図書のオノマトペ１語の平均字数は計算すると4.3字で、まどの詩よりもいくらか短い。

32）佐藤通雅『詩人まど・みちお』、pp.185-186。

33）同書、p.191。

源における音韻の表れと見るときに、童謡におけるオノマトペの重要性が理解できる。そうすると、「音」からことばという「意味」へ傾斜していった後期のまどの詩におけるオノマトペはどうであろうか。

小嶋孝三郎は自身のオノマトペ研究を集成した『現代文学とオノマトペ』の序で、オノマトペについて「すぐれた文学作品、例えば天才偉才と言われた人々の作品の中で、この種の記号が用いられている場合には、決して単なる概念の符合たるに止まらず、その聴覚的側面の映像を最大限に発揮して、直接事象の状態なり程度なりを暗示するとともに、読者の表象に訴えて作者自身の心象の顫律までも奏でるものがある。」[34]と述べ、そのようなオノマトペ用法を「象徴的用法」と呼んで、「日常的実用的言語認識を超えようとする造型的創造的次元」[35]であると文学的オノマトペ用法を定義している。まどのオノマトペ用法を概観すると、独自の創造的オノマトペ[36]と思えるものは繰り返しも入れて約250語で、全体の約13%ある。その詩と童謡の割合を見ると、まどの創造的オノマトペ[37]は童謡が詩の4倍ほども多く現れている。詩のオノマトペが日常的実用的言語認識を超えようとする造型的創造的次元の表現であるならば、詩人としてのまどの詩にもそのような「創造的、象徴的用法」がもう少しあっても不思議はないように思える。まどの詩のオノマトペの全体的な数が童謡に比べて少ないことに加え、創造的なものはより以上に少ない理由はどこにあるのだろうか。以下、まどの詩と童謡におけるオノマトペについての考察を進めたい。

34）小嶋孝三郎『現代文学とオノマトペ』桜楓社、1972年10月、p.1。

35）同書、p.51、p.65。

36）独自、または創造的という意味には二通りある。一つは語そのものが独自のもの、もう一つは語は一般的でも社会習慣的用法から逸脱した使用法である。田守育啓「宮澤賢治特有のオノマトペ　――賢治独特の非習慣的用法――」『人文論集』第46巻、兵庫大学等の研究がある。まどの場合、後者の例は1%弱である。

37）巻末の資料3の「まど・みちおの創造的オノマトペ」を参照。

3．まど・みちおの詩におけるオノマトペ

戦前の台湾時代の詩における創造的オノマトペを見よう。一つは、第1節5.「各型についての検討　C.〈朝日に〉型」の項で見た〈ジヤンク船〉である。

汀(みぎは)に並んだ　ジヤンク船(せん)、
お手々をつないだ　蝙蝠(かうもり)みたい。
　　トロンコ、ペン。キップ、キップ。
水の中にも　ジヤンク船、
さかさに並んで　赤黄(きい)茶色。
　　トロンコ、ポロンコ、ピンチ、ピンチ。

第1連
『綴り方倶楽部』第4巻10号

まどはこの詩の創作について次のように回想している。

この「ジャンク船」というのは擬音を生かした童謡で、白秋の「孔子廟」という童謡の擬音「テン、テン、ピン、チヤウ、ポン。」の素晴らしさに触発されて作ったものです。(中略)

私は「ジャンク船」の擬音を作るにあたっては、ジャンクが幾艘ももやってある川岸に出かけ、そこにじっと屈んで、天地のもの音に耳を傾けました。また一方地図をひらいて、ジャンクの活躍舞台である南シナ海沿岸の、トンキン・ハイフォン・ホンコンなどといった、いわゆるチャイナふうのひびきをもつ地名を漁ったりもしました。そのあげく、でっちあげた擬音は、「トロンコ、ペン。キップ、キップ／トロンコ、ポロンコ、ピンチ、ピンチ」というのだったと思いますが、白秋の批評に「表現が自在である」とあったのが嬉しくて今も覚えています[38]。

38) まど・みちお「処女作の頃」『KAWADE夢ムック［文芸別冊］まど・みちお』河出書房新社、2000年11月、再録、p.58。 初出『びわの実学校』97号、びわのみ文庫、1980年1月。

童謡

童謡は、まど・みちを君の「ジャンク船」と森たかみち君の「古いお城」二篇を推奨した。「ジヤンク船」はわけてもすぐれて、技法も自在である。今後、いよいよ童謡が集まるやうに希望する。

まどの音に対する思いを示す逸話である。右の写真は『綴り方倶楽部』（第4巻10号 p.137）に載った白秋の〈ジヤンク船〉の選評である。

もう一つはオノマトペの改作の例〈朝日に〉である。第1節 2.「まど・みちおの映像的詩の類型」の最初にそれを示した。この詩は『昆虫列車』第2輯[39]に掲載の改作で、誤って前号に原作を登載したとまどは記している。第3輯に訂正作品を掲載した[40]。そして、さらに『全詩集』ではオノマトペが変更され、その新訂版で句読点を取っている。下に最初の第2輯の原作を示し、次に第1節でも引用した第3輯の改作を示す。

朝日に　鳴いた／猫の　口、／湯気を　残して　閉ぢました。//
朝日に　白く／咲いた湯気、／ヒゲを　残して　消えました。//
朝日に　鳴いた／その小猫、／お椽（えん）　残して　逃げました。

『昆虫列車』第2輯

朝日に　鳴いた／猫の　口、／湯気を　残して／リヤン、／閉ぢた。//
朝日に　咲いた／白い　湯気、／おヒゲ　残して／ヒユン、／消えた。//
朝日に　鳴いた／猫の　顔、／朝日　残して／プイ、／逃げた。

『昆虫列車』第3輯

39)『昆虫列車』第二輯、昆虫列車本部、1937年4月、p.7。

40)『昆虫列車』第三輯、1937年6月、p.15。それには次のような断り書きがある。「前輯の拙作〝朝日に〟は、改作してありましたのを、誤って原作を登載したのでした。左に改作を記しておきます。」

初出では擬態語が無く、改稿でオノマトペを使用し「だ体」となった。さらに『全詩集』ではオノマトペ「リヤン、ヒユン、プイ、」が「ムン、ユン、プイ、」と変更された。最初の「ます体」は自分という存在の在り方を香らせる文体であるが、「だ体」となりオノマトペが入ることによって、表現から作者は消えて、完全な実写の感じになる。「リヤン→ムン、ヒユン→ユン」の変更はまどの感覚の世界である。

この〈ジヤンク船〉と〈朝日に〉の二例にまどのオノマトペ創作過程が垣間見られる。かなりの熱意とこだわりがあったことが想像できるが、それ以外の創造的と言えるものは台湾時代では、台湾語：「アンニア、アンニア、アイクンラア。」、祭りの擬音：「 チャーイヌ　コッコ」、その他：「ぴろっぴろっ」「チンキ」「リンコロ」「ぴんひょろ」「チピン」があるのみである。

では、戦後の詩における創造的オノマトペはどうであろうか。

一つは短詩〈ハト〉である。「ハト　ハト／ハト　ハト／はおとで　じぶんを／よぶ　しくみ」。ハトの飛ぶ羽音を名前をもじってオノマトペとしている[41]。「ハト　ハト」は創造的なオノマトペであるには違いないが、小嶋の文学的象徴的用法というよりは日常的実用的言語認識を超える短詩的面白さが勝っている。これはまどの一つの技法であって、詩には他に「キリン、カニ、ちゃわん、げた」に関するものがある。

もう一つはことばの意味をオノマトペに重ねた例で、これも一般的なオノマトペ用法ではなく、技法としてのまどの創造性が加味されたものである。

〈セミ〉

土の中から　けさ　でてきて
もう　セミが　うたえている

41）小野正弘は独創的な萩原朔太郎のオノマトペの一例として、蝶類が群がって飛ぶオノマトペ「てふ　てふ　てふ……」（小野正弘　前掲書、p.139）を挙げている。まどの「ハト　ハト」が擬音語なのに対して、これは擬態語である。

ならったことも　ない
きいたことも　ない
とおい　そせんの日の　うたを
とおい　そせんの日の　ふしで

たいよう　ばんざい　ざいざいざい
たいよう　ばんざい　ざいざいざい　　前半部

セミの擬声語としての「ざいざいざい」は小嶋の「読者の表象に訴えて作者自身の心象の韻律までも奏でるもの」だと思うが、「たいよう　ばんざい」という意味が吹き込まれており、まどが託した思いと叫びが生き物と自然の壮大な循環の讃美として「ざいざいざい」は響く。これはまどが幼年期に抱いた世界である。まどは思い出の中で言っている。「セミは、何年間も地の底で幼虫というものをやってから、セミになって鳴くんですからね。私に「夏が来ましたよ」と教えてくれるような気がしていました。」[42]

その他、詩の創造的オノマトペとして、「ほー ろろろ ちー ろろ」は海を歌った貝のふえの音、「くるるる ぴっち」はジュウシマツが粟の皮をむく様子で、擬音というより擬態の感じのものである。「あーたん てんきん　なありんぼ」〈サクランボ〉はすべての物の概念を取り払った音色そのものを創出した象徴的オノマトペである。また、創造的オノマトペの一種である社会習慣的用法から逸脱した用法に、シソの実を揚げる擬音としての「ぴりぴり」〈てんぷら ぴりぴり〉がある。

以上、まどの詩における創造的オノマトペを見た。それでは、まどの詩の中で創造的オノマトペではない「社会習慣的な用法」のオノマトペのいくつかの例も見てみよう。

42）まど・みちお『百歳日記』、p.51。

擬音語

ことり、ぽとり、ひそひそ、グウグウグウ、ドカン、ピヨピヨ、がやがや、ちゃぽちゃぽ、げらげら、くすくす、ワーン、ぴーひゃら、ぺちゃぺちゃ、等

擬態語

きらきら、すいすい、ぐるぐる、くっきり、ふわふわ、ころころ、うっすら、ひょろひょろ、こちこち、ぞろぞろ、ゆっくり、ぺろん、そうっと、ひっそり、そそくさ、ふと、しゃんと、ぴらぴら、とぼとぼ、つるつる、等

これらは一部にすぎないが、擬音語よりも擬態語が多いのが特徴である。そして擬態語の中で、「ふと、ひっそり、とぼとぼ、よぼよぼ、しげしげ、しみじみ、ぎょっ、ゆったり、うっかり、うっとり、しょんぼり、きちんと、ちゃんと、ぴったり、ぼうっ」などは、何らかの心理的要素が含まれた語で、「ふと」以外は価値判断のある評価語と言えるものである。これらは童謡として、「自分の中のみんな」と一緒には歌いにくい世界であり、実際に童謡には少ない。この中で一番顕著なのは「ふと」で、全作品の中で童謡は一例だけである。後の16例は詩に使われている。それらは「気がつく、手にする、見上げる、思う、聞く、目をそらす」などの自分の思いや行動との関連性をもって使われる。唯一の童謡〈ゆきが ふる〉も雪が降る中で一人立つ自分は空へと昇っていくという錯覚をおぼえ、「……ふと　きがつくと　ゆきが　ふる」という用いられ方である。これは自分一人の世界で、作曲はされているが詩に近い作品である。その傾向はオノマトペ以外にも、私という主語が表現上現れたり、または背後にあったりという文体的特徴としてあり、その結果として「のだ」という判断表現や疑問表現が見られる。表記も漢字交じりになり、分かち書きも少なくなって思惟の世界に近付いている。

４．まど・みちおの童謡におけるオノマトペ

まどの詩作の出発は童謡であると一般的には言われるが、子どもが歌える内容という基準からは全部で台湾時代の童謡は７作品ほどに限られ、その他は童謡的な韻律を持っているものでも内容は詩的である。童謡７作品の中でオノマトペは「トップ テップ タップ トップ ポッツン ツン」「モコモコ」「キキキキソ」の３例だけである。それらと戦後のを合わせ、童謡のオノマトペの全体的な特徴として言えることは、繰り返しが多いということである[43]。詩のオノマトペも繰り返しはあるが、童謡はその回数が多い。それが童謡にオノマトペが多い一つの理由となっている。繰り返しは歌うことのリズムや調子と切り離せない。その特徴は童謡は歌うことを目的としていて、意味を離れたリズムやオノマトペそのものが一つの童謡の重要な要素だからである。

次の例はそのことをよく表している。

ぼくの　せなかで　おしゃべり　すいとうが
ぱぷちゃぷ　ぺぷちょぷ　ちゃぷん

おんぶで　えんそく　うれしいなって
ぱぷちゃぷ　ぺぷちょぷ　ちょぽん

〈おしゃべり すいとう〉冒頭部

このような童謡としての特性は、オノマトペの範囲にとどまらず、童謡の語音の使用法全体に表れている。たとえば、「チュ　チュ　チューリップ、ハンカチ　カチカチ、ジャングル　グルグル　ジム」などのような語の一部の繰り返し、「めが　でる　め　め　め」のような語の繰り返し、「いーりるりーりる」などの調子音である。この種の字数は童謡全体で約1400字あり、

43）一作品中一番多いものは「ぽんぽんぽん」〈はじけ はじけ〉の12回である。繰り返し頻度は、詩はオノマトペの３分の１が繰り返しで、童謡はオノマトペの３分の２が繰り返しである。

オノマトペの字数の11.7%に当たる。その他の全体的な特徴は童謡の内容と関わることだが、スピード感、明るさ、楽しさである。

では、最後にまどの童謡の創造的オノマトペを見る。

①パラン　ポロン　ピリン　プルン〈チューリップが　ひらくとき〉

チュ　チュ　チューリップが
ひらく　とき
ならんで　一れつ　ひらく　とき
かわいい　ラッパが　なるかしら
　パラン
　ポロン
　ピリン
　プルン
　なるかしら　　　　第１連

まどはこのように解説している。「ここでは一列に並んだチューリップです。夜が明けてそれが朝日の中にひらくときに、小さなきん色のラッパが鳴るのだろうか。鳴った拍子にしずくのしゃぼん玉がとぶのだろうか。そのしゃぼん玉でチョウチョが顔を洗うのだろうか。というだけの歌にすぎませんが、ラッパもしゃぼん玉も顔洗いも、すべて一列に並んでなのであって、この歌はその視覚的な美しさを聴覚におきかえようとしているんですね。」[44] このまどの解説の通りに感じ取ると、「パラン：チューリップが開く、 ポロン：きん色のラッパが鳴る、 ピリン：しずくのしゃぼん玉がとぶ、 プルン：しゃぼん玉でチョウチョが顔を洗う」というイメージになるだろう。単純さの中に暖かい視覚的空間が音によって広がる。

44）まど・みちお「連載１　童謡無駄話　―自作あれこれ」『ラルゴ２』ラルゴの会、かど書房、1983年２月、p.132。

②りっぷるりー　ろんろんろん〈小鳥が ないた〉

小鳥が　ないた
そのとき　おじさんは
ぶらんこに　のっていた
木のみの　なかで
およめさんと
　りっぷるりー　ろんろんろん
　小さな　おじさんは　　第1連

もっとも創造的なものである。4連とも「小鳥が ないた」で始まるが、この「りっぷるりー　ろんろんろん」は小鳥の鳴き声と捉える必要はない。各連の内容は脈絡のない夢の世界のようで、その中でこの音が聞こえてくるのである。普通オノマトペは一種の声喩とも見られる場合もあるように、表される対象があってそれをオノマトペで表す。しかし、「りっぷるりー　ろんろんろん」の対象は漠としていてイメージの世界そのものである。まどは「小鳥が啼いた一瞬のひらめきを空間に浮かんだ宝石のような一粒」のイメージと解説している[45]。「あーら　ひょーら　ぷーら　しょ」〈たんぽぽさんがよんだ〉も同じような世界である。このオノマトペは、本来声のないはずのタンポポの擬声語であることから見ても、イメージの世界そのものと言える。

③ぺっちゃら　ぺっちゃら……ぺらぺらぺらぺら〈なかよし スリッパ〉

あるけば　うれしい　スリッパ
おしゃべり　はじめる　スリッパ
ぺっちゃら　ぺっちゃら
ぺっちゃら　ぺっちゃら

---

45) まど・みちお「連載2　童謡無駄話　──自作あれこれ」『ラルゴ3』ラルゴの会、かど書房、1983年10月、p.127。

ぺっちゃら　ぺっちゃら
ぺっちゃら　ぺっちゃら
なかよし　スリッパ

はしれば　うれしい　スリッパ
おしゃべり　はずむよ　スリッパ
ぺらぺらぺらぺら　ぺらぺらぺらぺら
ぺらぺらぺらぺら　ぺらぺらぺらぺら
なかよし　スリッパ　　第3連省略

スリッパを履いて歩いたときの擬音。子どもが大きなスリッパで歩く音であろう。その音をおしゃべりに譬えているので、「ぺらぺら」は普通の使用法からの逸脱ではないが、

スリッパの音→連想→おしゃべり→「ぺらぺら」→スリッパの音

という相互循環があり、スリッパの音と「ぺらぺら」との間にはおしゃべりという連想が働いていそうである。また、この連想にはスリッパの床をぺたぺた叩く動きが、舌の動きを思わせるという視覚的要素も加味されているように思える。

④ぱぴぷぺぽんぱら　ぱんぱらぱん　たちつてとんたた　たんたたたん

ぱぴぷぺぽっつん
あめが　ふる
やつでの　はっぱに
ぱらつく　ほどに
ぱぴぷぺぽんぱら
ぱんぱらぱん

たちつてとんまに
あめが　ふる
とたんの　いたやね

たいこで　ござると
たちつてとんたた
たんたたたん

さしすせそうっと
あめが　ふる
こだちの　しんめを
しめらす　ほどに
さしすせしっとり
しとしとと

ざじずぜぞんぶん
あめが　ふる
どしゃぶり　ざざぶり
せかいじゅうを　ふるわせ
ざじずぜぞんぞこ
ざんざかざあ

〈ぱぴぷぺぽっつん〉

五十音を使ったことば遊びが含まれる。擬音語としては効果的である。それぞれ４種の降り方の擬音語は次に来る語「ぽっつん、とんまに、そうっと、ぞんぶん」の意味に影響を受ける。「ぽっつん」はそれ自体が擬音語なのでそれほどでもないが、「ぞんぶん」になると明確な意味を担っており、そのあとに続く「どしゃぶり、ざざぶり、せかいじゅうを　ふるわせて」と合わせて、最後の「ざじずぜぞんぞこ　ざんざかざあ」は意味を注ぎこまれた擬音語に変容している。

⑤ ぼそぼそ　ぺちゃぽちょ〈パパたち　ぼくたち〉

パパは　おはなし／となりの　パパと／ぼくは　なわとび／となりの　こと
パパたち／ぼそぼそ　はっはっは／ぼくたち／たったん　たったんたん

ママは　おはなし／むかいの　ママと／ぼくは　きのぼり／むかいの　こと
ママたち／ぺちゃぽちょ　ほっほっほ／ぼくたち／よっこら　よっこらしょ

がっぽげっぽ　ぺっぽちゃぽ〈はれ　あめ　くもり〉

あめのひは／かさの　たいこを／あめがぶつし
あるけば　ラッパふく／ながぐつだし
がっぽげっぽ　ぺっぽちゃぽ／ぺっぽちゃぽ　おもしろい　第２連

「ぼそぼそ」はパパたち同士のおしゃべり、「ぺちゃぽちょ」はママたち同士のおしゃべりである。「ぺちゃぽちょ」と「ぺっぽちゃぽ」は一見同じように見えるが、促音の有無に大きな違いがある。「ぺちゃ」は音の途切れは感じられないが、「ぺっぽ」では破裂音［p］の前に促音があり、息の解放の前に待機があって［pp］となる。これは破裂音としてアスピレーションの強い形になる。これを考慮すると、まどが「ぺちゃぽちょ」を女性のおしゃべり、「ぺっぽちゃぽ」は雨の中の長靴の音として表現した擬音語だと理解できる。たとえば、おしゃべりの一般的な擬声語「ぺちゃくちゃ」は「ぺちゃぽちょ」とアスピレーションから見た音の構造は似ている。雨の日の長靴の音として白秋が表現した「ピッチピッチ　チャップチャップ」〈アメフリ〉も「ぺっぽちゃぽ」に構造が近い。これらは長靴が水たまりや道路上の雨水にふれるときの音である。しかし、「がっぽげっぽ」は「あるけば　ラッパふく　ながぐつだし」とあり、長靴に水が入っていてその中から発する音であろう。「ピッチ、チャップ」は外へ飛び散る開放的な感じがするのに対し、「がっぽげっぽ」は濁音でこもる感じが出ている。わずかな表現の違いで、これだけのイメージの広がりをオノマトペは持つ。

⑥ぎーくる　きーくる ／ いーりる　りーりる〈りすの　うち〉

ぎーくる　きーくる
くるみの　き

いーりる　りーりる
りすの　うち

るんろん　るんろん
3じには
おうむが　きます
おきゃくさま

く
く
く
く
ぐるー

このような音の使用は「くるみ」「リス」という名詞の導入音として野口雨情の「証、証、証城寺」〈証城寺の狸囃子〉的な効果をもたらすが、「ぎーくる　きーくる」は「くる　くる　くるみ」などの調子音とは違った音構成で、風に揺らぐゆったりした樹形のくるみの木もイメージさせ、擬音擬態の要素を兼ねたオノマトペ効果を発揮している。「いーりる　りーりる」の[i]音の重なりはリスのかわいらしさ、小ささを感じさせる。また、「居る」という存在の意味もかすかに感じる。次の「るんろん　るんろん」は「らんらん」などの間投詞に近い楽しい雰囲気を醸し出す。最後の「く／く／く／く／ぐるー」は「客が来る」という意味と、あるいはオウムの擬声語の効果を込め、「く／く／く／く」の繰り返しは、行変えによる時間空間をまどは狙ったかもしれない。

以上、童謡のオノマトペ例をいくつか見た。童謡におけるまどの創造的と言えるオノマトペは、これらの他に繰り返しを入れずに100以上を数える。それらには、まどがオノマトペに込めようとした多面的な効果[46]が認めら

46）詩の項でみた名前のもじりや調子音の部分的繰り返し、語の意味の挿入など童謡は詩以上に多

れる。これも創造的オノマトペが童謡に多い一つの理由として考えられる。

この節では『全詩集』の詩と童謡に使用されたオノマトペ全体を見渡し、その傾向と特徴を探った。その結果、詩と比較して童謡の1000字当たりのオノマトペ数は2.6倍という違いが明らかになった。童謡が歌という特性を前提にしていること、また子どもの言語にオノマトペが多いということを考えれば、この違いは頷ける。しかし、創造的なオノマトペが童謡の方に多く[47]、特に創作が童謡から詩へと移った後期のまどの詩に少ないのはなぜかという疑問が生じた。まどの詩と童謡全体のオノマトペの傾向を考察すると、佐藤通雅が「うたうという身体性や動性よりも、より静的な物・沈潜するもの・透明度のあるものに嗜好が推移した」[48]と詩への移行を論述しているが、「ふと」の例でも分かるように、戦後の詩で見たオノマトペの性質はそれに確証を与えている。戦前の詩に創造的オノマトペが見られるのは、童謡的な韻律と描写的情緒を感じさせる詩が含まれているからである。まどの作品は創作の重心が詩へ移ってからは、抒情的な面から離れた思惟の世界が中心となった。それはオノマトペ、特に創造的オノマトペ表現を必要としない世界である。この節のオノマトペ考察の結果もそれを裏付けている。

第3節　まど・みちおの感覚と認識世界

本章のテーマである「まどの認識と表現世界」を考察するために、第1節では「映像的表現」、第2節では「オノマトペ表現」の具体例を検討した。

彩である。

47) 先にまどの創造的オノマトペは語数計算で童謡が詩の4倍ほども多く現れていることを示したが、作品の中でそれがどのような重要度を持っているかを知るためには、使用比重つまり、それぞれの作品総字数に占める創造的オノマトペの字数割合（繰り返しも入れる）を比較することが有益である。概算で詩は「詩作品総字数:90000、詩の創造的オノマトペ総字数:430」で、割合は1000字当たり4.8字。童謡は「童謡総字数:55000、童謡の創造的オノマトペ総字数:2090」で、割合は1000字当たり38字。その違いは童謡が詩の8倍の使用率である。

48) 佐藤通雅『詩人まど・みちお』、p.238。

それによって詩や童謡の表現技法としての特徴の手がかりが得られた。ことばによる説明を省いた映画のカット編集に似た手法や、オノマトペに込めた効果の多面性などである。一方、認識という面では第１節の視点の位置や対象への同化などが特徴として捉えられた。しかし、オノマトペに関しては音をどう認識したかは作品を通しては捉えにくい。オノマトペの最も感覚的な表現である擬音語でも、たとえば同じ犬の声を聞いても日本語なら「ワンワン」と表現し、韓国語であれば「モンモン」と表現する。同じ犬の鳴き声であっても、言語によって音の認識に違いが生じる。そこには生理的な音の知覚から認識への移行がある。第２章第３節６.「抽象画」のところで、「視覚は、どのように感じるべきかを、あらかじめ定められてしまっている」「何かを見るということはその事物の本質には関係のない名前という符牒を読まされる」というまどのことばを引用した。言い換えれば、「人が伝達手段として事物に付与した言葉の既定観念に我々は縛られて、本質が見えなくなっている」ということである。このことは聴覚的な面でも当てはまり、その一つの例が「ワンワン」などの擬音語である。

生理的知覚には個人差がある。さらにその知覚も意識の持ち方によって、見えたり見えなかったり、聞こえたり聞こえなかったりと左右される。まどの研究で感受ということばが用いられるのは、まどの認識世界の特殊性に言及するためである。知覚から認識に至るすべてのニュアンスを含む感受という表現は、まどの研究には重要である。第１、２節では表現に重きがあったが、本節では感受という視点で、見る世界、音の世界、その他の感覚世界を探ってみる。

１．見る世界

まどは子どもの頃から物を凝視する性質があった。「アリや花のおしべなどの小さいものをじっとみつめることが好きでした。小さいと、ひと目で全体が見えるから、そこに宇宙を感じていたのです。」[49] とまどは振り返っている。その記憶と性質は大人になっても生き続ける。「五感の中心になるのが眼じゃないか」[50] とまどが感じているように、眼は人間の存在において最も大事な器官である。自分を取り巻く空間と自分の位置を知ることができ、色彩と光の明暗と奥行きを感知し、経験的学習によって物の感触さえも知ることができる。眼は耳のように全方向的ではなく指向性があり、焦点を合わせる点で見るという意識に影響を受ける。まどの見るという強い意識による凝視は、その結果としての知覚と認識の特徴をもたらす。その一例を挙げる。

〈月が明るいので〉

月が明るいので
手のひらを出したら、
手のひらに地図のやうな道がある。
　ね、君、之が運命線つて姉さんが言つたぜ。

月が明るいので
バナナをむいたら、
バナナが蚕の蛾のやうに白い。
　ね、君、バナナ生きてやしないだらう。

月が明るいので
しやがんでゐると、
月が着物の中にしみ込んでくる。
　ね、君、この青いやうな匂ひがさうなんだらう。

『子供の詩・研究』 第4巻第11号

---

49)『どんな小さなものでも　みつめていると　宇宙につながっている　詩人まど・みちお100歳の言葉』新潮社、2010年12月、p.20。

50)『芸術新潮』55（1）（通号649）、新潮社、2004年1月、p.176。

実際の創作時期は確定できないが、発表は〈かたつむり角出せば〉の次の最も初期の作品である。視覚的世界から深まるまどの感じ取り方がよく表れている。単なる見る世界から意表を突く感覚世界と連想がある。月明かりの中で手を出したり、バナナをむいたり、しゃがんだりしている映像だけではなく、「月が明るいので」の「ので」によって、ことばでは言い表せないその場における自分の心情を香らせている。そして、手のひらの運命線に対する感じ方、月が着物の中にしみ込む感じや青いような匂いは言語では説明できない。蚕の蛾は触覚が櫛状で雄羊の角のように見え、頭部は白い毛でおおわれている。おそらくまどは子どものときに蚕の蛾を目にしたであろう。皮をむいたバナナを月明かりで見たときに、蚕の蛾を連想してそれが生きているような感覚を持った。

次に、見ることの相互性について触れておきたい。これもまどの一つの感受の型である。

見ることの相互性

このことは眼を持つ動物が原則だが、まどは無生物に対しても同様な意識を持つ場合がある。〈たたみ〉では襖や天井に見おろされていることに気づき、〈いちばんぼし〉の星は宇宙の目のようだと感じる。また、こちらが見ているのに相手は気づいてくれない空しさと寂しさを基調とした〈鳥愁〉〈カラス〉〈コオロギが〉などもある。「生物進化のトップを疾走している人間の孤独感だと思います。」[51]というまどの意識がこれらの作品の背後にある。

〈カラス〉

カラスが　あくびをした

51）谷悦子『まど・みちお　研究と資料』、p.191。

あの山寺の　とうの　てっぺんで
この双眼鏡の中の　むらさきの空で
こんなに　すぐ　目のまえで
眠たくなった弟が　するように
大きな大口を　あけて
たった　いま

ほんとに　たった　いま
大きな大口を　あけて
眠たくなった弟が　するように
こんなに　すぐ　目のまえで
カラスよ
おまえは　あくびをした

おまえに　知らせようがないのに
見ている　この　わたしを！

一方、〈イナゴ〉のように「でも　イナゴは／ぼくしか見ていないのだ／エンジンをかけたまま／いつでもにげられるしせいで…」というのもある。しかし、そのイナゴの視線はまどに近づくものではない。いずれも相手と自分の視線に対する意識で、まどの自己存在意識の強さを示している[52]。

2．音の世界

2.1. 静けさ

静けさは物理的な無音とは違う。静かだと感じるまどがいて初めて静けさが生まれる。あくまでも感受の世界である。それには本章第1節の「映像的表現」で指摘した「場」が前提としてある。それは、まどがいる周りの状況であり、まどのそれまでの体験の蓄積である。

52）相互性はないものの、自分の視線に対する意識の強さは、本章第1節4.「自己表出度による映像的詩の類型」のG型で、〈山寺の夜〉の「ランプを見ている私」として示されている。

私がいちばんさびしいと感じたのは、ひとりでレンゲ田へ入ったり、畦道でヨモギをつんだりする時です。友だちもだれもいなくて、空でヒバリが鳴いてる、そんな時です。何を考えていたのか思い出せませんが、あたりがしーんとしていた感じだけは、はっきり心に残っています。[53]

静けさを感じる心は必ずしも寂しさと結びつくとは限らないが、まどの場合寂しさが基調となっているものが多い。 静けさのキーワードは「しんと」「静か」「ひっそり」などだが、まどは無音の継続にそれを感じるのではなく、何かの音があって、それが途絶えたり、遠のいたりするときにそれを強く感じる。それは作品上に表れているので表現手法とも言えるが、感じ方がそのような表現を取らせるとも言える。「時おり／ことりなどする」〈雨ふれば〉、「ぽとり、ぽとり　落ちるのだ」〈蕃柘榴が落ちるのだ〉、「「お芋う」と遠くの方を通る。」〈曇った日〉などである。第１節 映像的表現で見た〈公園サヨナラ〉の「オ母チヤン　ガ　ヰナイーン。」と母を求める幼児の叫び声だけが響き、何の応えもない静寂は幼い心に孤独の恐怖を引き起こす。

2.2. 詩と童謡のリズム

前節のオノマトペは音の感受と表現にまたがる種類のものであった。それに比べ、リズムはほとんど表現領域に属する。しかし、オノマトペとの関連で取り上げられなかったのでここで少し触れておきたい。まず、〈ねこやなぎ〉を見てみよう。

ぎんねこ　ねんねこ／ねこやなぎ／ねこの　こよりも／まだ　ちびで
ねずみの こよりも／まだ ちびで／えだに ならんで／ねん ねん ねん

ぎんねこ　ねんねこ／ねこやなぎ／ちびで　ねてると／ひがくれて
ちびで ねてると／よがあけて／はるが くる くる／ねん ねん ねん

53）まど・みちお／柏原怜子『すべての時間を花束にして　まどさんが語るまどさん』、p.22。

拍数 4 4 4 4 4 4 4 4

ぎんねこ | **ね**んねこ | **ね**こやな | **ぎ**……| **ね**このこ | **よ**りも・| **ま**だちび | **で**……

gi gi ne de

ねずみの | **こ**よりも | **ま**だちび | **で**……| **え**だに・| **な**らんで | **ね**んねん | **ね**ん……

ne de e nen

日本語の「ん」は舌の緊張が弱く、ハミング的柔らかさがある。そして［e］音も母音としては緊張の緩いものなので、［n］や［nen］音主体のこの詩は子守唄のようである。そして［gi］［e］音の繰り返しは韻のリズムである。一般的に日本の詩や童謡の韻律は韻のリズムよりも拍のリズムが中心で、上の〈ねこやなぎ〉であれば、一般的に／4・4・5／3・4・2・3／と表す。しかし、実際に声に出して体で感じる韻律は表面に表れた拍数ではなく、休止の拍をも含めたリズムである。それは上に示した4拍子で、太字の音に強拍がくる。日本古来の／5・7・5・7・7／などの定型詩の韻律も基本的に休止の拍をも含めた2音を1拍とした4拍子である[54)]。童謡〈ぞうさん〉の／ぞうさん／をこの原理に当てはめると／ぞう・さん／の2拍子か4拍の4拍子となる。最初の酒田冨治の曲は2拍子であった。しかし、今日一般に歌われる團伊久磨の曲は3拍子で、／ぞ／う／さん／が3拍になる。このことは［san］が英語やハングルのように1拍化していることを示す。

詩がそれほど拍数が揃っていなくても作曲される例や、実際に話される日本語を観察すると、日本人の拍に対する意識の度合は、状況によって強くなったり、弱くなったりするもののようである。それは人によって内的リズムが違う可能性のあることを示している。〈ぞうさん〉は佐藤義美によって「の」が挿入されたわけだが、そのことについてまどは「佐藤さんの詩のことばには独特のリズムがあって、趣味に合わないのはすごく嫌いなのです。

54）川本皓嗣「七五調の四拍子」『日本詩歌の伝統』岩波書店、1991年11月、pp.215-322。

きっと「ながいね」というリズムが、佐藤さんの趣味に合わなかったのでしょう。」[55]と述べているように、詩人によってもリズムの感じ方は違う。一律に拍数によってリズムを捉えるのは困難である。その他、音の微妙な点についてもまどは、「アクセントなどが曲の強弱や流れと逆のほうがかえって新鮮でおもしろい、ということもあると気がつきました。実際にそういうこともあるんです。要するに、人間の感じ方や考え方というものは、一様ではなくて、複雑になっていくんですね。つまり、基本的なことばかりいってみても、あながち、そのとおりにはいかんということもあるわけです。」[56]と長い経験から語っている。

次にリズムを破る例を見る。老齢になってからの詩である。

〈ひとりうたっている〉

この道はいつかきた道
ああ　そうでないよ
あの雲もいつか見た雲
ああ　そうでないよ

冒頭部
『ネコとひなたぼっこ』

日本人の国民歌と言える白秋の〈この道〉の出だしを見れば、自然に山田耕筰作曲のメローディーにのって「ああ　そうだよ」と口に出る。そのように構えているところへ「ああ　そうでないよ」とリズムが壊される。「そうでないよ」の少し訛った感じと一緒になって、何とも言えないおかしさがある。「そうでないよ」の「ない」を1音節化すれば曲にのらないことはないが、〈この道〉を知っている者にはリズムの違和感が大きい。

55)「佐藤義美さんのこと　──まど・みちおさんに聞く──」『季刊どうよう』22、チャイルド本社、1990年7月、p.27。

56) まど・みちお／柏原怜子『すべての時間を花束にして　まどさんが語るまどさん』、p.120。

3．その他の感覚

3.1. 香りの世界

匂いを表す形容詞はシソーラス[57]を見ると、「臭い、香(こう)ばしい、芳(かんば)しい、馨(かぐわ)しい」だけである。それに対して味覚は「甘い、辛い、塩辛い、酸っぱい、苦い、渋い」など多くの表現があり、オノマトペも多い。匂いはオノマトペも「ぷーん、ぷんぷん、つん」の三つだけである。また、味覚が基本的味覚感覚の表現が確立しているのに対して、匂いは抽象的な表現にとどまる。匂いの具体的な表現は「梅の香り」「焦げくさい」「汗くさい」などのように実際のものを添えるか、複合語によって表される。もしくは味覚の転用である。

興味深いことは、まどの詩に現れる「日向の匂い、ヤーハムの匂い」などの匂いの扱われ方が、匂いは辺りを漂うという性質があるので、自己を取りまく空間意識となっている点である。たとえば、〈竹苑歌〉（『文芸台湾』第9号）の「雨の上がつた苑へ出て／（中略）／はひたちのぼる霧のなかに／あらはな衣の匂ひばかり／匂ひばかりしきり」はそうである。その他、夜含花(イアハムホエ)の香りが暗闇にたちこめる庭の様子を描いた〈くらやみの庭〉などがある。

3.2. 触覚の世界

まどの詩には「さわる」がいくつか出てくる。しかも感覚の転移が見られる。

〈春の風〉「わたしの頬に　きてさわる／やさしい風の　ゆびさきに」　（冒頭部）
〈梢〉「かぞえきれないほどの／はっぱに　なって／おしあいで　空をさわっている」　（冒頭部）
〈一ばん星〉「一ばん星の　まつげは　もう／あたしの　ほほに　さわるのに」

57）山口翼『日本語大シソーラス　類語検索大辞典』大修館書店、2003年9月、pp.877-878。

（中間部）

〈つきの　ひかり〉「つきの　ひかりの　なかで／つきの　ひかりに　さわれています／おふろあがりの／あたしの　きれいな手が」

（冒頭部）

〈ことり〉「そらの／しずく？／／うたの／つぼみ？／／目でなら／さわっても　いい？」

〈山寺の朝〉「うおん　うおん　と手のように、／み仏さまの　おん面を、／遠慮しながら　触ってる。（中略）そして　子供の所化さんの、まだまだ眠い　お布団も、／うおん　うおん　と撫でている。」

（第3、6連）

〈春の風〉の「風が頬にさわる」は「風が頬をなでる」と同類と見れば一般的かもしれない。〈梢〉の空をさわっているのは樹の梢の葉だが、その葉の中には、以前空で雲や虹を生みだした水滴や雨粒だった水が幹の中を上ってきており、水の空への郷愁が込められている。〈一ばん星〉は光がさわる。〈ことり〉は目で空のことりをさわる[58]。〈山寺の朝〉は山寺の鐘の音がさわったり撫でたりしている。

これらの中で、最も「さわる」ということを中心としている作品は〈つきの　ひかり〉である。先に示した冒頭部の「つきの　ひかりに　さわれています」だけを見ると、「つきの　ひかりに　さわられています」の間違いかと思いそうになるが、詩の最後は「つきの　ひかりに　さわられながら」になっている。つまり「さわれています」は「さわっている」の可能形で、自分が月の光にさわることができているということである。

つきの　ひかりの　なかで
つきの　ひかりに　さわれています
おふろあがりの
あたしの　きれいな手が

58）この「さわる」という点に関しては、小林純子　前掲論文「まど・みちお詩における視線の探求」の論考がある。

うちゅうの
こんなに　ちかい　ここで
さわるようにして

うちゅうの
あんなに　とおい　あそこに　さわる
みえない　しらない　おおきな手に
あわせるようにして

つきの　ひかりの　なかで
つきの　ひかりに　さわれています
つきの　ひかりに　さわられながら

やはり、「さわれている、さわられながら」には、「見ること」と同様な相互性という型が見いだせる。そして、相手が月の光であること、「うちゅうの／あんなに　とおい　あそこ」「うちゅうの／こんなに　ちかい　ここ」という距離の超越感も、まどの特徴と捉えられる。

さて、ここでもう一度、本節のはじめに言及した感受について考えたい。五感は外界の事象を感じることである。それは見えたり、聞こえたり、香りを感じたり、感覚器官が感受するものである。しかし、それらも凝視したり、耳をそばだてたり、嗅いだり、よく吟味し味わうといったように、感受者が意識的に感覚を研ぎ澄ますことはできる。その中で際立った感覚が視覚である。今までも触れたように、見るという行為は視野の選択と焦点を合わせることによって主体的意志的な行為となる。見つづけることもできるし、目をそらすことも目をつぶることもできる。そのような主体的行為は感受というよりも感知と言っていいもので、さらに「さわる」という行為は視線よりも意志的である。手を伸ばし、手に感じる感触を求める。そして、相手がこちらの手を感じ取ってくれることを期待する。それが相互的であれば、その心の交流と一体感は視線以上である。感覚の中で「見つめる」ことと「さわる」ことは、主体性と意志的という点でその力は強い。〈一ばん星〉の「一ばん星のまつげがほほにさわる」と、〈ことり〉の「ことりに目でさわる」は一方向で、空間の距離感と精神的な遠慮が感じられるが、〈つきのひかり〉では私の手と月の光との相互作用として、「みえない　しらない　おおきな手／あわせるようにして」という表現になった。初版の『全詩集』で「ちかい　ところに」「とおい　ところに」となっていたのを、上に引用した新訂版では「ちかい　ここで」「とおい　あそこに」というふうに、「ここ—あそこ」と明確な相互性と位置関係を示し、距離を越えた手同士の触れ合いの感動を強調している。それが「さわれています」という可能形となって表れた。まどにとって相手と対峙したときに両者の存在をささえる時空間認識は重要なファクターである。

4．時空間認識

4.1. 物が占める空間

物の存在の基本的なことは物が存在すればその物はある空間を占め、その空間に他のものは存在し得ないことである。まどの作品ではリンゴやコップなどの個体が主題となるが、それを取り巻く気体の空気と液体の水もまどの詩作の中では重要である。また、まどの空間認識の背後には空間占有には関わらない地球の引力の思想がある。

〈リンゴ〉

リンゴを　ひとつ
ここに　おくと

リンゴの
この　大きさは
この　リンゴだけで
いっぱいだ

リンゴが　ひとつ
ここに　ある
ほかには
なんにも　ない

ああ　ここで
あることと
ないことが
まぶしいように
ぴったりだ

「この　大きさ」というのはリンゴの占めている空間そのものを指している。この詩の場合、空気の存在を意識に入れないとすれば、それはリンゴの形のままくりぬかれた無の空間である。このような空間意識は普通はしない。そしてその無の空間に改めてリンゴが満ちていること、リンゴ以外にはないことに気づく。その空間にはめ込まれたリンゴの形は、完全無欠のパズルのように無の空間と一致するとまどは驚嘆する。くりぬかれた空間のより明確なイメージは次の詩にも表れている[59)]。

〈スイカの　たね〉

ひとつぶの
スイカの　たね

だれの　じゃまにも　ならないように
うちゅうを
こんなに　小さく　くりぬいて
ここに　おらせて　もらっている

前半

---

59) まど・みちお〈ぼくが　ここに〉『ぼくが ここに』童話屋、1993年1月、p.130。この詩でも、まどは自分自身を主語とした空間占有の原理を言い、それがまもりであり、いることこそがすばらしいと繰り返している。

この詩ではスイカの赤い果肉をたねの存在する空間として宇宙と表現している。くりぬかれる空間とたねは、視覚的にその存在をよりはっきりと示す。個体とも言えるスイカの果肉は空気以上にくりぬかれるイメージが強く、「じゃまにも　ならないように」「おらせて　もらっている」という人格化と存在の恵みの視点を引き出している。存在する物の周りが流動的な空気の場合は、空気に物をいとおしむ心を与えて、「自分は　よけて／その物をそのままそっと包んでいる／自分の形は　なくして／その物の形に　なって…／（中間部）」〈空気〉というように、まどには包む物と包まれる物の融合の志向がある。これは一種の心的相互性と言えるであろう。

また、包むという意識に関連して、まどには特殊な空間認識の例がある。

〈コップ〉

コップの中に　水がある
そして　外には　世界中が

コップは世界中に包まれていて
自分は　水を包んでいる
自分の　はだで　じかに

けれども　よく見ると
コップのはだは　ふちをとおって
内側と外側とが一まいにつづいている

コップは思っているのではないだろうか
自分を包む世界中を
自分もまた包んでいるのだと
その一まいの　はだで
水ごと　すっぽりと

コップが　ここに坐って
えいえんに坐っているかのように
こんなに静かなのは…

まどの〈コップ〉は存在主体として包んで、坐って、思っているコップである。世界に包まれていることを感じ、水を包んでいることを感じ、自分の身に肌を感じるコップである。コップの材質を仮にガラスとすると、コップを形成するガラスの表面に肌という一枚の面を想定すれば、ガラス材質の内なる空間と外なる空間に二分される。意識を反転すれば、ガラス材質の自分の体は水をも含みながら外の空間を包んでいることになる。これはトポロジー的発想の空間認識である。

4.2. 自己を含む時空間認識

空間意識は視覚に最も依存するが、暗闇での体験でも分かるように、地面に立つ感覚や水平感覚、また周りからの風などの肌触り、さらに音、匂いなど総合的なものである。まどの時空間認識の奥に潜むのは、本章第3節2.1.の「静けさ」で述べたまどの幼少時体験の「あたりがしーんとしていた感じ」である。ひとり寂しくレンゲの田にいて、自分を取り巻く空間と過ぎ去る時間はより強く意識化された。時の流れを一瞬一瞬の無限の積み重ねと感じる〈鳥愁〉や〈私たちは〉（『でんでん虫のはがき』）の感覚はこの幼いときの体験からきているであろう。「空で鳴いているヒバリと、ひとりぼっちでそこにいる自分と、台湾の両親とが、見えない大きな三角形をつくっているような、そんな感じもありました。」[60]ともまどは言う。第2章第2節2.で示した〈逃凧〉[61]と同じモチーフをまどは晩年になっても繰り返している。これらのキーワードは「遠い」である。「糸のありったけを　のばす

60)「まど・みちおの心を旅する」『月刊 MOE』 9月号、白泉社、1993年9月、p.80。
61) 2.〈ぞうさん〉のアイデンティティ、p.66の引用文と脚注35。

と／凧は　とおく／切手に　なって／／父や母を　はなれて／今　ここで／こんなに　ぽつんと／ひとりぼっちでいる　ぼくを」〈凧〉

このような子どものときの寂しさを基調とする時空間認識は晩年になっても消えない。一方、大人となって新たな時空間意識も生まれた。それは一種の安らぎを基調としている。その基となっている一つは、めぐりめぐるという循環性である。前項「触覚の世界」〈梢〉などの水の循環がその一例である。二つ目は、すべてを包み込む永遠性を持った上なるものの存在意識である。それは「はるかな母」〈山〉、「宇宙の父」〈落ち葉〉、「神さま」〈ブドウのつゆ〉などである。三つ目は、帰るべきふるさととしてまどに安定感を与えている地球の中心への引力である。四つ目は、アイデンティティと共生である。〈動物を愛する心〉からそれは変わらないものであるが、まどは自分自身のアイデンティティの模索を経て、第2章第2節冒頭で挙げたアイデンティティの一要素、「c. 自分を良しとする自己肯定感」を獲得した。そして、「他者との関わりにおいて自分の存在意味の自覚」を深めた。まどの場合、その「他者」は人ではなく、動植物や存在物として語られることが多い。

〈太陽の光のなかで〉

みんな　安心しきっています
太陽の　あたたかい光のなかで
じぶんが　じぶんで　あることに

ウサギでも
小川でも
タンポポでも
アメンボウでも
雲でも
ツバメでも
にんげんでも
イチョウの木でも

おかあさんの　おなかの中にいる
あかちゃんのように…
引力のヘソノオに
しっかりと　つかまえてもらって…

ヘソノオから　きこえてくる
神さまの子もりうたに
みんな　みんな　うっとりと

どんなに　すばらしい明日(あした)が
待っていてくれるのかも知らないで…

『まど・みちお詩集⑥ 宇宙のうた』

次にまどの時空間意識・存在意識を解く鍵となるまどのことばを引用したい。まどは幼年の頃、ある店で薬の外箱に印刷された髭もじゃの鐘軌が一人で立っている絵姿を見た。その鐘軌がまた薬品箱を手にしており、それにも小さな鐘軌が描かれ、薬品箱を手に遠近法のゼロへ向かって無限に小さくなっていく鐘軌の列がまどには見えた。そのときまどは世界中がしーんとしてくるような、胸が痛くなるような痺れを感じた。それをまどは「遠近法の詩」と言う。

私たちの視覚はこの地球上で、「遠いものは小さく見える」という宇宙の法則に支配されていますが、私はこれらの視覚的な詩を、極端な言い方かも知れませんが「遠近法の詩」と言えるのではないかと考えます。夕焼の地平線へ向かって遠近法で並ぶ電信柱の列を見たときに、顫えを覚えずにはいられないのが人間の心のように思うのです。感じ方の強さ弱さに個人差はありましょうが、それは大人でも子どもでもです。

いや子どものときに「遠近法の詩」に「痺れた」経験があるからこそ、感受性の鈍った大人になってからも、それへのさまざまな発展的感応が可能なのではないかと思います。

私は幼年のころ、肉眼でやっと見えるくらいの小さなもの、かすかなものを見るのが好きでした。そういうものを見つけては、顔をすりよせるようにして、そ

のものと一緒に息をするようにして、じーんとなったような塩梅で見とれていたものです。（中略）

そんな時の私は、そんな小さなかすかなものへ向かって、自分という大きな確かなものから、遠近法的に、おさえがたく同化意識のようなものを働かせていたのではなかったかと思うからです。勿論無意識的にです。[62]（傍点 筆者）

まどは自分の思索の原風景はほとんど幼年時の体験だと言った。それがあるから大人になって発展的感応をし、それを詩にすることができるとまどは感じている。幼少時の寂しさから何かに近付きたい、一緒にいて生きていることを実感したい、そのような気持ちが顔をすりよせる、同化意識となっていく。それは時空間における孤独から逃れたい願望である。「さわる」という触覚、「一方通行ではない視線」を求めるのも同じである。同化意識については少し「映像的表現」で触れた。「一緒に息をする」もまどの作品には時々現れる。それは存在物との共存意識である。動物だけでなく、まどは無生物とも一緒に息をする。

〈つぼ・Ｉ〉

つぼを　見ていると
しらぬまに
つぼの　ぶんまで
いきを　している

『てんぷらぴりぴり』

その他、馬〈馬の顔〉、牛〈牛のそば〉など、息についての詩がある。また、息とは異質だが空間意識の変種として、全体と部分との分離意識が働く場合が見られる。それは自分の身体だったり、動物の体だったりする。指の例を挙げる。「指が、からだと別に生きてゐたらいいなあ。手から離れて飛

62）まど・みちお「遠近法の詩」『ことば・詩・こども』責任編集谷川俊太郎、世界思想社、1979年４月、pp.191-192。

んで行つて帰つて来るといいなあ。虫だつたらいいなあ。」〈指〉(『台湾日日新報』1938年(昭和13)4月15日)。

まどの空間認識のキーワードは「しーん」と「とおい」である。それが時間空間では「億万年、何億年、万年、はるか」などの表現に転換する。それに対して時空間認識の中でも特にまどが「遠近法の詩」と呼ぶ感受の型は、キーワードとしてさらに「昔、祖先、先祖、はるかな、どこまでも」が加わる。この「昔、祖先、先祖」というキーワードは、先のまどの「遠近法の詩」の引用の文の続きとして述べている次のような認識からきている。

> 無意識的と言いますのは、私はこのような幼年期の初体験としての「痺れ」に、人類の先祖たちが進化の道程で蓄えてきたさまざまな体験からの影響が表われていないはずはなかろうと思っているのです。つまりそれはただの初体験ではなくて、再体験でもあるのだろうと。気の遠くなるような時間をへだてての再体験でもあるからこその「痺れ」であろうと。[63]

まどの「遠近法の詩」の背後にある思いである。最後に遠近法の例をいくつか挙げる。

> でで虫は虹をもってる/でで虫は虹の道をつくっていく/
> どこまでも続いたながい道をつくっていく/道がおわったところの/
> さみしい丘で/でで虫は灯台になってみたいのだ　〈でで虫〉
>
> つぼ//その　なかにも　つぼ//また　その　なかにも　つぼ//
> かぞえきれないほど　はいっている　〈タマネギ〉前半部
>
> 「まつばの　そばに　まつばが　おちているよ」//
> 「まつばの　そばの　まつばの　そばに　まつばが　おちているよ」
> 〈夕がた〉中間部

---

63) まど・みちお「遠近法の詩」、p.62。

「おや、坊さん、／犬のこゑが／ランプのしんで、／細い、細い。」／
「いいえ、あれは／ふもとの村、／ここは 山でしよ、／遠い、遠い。」

〈山寺の夜〉中間部
『お話の木』第１巻第４号

最後の〈山寺の夜〉は「映像的表現」で見た「ランプ、／ランプを　見てゐる。／／私、／私が　見てゐる。／／私、／私に　見られてる。」の中間部である。見つめるているランプの芯と犬の声、そして空間的距離イメージのふもとの村、という感覚転換の遠近法と言える。また音の空間だけの遠近法の例もある。

〈お墓まゐり〉

お祖父さんが古いお花を棄てに行かれれば、私は竹筒に水を注いだ。
ドレミファソラシド　レミファソラシと、土の底から雲の遠くへ、昇つて行くものがあつた。取り残されたもののやうに、私は耳を澄すのだつた。

中間部
《少年の日（三）》『昆虫列車』第８冊

以上、まどの感覚と認識世界を考察した。全体像を把握するにはまだ論点が十分とは言えないが、感受という視点がまどの作品研究に欠かせないことは明らかになったと思う。それでは次に、知覚から表現世界に至る詩を示して本章を締めくくりたい。『昆虫列車』第４輯（1937年（昭和12）９月）に載ったものである。自己と外界のつながりを感覚を働かせて認識・感受し、それをただ描写するのではなく、まどの感性を通した詩の表現世界を創出している。視点が移る度に焦点を合わせる意識が働き、それぞれのワンカットの間（ま）は時間の経過も表す。視線を何に向けるか、焦点をどう当てるか、それをどのように感じ取って、どのような表現法を用いるかである。そして、その場に在る自己を作品にどの程度表すか、そのような総体としてまどの詩は成立する。

〈昼しづか〉

風鈴に　留守を　たのんで、
海を　さがしに　風は出てゐる。

窓、障子、部屋の　あかるさ、
蜂は　小さな地震　させてる。

午睡（ヒルネ）から　さめた　子供に、
遠い　ラヂオが　ヒット　打つてる。

金魚やは、ひとり　ひよろひよろ、
入道雲の　中を　通つてる。

とろとろと　庭の　日南（ヒナタ）に、
松葉ぼたんは　ゑのぐを　といてる。

桃樹（モモ）の下、蟬の　棺（ヒツギ）を
西へ　うねうね　蟻はひいてる。

『昆虫列車』第４輯

最後に、まどの知覚・感覚から認識・感受、そして心の想いから表現に至るイメージ図を示しておく。

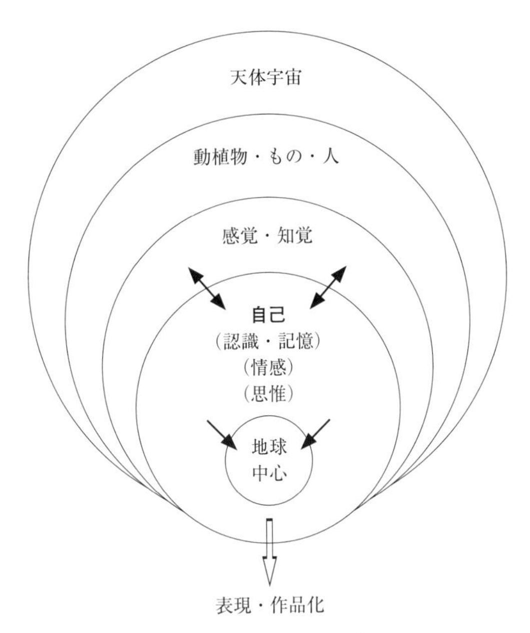

図1　まど・みちおの認識図

第４章　まど・みちおの表現対象――動物・植物

第１節　まど・みちおにとっての動物――『動物文学』を中心に

創作開始から約１年後に投稿し始めた『動物文学』の作品は動物が題材となっている。その中には〈動物を愛する心〉などの随筆も含まれ、その後の一生を通して作品化されたまどの基本的思想が現れている。それは動物に限らず植物の考察にも手掛かりを与えるものである。第１節では『動物文学』の作品を中心に、まどの動物に対する捉え方を考察する。

１．『動物文学』最初のまど・みちおの詩〈雀〉

〈雀〉

家のぐるりに
雀を啼かせてゐる生活

庭の落ち葉に
雀を遊ばせてゐる生活

そして
開いてゐる障子から
人の面が覗いたりする生活

もともと人間の生活は
遠い昔から
それ丈でいゝ筈だつた

『動物文学』第７輯

「雀を啼かせてゐる」「雀を遊ばせてゐる」という使役形に人間にとっての生活の一部となった雀の存在が現れている。雀の存在を認め、かつそれを温かく包み込む生活である。「開いてゐる障子から人の面が覗いたりする」生活がある。顔を覗かせた人と庭の雀とは生活する場で同等というまどの思想が窺える。「遠い昔から人間の生活はそれ丈でいゝはずだつた」と言う。その後に残る余韻には、まどの社会や文明に対する批判的な気配が感じられないでもないが、それとともに、人間も雀も共に包み込んでいる一つのより大きな世界を感じることによって得られる安らぎも、詩のモチーフとしてあるように思われる。

〈家〉

見てゐるがいゝ
子供は必ず
屋根の上には雀をとまらせる

又　窓の下には
必ず
犬ころを臥(ね)かせる

そして　やつと安心したやうに
「よく描けたでせう」
と言ふのだ

中間部
『動物文学』第15輯《魚のやうに》

〈雀〉から８ヵ月後の詩《魚のやうに》の１編〈家〉の中間部である。この詩は「子供に向かつて／「家を描いてごらん」／と、言ふがいゝ」で始まり、子どもの頭の中にある家が三角屋根と窓だけということがあろうかと問い、その答えとしてこの文が来る。子どもの心に託してはいるが、安心というモチーフは〈雀〉の安らぎと同じものである。『動物文学』に最初に投稿した詩が〈雀〉であったことは象徴的である。『動物文学』を刊行した動物学会・規約には、

（一）動物に関する文献の蒐集整理
（二）動物の生活の観察研究
（三）動物を主題とせる作品の創作をなし、動物に対する認識と愛情を一般的ならしめ、以つて正当なる自然観人生観の確立に資せんとす。

第21輯表紙裏

とあり、その主旨からすると、まどの〈雀〉は規約の最後の「正当なる自然観人生観の確立」という最終的到達点を目指す基本的方向をもっていることが理解される。

２．『動物文学』以外の作品における動物

『動物文学』以前に投稿した『子供の詩・研究』『コドモノクニ』に見られる動物と『動物文学』において題材となっている動物の間に何か捉え方の上で相違があるだろうか。また、投稿時期がほぼ重なる『童魚』についてはどうであろうか。次頁の表５は処女作からまどが『動物文学』に最後に投稿した1936年（昭和11）10月までの作品の中で動物の出てくる作品を掲載誌の発行順に示したものである。誌名は、子供→『子供の詩・研究』、コドモ→コドモノクニ』、童話→『童話時代』、童魚→『童魚』、動物→『動物文学』を示す。また、○は『全詩集』に収録されていないものを示す。

表５ 『動物文学』とそれ以前の作品中の動物

年／月 誌名巻／号[1]	作品名	作品中の動物未収録	未収録
1934年（昭和９）			
９月 子供 ４／９	〈かたつむり角出せば〉	かたつむり、ひぐらし	
11月 子供 ４／11	〈月が明るいので〉	蚕の蛾	○
1935年（昭和10）			
１月 コドモ 14／１	〈蕃柘榴が落ちるのだ〉	ペタコ（台湾の鳥）	
６月 童魚 ３	〈パンク〉	鶏	○
７月 動物 ７	〈雀〉	雀	
８月 動物 ８	〈動物を愛する心〉	蚰蜒（げじげじ）、黄金虫、牝鶏、てんとう虫、雛、猿、象、蚊、鶯、犬、蛇、虱、山椒魚、蝦蟇、アミーバ、鯨	○
	〈深い夜〉	人間（自分）	
９月 動物 ９	《ノートに挟まれた蚊》		
	・〈この土地の人たち〉	蝿	
	・〈ノートに挟まれて死んだ蚊〉	蚊	
	・〈屠場〉	蝉、（牛）	○
９月 童魚 ５	〈帽子〉	雀、蜻蛉	○
10月 動物 10	〈壁虎の家の居候〉	蟹、壁虎（やもり）、鮎鱵（コオタイ）（魚）	○
12月 童魚 ６	〈牛のそば〉	牛	
1936年（昭和11）			
１月 動物 13	《魚の花》		
	・〈春〉	蝶々	
	・〈月夜〉	牛	○
	・〈或る日〉	猫、鶏	○
	・〈雨日〉	蝿	○
	・〈日暮〉	蜻蛉	
	・〈庭〉	鶏	○
	・〈子〉	魚	

1） 『童魚』は号から冊へ途中から変わり、『動物文学』は輯である。ちなみに『昆虫列車』は輯から冊に変わった。

			・〈青葉の頃〉	天とう虫	○
			・〈鼠〉	鼠	○
			・〈農家の午〉	牝鶏、雛	○
			・〈朝〉	犬	○
			・〈蚊〉	蚊	
			・〈初夏〉	鶩鳥	○
			・〈散歩〉	犬、蜻蛉	○
			・〈病人〉	蛞蝓（なめくじ）	○
			・〈曇日〉	犬	○
			・〈お使ひ〉	犬	○
2月	童話	26	〈雨のふる日〉	蝿	
3月	動物	15	《魚のやうに》		
			・〈家〉	雀、犬ころ、	
			・〈魚のやうに〉	魚	
			・〈盲目〉	魚	○
5月	童魚	7	〈懐中時計〉	蝉	
			〈卒塔婆〉	鳶	
5月	動物	17	〈篁〉	目白	
6月	動物	18	《蛾と蝶》		
			・〈蛾〉	蛾、羊	
			・〈蝶〉	蝶、小鳥	
7月	動物	19	〈魚を食べる〉	魚	
8月	童魚	8	〈山寺の朝〉	梟	
			〈足跡〉	蟹、鴫	○
9月	動物	21	〈病床私語〉	蚯蚓（みみず）	○
10月	動物	22	〈下男〉	守宮（やもり）、蚊、蛾	○

2.1.『動物文学』以前の作品における動物

〈かたつむり角出せば〉……「かたつむり／角出せば、／角のへん明るくて／ひぐらし啼いている。（第１連）」については、第３章第１節１．で詳しく考察した。自分を取り巻く佇まいがどのように自分を包み込んでいるかという場の表現世界である。自分とのかかわりにおける動物としての存在ではない。

焦点の当て方がかたつむりの角に絞られる時には、場さえ意識上弱まり、見る対象として強調される。

〈蕃柘榴（ばんじろう）が落ちるのだ〉……「どこからかペタコもやって来て／ぴろっ、ぴろっ、と啼いては／黄色い玉を／ぽとり、ぽとり、落とすのだ（中間部）」のペタコは単なる背景ではなく、具体的行動を伴って実写のワンカットとして登場している。第3章第1節5.で見たように「落ちるのだ」「聞こえるのだ」という文末「〜のだ」によって実生活の時の流れが背景として隠されている点、最初に見た『動物文学』の〈雀〉の伏線となっている。

〈月が明るいので〉……「月が明るいので／バナナをむいたら、／バナナが蚕の蛾のやうに白い。（第2連）」第3章第3節1.で見た感覚の作品で、蚕は直喩としての使用である。

以上の動物の取り扱われ方はまどが作品に登場させた以上、それを選びとる創作意識が働いてはいるが、それは作品への効果であって、その動物に対峙する自分はない。それに対して、同じ第3章第1節5.のH〈あかちゃん〉型で示した〈この土地の人たち〉における蝿では、「（前略）日溜の中に／誰にも知られない蝿がゐる／／（中略）道をゆく人のゆく先は／又　蝿のゆく先である／／ろくろく蝿の面も知らずに／この土地の人たちは／日毎　蝿と共に生きてゐる」と、蝿と人間は生きる場を共有し、生命体として死をも共有する存在なのに、その関係はどうなのかと問うている。

2.2.『童魚』の作品における動物

創刊号の編輯後記に「謡と曲と踊の三味（ママ）一体を目標に僕等の児童芸術運前（ママ）の輝かしいスタート！」とあり、『童魚』はまどが投稿する上で、歌う童謡ということを他誌よりも意識した投稿誌であったと想像できる[2]。

〈パンク〉……『動物文学』以前の作品だが、〈雀〉とはわずか1ヵ月違いで

2)　第1章第2節3.「投稿傾向」を参照。

ある。バスがパンクした純粋な情景描写に近く、終わりの「遠くで鶏、啼いてゐた」が音響効果として、映画のエンディングショットのように余韻効果を引き出している。この手法はまどの他の作品にもしばしばみられる。

〈帽子〉……「帽子　帽子／新し帽子//伯父さんお土産（ミヤ）／水兵帽子//行かう　行かう／どつかへ行かう//「水兵さんだ」と／屋根では雀//「光るねい」つて／友達みんな//行かう　行かう／まだまだ行かう//「とまりたい」つて／くるくる蜻蛉（後略）」と、動物の扱いも童話・童謡に見られる一般的なものである。第8号の〈足跡〉も、「蟹は　急いで、／その谷を、／タンクみたいに　乗り越える。（中間部）」というもので、動物の扱いは蟹が主人公になってはいるが童話的世界である。

〈牛のそば〉……牛は『童魚』の中で唯一写生対象や物語の役者としてではなく、親しみをもって触れ合いを求めて近づくという対象として登場し、作者の牛に対する心が作品の力となっている。「牛のそばへゆくと、／体が息してる。／牛のそばへ行つて、／「でかいおなかね」つて言はう。（第2連）」息に対してまどは敏感な感性をもっており、後の作品にもいくつかの例が見られる。

〈懐中時計〉……蝉は懐中時計内部のゼンマイの直喩として用いられているにすぎないが、これも息に関連している。「ゼンマイなんか、／蝉の腹みたい／息してゐるよ。（中間部）」まどの蝉に対する視線の近さが感じられる。

〈卒塔婆〉……「みてごらん、空でも、／みてごらん、空でも、／鳶が　まふよ。ぐるぐると　まふよ。（中間部）」も、次の〈山寺の朝〉の「（前略）そしてその後　シンとして、／周囲の暗い　山の中、／「ほう」と梟が啼いてゐる。」も動物は写生対象である。「「ほう」と梟が啼いてゐる。」は先に余韻効果としてふれた技法である。以上リストに挙げた七作品の他に、発行が1年近くも延びた第9冊の〈団仔（ギナ）〉と〈地図〉にも動物が出てくる。〈団仔（ギナ）〉には「豚の仔」と、子どものポケットにある「脚の千切れた蟋蟀」がある。〈地図〉の兎は物語中の登場である。

以上『童魚』作品の動物を見ると、〈牛のそば〉以外は『動物文学』以前の作品に見られる情景描写対象としての動物と、物語中の役者としての動物として描かれていることが分かる。なお、『童魚』以外に１作だけ『動物文学』と投稿時期が重なるものがある。『童話時代』の〈雨のふる日〉だが、「雨のふる日の家の中／蝿が足などすつてゐる（前半）」（『童話時代』第26号）も雨の日の気分の晴れない道具立ての使用法である。

３.『動物文学』の作品における動物

『童魚』が童謡を念頭において投稿するものであったのに比べ、『動物文学』はそのような制約のない自由な投稿誌であったことは、まどの作品に明らかな違いをもたらした。ただ、制約があるとすれば規約の「動物を主題とせる作品」に順ずることであった。『童魚』に限らず、それ以前の投稿誌は、謠もしくは児童を意識させるものであっただけに、『動物文学』はまどに新たな創作の可能性を与えた。

『動物文学』は動物学者・文化人が賛助員となって発足した動物文学会の会誌として1934年（昭和９）７月に創刊された。４ヵ月後に第２輯、その後２ヵ月間隔の発刊が３回続いたが、第６輯からは毎月の発刊となり、動物学者・文化人の幅広い作品で雑誌が充実していく様子が感じられる。まどの〈雀〉が『動物文学』第７輯に載った1935年（昭和10）頃はちょうどそのような時期で、創作意欲の高まったまどにとっては、有り難い投稿誌であっただろう。第２輯と第４輯に与田凖一、第14輯からは水上不二の名前もある。まどは第７輯から第22輯（1936年（昭和11）10月）までの１年３ヵ月の間に33編の作品を発表した。自分を内省的に思う〈深い夜〉以外はすべて動物に関わる作品である。特に〈動物を愛する心〉〈魚を食べる〉の２編の随筆はまどの動物に対する思いを綴ったもので、後のまどの創作の基本となる思いが示されている。『動物文学』という雑誌の特質故の作品である。それでは〈雀〉以降の作品を順に見ていきたい。

3.1. 〈動物を愛する心〉

最初に紹介した〈雀〉の１ヵ月後にまどは〈動物を愛する心〉を著した。

> この世の中に色々のものがあるのは、みんな夫々に、何等かの意味に於いて、あらねばならないからであらう。
>
> この世の中に存在するあらゆるもの、それはそのあるがまゝに於いて可とせられ、祝福せらる可き筈のものであらう。
>
> 『動物文学』第８輯

冒頭の文である。「それはそのあるがままに於いて可とせられ、祝福せらる可き筈のもの」つまり、「象の鼻が長いことはそのままに於いて可とせられ、祝福せらる可き筈のもの」を彷彿させ、戦後の〈ぞうさん〉に直結する。阪田寛夫が『まどさん』の中で、「まどさんの「哲学時代」ともよぶべきこの時期に書いた詩的な論文の細部や断片は、のちのまどさんのすべての種子である。」[3] と述べている通りである。ここにはアイデンティティ、共生、物の存在、またそれに対峙する自己など、将来のまどの詩作に表現される世界が種のように凝縮されている。まどはこれに続けて、あらゆるものはそれぞれの固有の形・性質をもち、互に相関係しそれぞれに尊く、価値的にみんな平等であると説き、そのような思いをもってあらゆるものの中で生きる自分の気持ちを、「私はかうした事を考へるとき、しみじみと生きてゐる事の嬉しさが身にしみる。」と述懐する。先に示した〈牛のそば〉の「牛のそばへゆくと、／体が息してる。／牛のそばへ行つて、／「でかいおなかね」つて言はう。」は、その情感の香る詩である。古語の息に「生(い)く」の語源説[4] があるのを見れば、まどが生きていることの証しとして息に特別な思いをもったことも頷ける。

3)　阪田寛夫『まどさん』、p.171。

4)　前田富祺監修『日本語源大辞典』小学館、2005年４月、p.110。

そして、石ころは大地の上に憩ひ、蚰蜒は石ころの下に眠るやうに、一切のものはそのあるがまゝに於いて、自らに助合つてゐるのだ。
　あゝ、だから、「愛」こそは、自らにして、万有存在の根底を流れてゐる血であつたのだ。
　そして、生物として、而もその中の人間として生を与へられ、意識的にその愛を生活しようとする私たちは、何と言ふ有難い事であらう。[5)]

このようにまどは〈動物を愛する心〉の導入部を締めくくる。次に、意識的にその愛を生活しようとする私にとっての愛する心には、人間、人間以外の生物（動植物）、無生物という対象の違いによって三種の愛情があると述べ、動物を愛する心を無生物への愛情と対照しながら論を展開する。主な内容を整理、要約すると次のような諸点が挙げられる。

動物と無生物への愛情の違い

動物に対する場合は「愛したい心」であり、無生物に対する場合は、反対に「愛されたい心」である。なぜそのような傾向となるか。

〔無生物に対する場合〕

私たちは遅かれ早かれ、いずれは無生物に帰する。無生物は私たち生物よりは先進であり、父であり、母である。その無生物に私たちとはかけ離れた力、悟、大きい愛のようなものを感じる。静的な、透明な、頭のさがるような、此の体を投げかけてしみじみとその大きい抱擁の中にありたいような気持を含んでいる。

〔動物に対する場合〕

①現実に目の前に見詰める時、時間的に永劫空間的に無限と言ってもいい宇宙に於いて、はからずも時と場所とを同じくして相見ている事の不思議

5）まど・みちお〈動物を愛する心〉『動物文学』第８輯、1935年 ８月、pp.8–9。

さ、厳粛さ嬉しさを動物、植物、無生物ありとあらゆるものに感じる。その中で動物に於いては、その相見ている双方、つまり私とその動物とは共に食い、生殖し、死んでいく生きものである。共に、限りなく生きたいと願いながらも、はっきりと死を背負わされている生きものである。

②小さいもの、弱いもの、哀れなものとしての労りの気持ちがより強く手伝う。

③「人間の横暴のすまなさ」「詫びたいような気分」をその中に含んでいる事が多い。「食」に於ける殺生は止むを得ないとしても、無意味無反省な殺戮は避けたい。

④動物は、それぞれに均整のとれた形、調和した色彩をもち、しかもそれがその動物の生活に最も適した形や色彩になっている。みんな無駄のない彼らの生活に必須なものである。

⑤動物の絵画的・彫刻的美しさに魅せられる場合、馥郁と薫る心ねや生活に感動する場合がある。一般に両方が同時に感じられ、愛情は対象とする個々の動物のその容姿によって、それぞれに異った傾向を帯びる。あらゆる動物の仔の「可愛らしさ」、ある種の昆虫類や鳥類の愛玩したくなるような「美麗さ」または山椒魚などの不恰好さ故の可愛さもある。

⑥動物の微塵の虚偽もない本能のままである極めて平然とした生活態度を目のあたり見る時、拝みたいような羨ましいような気もし、恥かしいような気もし、やがてそれらは、うしろめたい、くすぐったい、ほほえましい愛情に変わっていく。

⑦交尾している蝦蟇を見たことがある。そこには、総てのものがありのままに於いて肯定されているような、言うべくもない平和な空気と、厳粛な生きていることの真実とが漲っていた。

⑧みんながみんな、心ゆくままにのびのびと存在していい筈だ。すべて心ゆくままに生きたい。

これらを綴った〈動物を愛する心〉にはこの大きなテーマに挑むまどの高揚感が感じられる。それらにちりばめられた思いは、あるものは既に『動物文学』以前の作品にその萌芽が見られ、『動物文学』に於いて作品中に実践され、後年の多くの作品に動物の枠を越えたより広い世界として表現されていった。

3.2. 〈動物を愛する心〉に続く作品

〈深い夜〉（第８輯）……第３章１節「映像的表現」で、映像的表現の枠から外れる例として触れた。夜あばらに手を置いて自分の存在意味を内省した文である。「生きて／年齢をもち形をもち血さへ流れてゐる自分である（中間部）」ここには①の意識に立った自分が存在する。そして、最後の「生きて／限りなく他の人でない自分である」では、唯一無二の愛し得るはずの自分を見つめる。〈動物を愛する心〉と同じ第８輯に動物の一種である人間としての自分をまず提示した。

〈この土地の人たち〉〈ノートに挟まれて死んだ蚊〉〈屠場〉（第９輯）……この３編が〈動物を愛する心〉〈深い夜〉に続く詩として投稿されたことは、〈深い夜〉と同様、動物は①の死を背負わされている生きものであるというまどの根底の意識を示している。〈この土地の人たち〉は第３章第１節５.のH.〈あかちゃん〉型で触れた。〈ノートに挟まれて死んだ蚊〉の最後は「吁／この柩のやうに静かな頁に／をし花とも見える音のない蚊だ」という詠嘆で終わる。その前には「それは　蚊が悪いのでも頁が悪いのでも／何がどうだと言ふのでも無かつたであらう」とあり、①の生きものの宿命と②の心が感じられる。蚊については第２章第３節５.「『まど・みちお全詩集』発刊後」でも指摘したように晩年まで題材として③の心で繰り返される。〈屠場〉について阪田寛夫は、病気の母親に栄養をつけるために屠殺場まで牛の血を貰いに通ったまどの体験を紹介している。蝉の啼き声は背景としてだが、詩には現れていない牛の存在が作品の背後にある。「殺されたものゝ血潮へ殺したものの血潮の／空しい共鳴が／風のやうに震えてゐた（中間部）」には、①③の思いとともに⑧を望みながら現実にはなし得ない葛藤が窺える。
〈壁虎（やもり）の家の居候〉（第10輯）……これは一転、生をテーマとしている。①の「動物に於いては、その相見ている双方、つまり私とその動物とが共に食い、生殖し、」である。ある日交尾しているヤモリを見つけ、「哀れな独身者としての私の歴史には、ついぞ見たことのない家庭的な空気が、日溜のやうにとろとろとこの家の窓を打つてゐた。」とまどは感じた。これは⑦の「平和な空気と厳粛な生きていることの真実」であり、⑥の「動物の微塵の虚偽もない本能のままである極めて平然とした生活態度」に対する畏怖の念である。それが、この家の主であった自分が今は「居候として遠慮がちに起き伏しするやうになつてゐた。」というウィットある表現となった。
《魚の花》（第13輯）……『全詩集』にもなく他にも存在の指摘のないもので、全部で17の短編で構成されている。その中で〈春〉〈子〉〈蚊〉の3編は後に『昆虫列車』第7冊（表紙）に再掲載され、『全詩集』には『昆虫列車』初出として《短詩》というタイトルで載っている。〈日暮〉は〈ひぐれ〉として『全詩集』に掲載、索引での初出は『動物文学』ではなく『昆虫列車』第5輯となっている。次に『動物文学』（第13輯 pp.36-37）に載った《魚の花》をとりあげる。

〈春〉
村の駅を、蝶々が、くゞりぬけてゆく。

普通なら見逃すであろう毎日の生活で遭遇する、何の変哲もない一瞬の映像を切り取った。花にとまる蝶ではなく人間の生活の印である駅をくぐりぬける蝶である。①⑤の思いが込められているであろう。

〈月夜〉
樹の下へは入つてゆくと、息をしてゐる牛がつないである。

再び息である。①の文を少し変えれば、「時と場所とを同じくして息をしている（生きている）事の不思議さ、厳粛さ嬉しさ」である。

〈或日〉

部屋では猫が鏡を覗いてゐた。裏では赤い鶏頭が咲いてゐた。

我々は共に生きているのだという感覚を、猫が鏡を覗いていたと軽いウィットを感じさせながら表現している。「部屋では…、裏では…」によって空間を広げ、植物をも引き出して①の共存の世界を表している。

〈雨日〉

障子の中で蠅が足を摺ると、人も亦それを見てゐて、「なる程」と感心し、自分の痩せた腕を撫でまはすのだつた。

上の「猫が鏡を覗く」と同様、人間である自分と動物である蠅の行動との共通性を見出し、⑤の対象となるものへの親近感を覚えている。

〈日暮〉

蜻蛉、表札を見にくる。

トンボの飛び方の特徴をよく捉えている。空中で静止するかに見えるつぎの瞬間に方向を変えて飛び去る。表札前でのその様子を擬人化した手法は、上の２作品のウィットと親近感の線上の先にあり、人の意表を突く機知を織り込んだ後の短詩の先がけである。

〈庭〉

鶏の喧嘩をとめてやつたら、きまり悪さうに、二匹で庭の方へかけて行つた。

〈子〉

「魚(さかな)の骨は魚(さかな)の花だ」といふ子を、自分の子にしてゐる。

17編全体のタイトルが《魚の花》となっていることから、まどのこの表現に対する思い入れが分かる。随筆〈魚を食べる〉の中では、食べ終えた魚の骨が皿の上で丰の字のようにしょんぼりと取り残されているというまどの感じ取り方を述べたあと、「無数の横軸と一本の縦軸である。それは、まさしくその魚の歴史の全手を表象してるかにさへ思はれていたいたしい。横軸が無数であることは、兎に角これら魚の最後としては、花にも似て美しいのだが、その事がまた一人ものゝ哀れを深くさせるのだ。」と詠嘆している。また、「幾何学的な美しさが皿一面に展開され、シュール・レアリズムの絵画でも見てゐる時のやうに、自分自身の体が水晶質になりさうなよりどころのないエスプリに眩惑されてしまふこともある。」とも述べ、①の思いを背後に持ちながらも、④⑤の思いも込められている。ただ、「……といふ子を、自分の子にしてゐる」は意味が分かりにくい。

〈青葉の頃〉
天とう虫は簪（かんざし）になりたいので、追つても追つても、少年の頭を離れなかつた。それで又少年も何がない、少女になつてみたいやうな気がしてゐた。

〈鼠〉
鼠が階段を上るのは、二階に用事があるからだつた。

上の二つには動物の行動に意味を感じ取る視線が働いている。

〈農家の午〉
牝鶏（めんどり）がちよつと会釈をして戸口を覗く。は入りたがる雛（ひよこ）たちを、軽く制しながら、「あの、甚だ恐れ入りますが、只今何時で御座ゐませうかしら。」

〈朝〉
犬をつれて、橋を渡る。

これは最も単純な詩的要素の感じられないものである。しかし、まどの作品全体の中に置くと、背後にあるまどの思いを察することができる。たとえば、40年後の作に〈マツノキ〉がある。「（前略）ぼくの　ポチが／きょう　しんだのに／／マツノキが　あって／マツの　たかみで／／マツの　かぜが／きょうも　さわさわ／／ポチの　ぼくが／この　みちを　ゆけば」（『まど・みちお詩集① 植物のうた』)。犬は死ぬ時が来るという意識に立てば、毎朝の犬との散歩は意味が違ってくる。〈動物を愛する心〉では十分展開されていない動物との心の交流と絆が秘められている。

〈蚊〉

蚊も亦淋しいのだ。螫しもなんにもせんで、眉毛などのある面(かほ)を、しづかに触りにくるのがある。

〈初夏〉

教へて貰ふ方より、教へる方が嬉しさうである。「この道を、まつ直ぐにゆけばいゝのです。鷲鳥の啼いてゐる、明るい村です。」

〈散歩〉

つれてゐる犬の尻尾が、公園の西陽を攪拌(かきまは)すので、とまりに来た蜻蛉が噴水と間違へ、頭を掻きながら逃げて去(い)つた。

〈病人〉

病人は縁側で、蛞蝓(なめくじ)の通つた跡の美しい虹を見た。自分の病気のやうに、うねうねと続いてゐる虹。

ナメクジとカタツムリの通った後に残る濡れたように光る筋をまどは作品にしばしば取り上げる[6)]。動物そのものではないが、その歩みの痕跡に生きつづける証しを見る。それはひたすらにゆっくりとマイペースである。まどの②⑥⑧の思いがある。そしてその証を虹と見、また後年「きみの勇気の光なのか／天からのくんしょうなのか」(〈デンデンムシ〉『全詩集』)とも呼んでいる。

〈曇日〉

犬は道の中途まで来て、しばらく考へてゐたが、又、もと来た方へすたすたと帰つて去つた。

---

6) 第3章第1節1.「〈かたつむり角出せば〉」の脚注6参照。

〈お使ひ〉

少年は道で、鼻のまはりの黒い犬に逢つた。少年は自分の鼻がつまつたやうな気がして、その犬をまね、しよぼしよぼと歩いて行つた。

以上が《魚の花》の17編である。内容に言及しなかった作品のほとんどは動物が人間的意思と情感をもったものとして描かれている。

《魚のやうに》（第15輯）……〈家〉〈魚のやうに〉〈盲目〉の３編が収められている。このうち〈盲目〉は『全詩集』にはない。〈家〉は最初に触れた。

〈魚のやうに〉

水に濡れて
水を識るのか

水に濡れて
水を忘れたい

水に濡れて
水でないものを念ふのか

水に濡れて
水そのものになりたい

水に濡れて
水を感傷するのか

水に濡れて
水の意味を意味したい

この詩以前の動物は①の時と場所とを同じくして相見ている動物であった。では時と場所とを同じくし得ない魚はまどにとってどうだったのか。同じ動物でも違いをまどは認めている。〈魚を食べる〉でこう言っている。「水の中の魚の生活感、それは絶対に理解する事の出来ない一つの世界である。

私は皿の中の濡れた魚を見ながら、その世界への恣まゝなるファンタジーを楽しむ。」まどの〈魚のやうに〉のファンタジーにも、やはり〈動物を愛する心〉の①～⑧の基本的な共通する思いはあるように感じられる。

〈盲目（めしひ）〉
魚と聞けば
漠然と三角形を
女と聞けば
漠然と魚を
あけくれ
さゝやかなカンバスに描くのか
俺よ
盲目よ

魚と聞けば漠然と三角形を、女と聞けば漠然と魚を描いてしまう自分を、俺は盲目だと自省する。「私たちの哀れな視覚は、この世の生活というごく短期の環境が、各人に各様にはめこんでくれる、さまざまなチャチな枠からさえも脱れ出ることはできない。」[7] これはまどが抽象画を描く理由の中で述べたことばだが、子どもに比べ大人は常識的観念に縛られているという捉え方がまどにはあり、〈家〉の「子供に向かつて／「家を描いてごらん」／と、言ふがいゝ」はそれに呼応する。結局この三部作《魚のやうに》は既成観念から放たれたいまどの思いがテーマと言えるだろう。

〈篁〉（第17 輯）……谷悦子は「これは、影を扱った不思議な作品で、ネガティヴなトーンが潜在しているところに、写生詩とは一味異なるまどの世界がある。」[8] と評している。「「篁の影なら／篁の中にあるよ」／と、目白か誰かゞ言ふけれ共」の目白は時と場所とを同じくして相見ている目白ではな

7) まど・みちお「私の一枚・セルゲ・ポリアコフ「無題」」『みずゑ』788号、美術出版社、1970年9月、p.46。

8) 谷悦子『まど・みちお　詩と童謡』、p.14。

く、声しか聞こえない目白か誰かにそのつかみどころのない不安定感がある。

《蛾と蝶》（第15輯）……

〈蛾〉

この羊の中にも／軍艦の中と同じやうに／たくさんの部屋があつて／色々な機械が動いてゐるのであらう／この小さな南京豆ほどの羊の中にも

蚕の蛾が羊を連想させることは第3章第3節1.でみた。蛾の体内にたくさんの部屋があって色々な機械が動いているという発想は④の調和の美しさにも通じる神秘性の世界である。

〈蝶〉

これはうすつぺらな小鳥／これはステンド・グラスのかけら／これは虹の子供

台湾は蝶・蛾の種類が多い。写真を見るとなるほどこの比喩が理解できる。これら《蛾と蝶》の2作は、動物の扱い⑤の視覚的印象の比喩的試みである。

〈魚を食べる〉（第19輯）……先にも内容に触れたが、この作品は〈動物を愛する心〉がいくらか理論構築の気負いが見られるのに対し、命あった魚が食材として食膳にあり、それを命ある自分が食べるという魚に対する思いと自己内省の随筆で、淡々とした筆致で書き綴られている。その描写はまど自身「読者をして実に白痴気た狂人の寝言を聞かしむるに等しからしめるかもしれない。」と弁解しているように、繊細を極めている。〈動物を愛する心〉と同様、後のまどの作品全体の方向性を感じさせる種子を内包している。

〈病床私語〉（第21輯）……主役は蚯蚓である。魚は生きるべき水中から人間の都合によって死んだ姿でまどの食膳の前に横たわっていた。しかしこのミミズは「頭を土から離し凝然として空へ垂直させてゐた。」ミミズは自ら土を出て目の前に現れた。「頭の先はもずもず生理的な花のやうであつた。」とその凝然たる姿にニイチェを感じ、その晩高熱を出して飲んだミミズの煎じ薬は効果大であった。⑥の思いであるミミズへの畏敬の念が溢れている。

〈下男〉（第22輯）……前の〈壁虎（やもり）の家の居候〉の続編である。今度はヤモリに守宮の字を当て、仔守宮と母守宮を主人として糞掃除という、いささか道化役で仕える私とのユーモア小話である。これも⑥の思いが基調だが、「動物に対する拝みたいような気もち」ではなく、「ほほえましい愛情に変わっていく」心である。

4．『動物文学』の作品の特徴とその後の展開

ここまでリストに挙げた作品を全体に渡って概観した。それを通して言えることは、『動物文学』とそれ以前、他誌に発表された作品中の動物とでは、捉え方が違うということである。〈牛のそば〉の例外はあるが、『動物文学』以外の雑誌の作品は写生対象としての動物か物語中の役者としての動物である。しかし、『動物文学』での動物は写生の道具立てとしての役割ではなく、対象を意識化し、対峙して見つめ焦点を当てた動物たちである。これは後の「ものの在ること」の思索につながっていく。

台湾時代の『動物文学』以後の作品で動物に触れた作品は90編近くある。その中で動物に対する認識のあり方は〈一ぴき麒麟〉[9] で見るような深まりを見せ、一方、《カタカナ ドウブツエン》や《オサルノ　ラクガキ》など戦後の童謡につながる作品の試みもあった。それらは『動物文学』で示された対峙して見つめ焦点を当てた対象としての動物ではなく、作品に登場する主人公である。ある場合は滑稽さを持った姿であり、ある場合はアイデンティティなど、まどの思想を担った役割を持っている。その例は戦後〈ぞうさん〉や〈こぶたの　ブブが　ラッパをふく〉などに見ることができる。また、戦後は『動物文学』における試みを発展させた詩も多い。第３章第１節１.の〈デンデンムシ〉や第３章第３節１.の〈イナゴ〉などもその例であ

9)　第３章第１節５.「各型についての検討」D.〈オテテ ノ ホタル〉型を参照。

る。これら動物の作品すべてに共通しているのは、まどの動物に対する人間としての同族意識と動物へのまどの温かい気持ちである。目線を感じ、同化し、限られた命を分かち合う意識である。童謡などで多く見られる擬人化もそれが理由である。このことは動物以外にも見られるが、動物はその傾向が強い。

第２節　まど・みちおにとっての植物

まどは自宅の庭にも多くの植物を植え、路傍の小さな草花に目を留める。まどの書斎の書棚は、ありとあらゆる植物図鑑で埋まっている。まどの植物への興味と愛着は戦地へ行った時でも並のものではなかった[10)]。本節ではまどにとって植物はどのような存在であり、作品中にそれらがどう表れ意識されているかを考察する。

１．植物に対するまど・みちおの思い

> もしも植物が、私たち動物と同じように歩きまわる生き物だったら、もう、この世はてんやわんやの大混乱でしょう。有難いことに植物は、清々しい緑の葉と美しい花とかぐわしい実をつけて、動かないで私たち動物を待っていてくれます。[11)]

上のことばは80歳すぎのまどの講演でのことばである。「植物は動かないで私たち動物を待っていてくれる」とまどは感じている。私たち動物と表現するところに、植物と本章第１節3.1.の〈動物を愛する心〉で見たまどの動

10）阪田寛夫は『まどさん』（p.200）で「行進の間に街の中で目に触れた植物の名を一挙に書きならべていて、関心と知識の深さは尋常ではない。まどさんの筆が植物に及んでいる間は、日誌の筆者が重装備によろめきながら行軍している三十三歳の「老二等兵」であることを忘れさせられる。」と書いている。

11）まど・みちお「〈自然〉と〈ことば〉と」『講演集　児童文学とわたし』石沢小枝子・上笙一郎編　梅花女子大学児童文学会　1992年３月、p.145。

物に対する同族意識との違いがある。植物に対しては清々しい緑の葉と美しい花とかぐわしい実をつけて、動かないで待っていてくれるところに有り難さをまどは感じる。それは幼少時の徳山、そして、その後の台湾、戦地、日本でまどが自然との触れ合いで得ていったものであろう。そしてその気持ちは生涯変わらなかった。

〈よかったなあ〉

よかったなあ　草や木が
ぼくらの　まわりに　いてくれて
目のさめる　みどりの葉っぱ
美しいものの代表　花
かぐわしい実

よかったなあ　草や木が
何おく　何ちょう
もっと数かぎりなく　いてくれて
どの　ひとつひとつも
みんな　めいめいに違っていてくれて

よかったなあ　草や木が
どんなところにも　いてくれて
鳥や　けものや　虫や　人
何が訪ねるのをでも
そこに動かないで　待っていてくれて

ああ　よかったなあ　草や木がいつも
雨に洗われ
風にみがかれ
太陽にかがやいて　きらきらと

『まど・みちお少年詩集　いいけしき』

まどは植物の美しさ、多彩さ、数の多さを讃えるだけではない。どんな処でも、どんな時でも待っていてくれるという植物に対する有り難さをまどは併せ持つ。日本も台湾も緑豊かな地である。植物はまどや動物たちの身体全体を楽しませ、憩わせ、養う。

2．自然としての植物

まどの作品での動物は個々の存在として表され、生物学的な生態系の連鎖という概念は時に入るが、群れ社会としてではない。一方、植物の場合は静止し、集合体としてまどを包み込む場の一要素となる。植物は時間の長さと時の流れ、静けさも表す。植物は我々人間の心を和ませる自然の象徴である。第3章第3節「まど・みちおの感覚と認識世界」で、まどの空間意識の原風景としてレンゲの田に一人いるまどの体験を示した。レンゲの田に一人おり、空でヒバリが鳴いていた。その時のレンゲは一本一本のレンゲではなく、まどを包む風景としてのレンゲである。「田の外に種が飛んで、一本ひょろりと生えていたりする。そんな一本は群れのレンゲより背が高くて、美しいんです。」[12] というように、視線が一本のレンゲに移れば、焦点は絞られ一旦空間意識から離れる。

〈レンゲソウ〉

見わたすかぎり　一めんの　レンゲソウ
の
この一まいの　田んぼの　レンゲソウ
の
この一ぽんの　茎にならぶ　レンゲソウ
の
このちんまりと　一つの花　レンゲソウ

12）まど・みちお／柏原怜子『すべての時間を花束にして　まどさんが語るまどさん』、p.23。

を
見ている　私のなかの　豆つぶのヒバリ
の

前半部
『まど・みちお詩集① 植物のうた』

まどがレンゲの田にいる時に、景色としてのレンゲをただ感じて時を過ごしたわけではない。意識と視線は移る。一本のレンゲに目を向ければ、田んぼの一面のレンゲソウは意識から遠のく。しかし、意識の背後にそれは保持され、自分の存在意識を支える。そのような自己存在を支える意識は、広く捉えれば時間的流れと空間的体験の広がりの中で幾層にも重なり、まどの自己存在を形成する。それらの層は、幼少時の徳山であり、ある日のレンゲの田であり、ある日の「地球分の　一台湾の、一台湾分の、一水郷」〈鳥愁〉などである。「いるべき両親がいない、そのころは寂しかった」というまどの回想を第1章で引用した。同じ時に同じレンゲを見ても、いるべき両親がいるかいないかで見え方は違ってくる。まどの心の原風景として、レンゲの田はしばしば語られる。それは森の木々に包まれた自然ではなく、広い空間である。広いがゆえに空のヒバリは豆粒のように小さく見え、寂しさは深い。この〈レンゲソウ〉の後半は「チルチルミチル　チルチルミチルは？／それは　ひみつの　まじない！／どうわの中の　友だちたちが／みんなみんな　遊びにきますように／小人になって／ハチや　チョウチョウに　またがって…」と展開する。まどの視線は一面のレンゲソウから一本のレンゲソウ、そして花に移り、ヒバリの声から孤独な我に一瞬戻って、最後は夢の世界へ入る。このように、まどの視線は意識と表裏の関係であることが分かる。

以下、まどの植物に対する視線と意識を遠景から近景へと作品を通して考察していきたい。

〈いいけしき〉

水が　よこたわっている
水平に

木が　立っている
垂直に

山が　坐っている
じつに水平に
じつに垂直に

この平安をふるさとにしているのだ
ぼくたち
ありとあらゆる生き物が…

『まど・みちお少年詩集　いいけしき』

まどは本章第１節3.1.〈動物を愛する心〉でも紹介したが、無生物への愛情について次のように述べている。「一体に無生物への愛情は、静的な、透明な、頭の下るやうな、此体を投げかけてしみじみとその大きい抱擁の中にありたいやうな、そんな風な気持を含んでゐる。」[13] これは動物へは「愛したい心」があるのに対して、無生物へは「愛されたい心」があることの説明として述べた文である。まどを大きく抱擁するいい景色は無生物である水と大地を基盤とする。そこに山があり、川や湖、また海がある。そして、まどの心にある景色は緑で覆われ、植物と混然一体となった自然である。まどにとっては、それらすべてはそこに在るべくして存在しているものである。まどはそれらにある種の意志さえ感じている。水が自分の意志で水平によこたわり、木が自分の意志で立ち、山が自分の意志で水平・垂直に座っている。その背後にまどの地球の引力に対する考えが潜んでいる。それは力学的な意味以上に、大いなる自然の法則に従う生き物と物質の真理・美しさに対する

13）まど・みちお〈動物を愛する心〉『動物文学』第８輯、p.９。

感嘆である。〈いいけしき〉のいいは眺めの良さだけではない。「じつに水平に／じつに垂直に」のじつにに人間の及ばない自然の摂理に対する畏敬の念がある。これで分かることは、自然の一部となっている植物は、まどの意識の上で動物よりも無生物に近付いている点である。同じ生物でありながら、動物と植物でまどの意識が違う。特に景色として自分を包む植物は、まどを包む場となっている。その中で立つ木は、たとえまどの視線が向いたとしても景色から分離したものではない。

ぼくたちは「この平安をふるさとにしているのだ」とまどは感じている。この詩にはことばとしての永遠はない。しかし、「ふるさと」にこの詩に流れる永遠性を感じ取ることができる。それは水平・垂直に坐っている山だけではなく、立っている一本の木にもまどは永遠性に近いものを感じる。

3．木に感じる永遠性

〈おおきい木〉

ひゃくねん　せんねん　ここにいて
こんなに　おおきく　なったのか
おおきい木
おおきい木
おおきい木
まだまだ　のびていく
てんにも　とどくまで　とどくまで　　第３連

たとえ樹齢数百年の木でも、まどは千年の命を感じている。木の梢は天にまで届く。童謡の誇張表現ではなく、大木を目にしてそう感じてしまうまどである。背後に人間の命のはかなさが隠されている。本章第１節3.2.で〈マツノキ〉を取り上げた。「（前略）ぼくの　ポチが／きょう　しんだのに／マツノキが　あって／マツの　たかみで／マツの　かぜが／きょうも　さわさわ（後略）」（『まど・みちお詩集① 植物のうた』）と、有限の犬の命と樹木が対比される。第3章第3節4.「時空間認識」で述べたように、まどは一種の安らぎを基調とした時空間意識を持つようになった。その安らぎは、母のようなすべてを包み込む永遠性を持った上なるものの存在意識と、めぐりめぐるという循環性から来る。それは人間としての日常の時空間を突き抜けたもので、人間の営みの日常性と感情、社会性を通り越している。身近な生活意識における時間の経過意識ではなく、永遠の時の流れである。そこから来る平安をまどはすでに〈動物を愛する心〉を書いたときに感じ取っていた。「この諦に似た、絶望を通り越した後の平安と言ふか、しみじみした寂の世界は、その真実は、いつも私たちの心の奥深く潜んでゐる。」[14] その平安が〈いいけしき〉の基となっている。〈いいけしき〉の木も有限の命だが、まどは植物に死を見ていない。植物の終わりのない永遠に続く循環性を感じている。そして、その背後に水の循環性に対するまどの想い[15] がある。そのことは第3章第3節3.2.「触覚の世界」で少し触れた。「かぞえきれないほどの／はっぱに　なって／おしあいで　空をさわっている（冒頭部）」〈梢〉というものである。それは木の梢の葉が空をさわるというよりも、その葉の中にある水がふるさとである空への思いを表現している。

さっきまで
じめんの下の　くらやみにねて
空へのゆめばかり　みていた水が
根から幹へ
幹から枝へ
枝から梢へと　のぼりつめて　いま

中間部

14）まど・みちお〈動物を愛する心〉『動物文学』第8輯、p.10。

15）まどには水賛歌とも言える作品がある。「水は 歌います／川を　はしりながら／／海になる日の　びょうびょう を（冒頭部）」〈水は　うたいます〉や、「あめのこ　あめのこ／はじめはどこへ／くもから　やまへ／やまから　たにへ（冒頭部）」〈あめのこ〉など。

〈梢〉『まど・みちお詩集① 植物のうた』

木の梢の葉から空に帰ろうとしてる水は、さっきまで地面の下で空への夢をみていた水である。その水は「根から幹へ幹から枝へ、枝から梢へと」のぼりつめた。水は生命を支える根源である。

また、水の循環とともに植物の生の循環性によって、まどは動物の死とは違った感覚を植物の命に対して持っている。『全詩集』には100編以上の植物に関する詩と童謡があるが、その中で落ち葉や花は植物の循環性を象徴している。それは季節の巡りだけではなく、個体としての葉や植物の死を感じさせない[16)]循環を表現している。

〈サルスベリ〉

幹をつたって昼が？
昼をつたって幹が？
空のむげんの静けさへと
這いのぼりつづけている

花びらに乗って昼が？
昼に乗って花びらが？
大地のむげんの静けさへと
舞いおりつづけている

第１、２連
『まど・みちお少年詩集　いいけしき』

この詩のキーワードは「むげん、静けさ、つづけている」である。タイトルも視線も対象に近付いているが、日常の時空間を突き抜けた循環で、時と植物の融合を示す。第３章第２節３.「まど・みちおの詩におけるオノマト

16) たとえば植物の種に次の代の命を見る。植物個体の枯れ果てることは題材としない。赤い空間におらせてもらっているスイカの種は「とうも　じゅうごも　二じゅうもの／うずまく　いのちを　むねに／／しあわせそうに／ひっそりと（中間部）」〈スイカの　たね〉のようにまどには見える。

ペ」で、セミの擬声語としての「ざいざいざい」を取り上げた。そこで、「たいよう　ばんざい」の意も含んで「ざいざいざい」と鳴く蝉の声は、生き物と自然の壮大な循環の讃美であると述べた。蝉がとまって樹液を吸う木は、まどにとって自然の循環の象徴でもある。

４．添景としての植物

まどの作品には植物の名前が数多く出てくる。その中で、景色の一要素として植物の名前が登場する例がある。それが添景としての植物である。植物に意識が集中すればそれは詩の主題となるが、視線が移動したり焦点がそれほど絞られない場合は、景色の中の添景的存在となる。一般的に詩における植物はそのような扱われ方が多いが、まどには台湾時代の初期の作品例以外にはほとんど見当たらない。それは戦後に映像的表現の詩が少ないことと関連している。つまり、情景描写を含む詩は台湾時代にほぼ限られるためである。

かたつむり
角出せば、
角の先まるくて
木瓜（パパヤ）の花さいてる。　　第３連
〈かたつむり角出せば〉

この他の例としては「ランタナの中の　庭は静か、／いつも　ゆうかり／裏返しの葉　つけて、／やせっぽちで　立っている。（第２連）」〈ランタナの籬〉がある。短い詩の表現の中で、これらの植物は場を演出するために欠かせない役割を担っている。それはただの景色ではなく、作者の詩情を無言で添えている。このような演出効果をまどは視覚だけではなく、植物の匂いと実の落ちる音でも用いている[17]。「みなで　出てると／くらやみの　庭は、

17)「ぽとり、ぽとり、落ちるのだ／庭の蕃柘榴が熟れて／日がな夜がな／ぽとり、ぽとり、落ち

／夜含(ヤーハム)の匂い、／ねばい、ねばい、ねむい。／アンニア・アンニア・アイクンラア。」（第１連）〈くらやみの庭〉。この詩には「刺竹の　梢」の添景もあるが、夜含花(イアハムホエ)[18)] が暗闇に放つ香りはその場全体を包む。

台湾時代の詩に篁が何度か出る。これらの篁は上で見た添景の例とはいくらか意識に違いがあるように感じる。

篁(やぶ)の中。
日にほけて、
日にほけて、
一つよ、家(いえ)が。　　第１連
〈このおひる〉

篁に影が無いので
篁のまわりを
ぐるぐると歩き廻る　　第１連
〈篁〉

苔の生えてる　ひくい屋根、
(護っているんだ、僕たちが)
篁が　ぐるりを　かこんでる。　　第１連
〈ギナの家〉

まどは何かしら篁に特別な印象があったように感じられる。添景よりは見る対象としての意識が若干高い。ところで、前章の最後に載せた〈昼しずか〉に、「とろとろと　庭の　日南(ひなた)に、／松葉ぼたんは　えのぐを　といてる。」とあったが、この松葉ぼたんは添景ではない。順番に作者の見る意識が移り、松葉ぼたんにも焦点を合わせた。この場合の焦点の合わせ方は、松葉ぼたんのところまで行って見ているのではなく、恐らく部屋の中から風鈴

るのだ」（第１連）〈蕃柘榴が落ちるのだ〉。

18)『昆虫列車』第４輯の〈くらやみの庭〉の註には「夜含（台湾語）＝正しくは夜含花(イエハムホエ)。」とある。また、刺竹については「台湾産のトゲのある竹。」とある。

や障子、金魚鉢へと目を移動させ、そして庭をながめたのであろう。

まどの作品中の植物で一番多いのは、歩み寄って顔を近づけて見た植物である。自分がおかれた場の意識を離れ、その植物にまどの意識は集中している。最初に示した一本のレンゲも同様である。

5．主題化された植物

まどは動物に対して互いに相見る視線の意識を持っている。本章第1節3.1.でも引用したまどのことばをもう一度示したい。「動物。それを現実に目の前に見詰める時、この時間的に永劫空間的に無限と言つてもいゝ宇宙に於いて、はからずも時と場所とを同じうして相見てゐる事の、不思議さ、厳粛さ嬉しさ」[19]。動物に比べれば、植物に対してのまどの相見るという意識は弱く、自分の方が植物を見るという意識が強い。それでも、まどは「はからずも時と場所とを同じうして」道端の植物と出合うことに不思議さ、厳粛さ、嬉しさを感じている。

〈みちばたの　くさ〉

みちばたの　くさ
ちいさな　くさ
ゆきすぎかけて
よく　みたら
あった　あった　あった
はなが　あった
あおい　ちいさな
ほしのよう　　　　　　　　　　　　　第1連

まどにとってこの道端の草は、よく見るまでは目には入ってもその意識は弱かった。危なく通り過ぎるところであった。しかし、存在に気付き足を止

19）まど・みちお〈動物を愛する心〉『動物文学』第8輯、p.11。

め、よく見ると花があり、その花は青い小さな星のようだと感じた。最後に焦点を当てて見つめたのはこの小さな花である。まどの植物に対する意識化の過程が作品化されている。先の〈レンゲソウ〉もそうであった。ちょうどカメラが被写体をクローズアップしていくようである。ここにまどの見るということに対する意識の高さが表れている。見つめた結果としての最終的なまどの意識世界は、〈レンゲソウ〉のように空想世界へ飛んだり連想を伴う。

〈オオバコ〉

ためしに
ガリバーに　なったつもりで
じべたに　はらばって
見てください

手のとどく　地平線に
三つ四つ　よりそって立つ
その　みどりの尖塔を

どの塔のまわりにも　むらがる
キララのような　白鳥たちを

前半部
『まど・みちお詩集① 植物のうた』

まどの短詩「ふくが／ちぢんで／ふとれない」〈ワサビ〉などは連想の延長線上にある。そのような作風は台湾時代の初期の作品から見られる。植物に限れば、《花箋》にある台湾の花に関する短編などである。

〈くろとん〉
らぐびいのユニホームを着てゐます。雨がふると、黄いしづく、赤いしづく、青しづく。どんなしづくでも垂らしてごらんにいれます。

《花箋》『台湾風土記』第 3 巻

クロトンは熱帯性の常緑低木で非常にカラフルな葉を持つ。観賞用として親しまれている。下の龍船花も熱帯性の常緑低木で、桐のような大きな葉と派手で大きな橙色の花を咲かせる。

〈龍船花〉
この七面鳥は怒つてをります。

《花箋》『台湾風土記』第3巻

このようなまどの発想と表現は詩のレトリックとしての喩であるが、視覚性が中心である。このような作品はある意味で自分を離れた自ら楽しむまどの世界となっている。

以上、まどの植物に対する視線と意識を遠景から近景へと作品を通して考察した。このような遠近の視線の違いは、表現対象の中では特に植物において現れる。動物の鳥や無生物である山・天体にも遠方という意識が現れることがあるが、他は接写的意識で主題化された動物や無生物である。その場合、植物と同じようにそれらをよく見ることによって、連想や短詩的比喩として表現される場合が多い。そして、それらの喩とも連想とも捉えられる想いは、童話の世界へ行ったりコスモロジカルな永遠性を帯びた思索の世界へつながっていく。

この節の考察の中で折々植物と動物との相違に言及した。それをここでもう一度まとめたい。植物は偉大な自然の摂理の象徴としてまどは捉えている。限りある命をもった動物とは違って、命の終わりのない、めぐりめぐる永遠性をもった植物である。その植物は我々動物を養い、楽しませ、母のような有り難い存在である。まどは〈動物を愛する心〉で動物と無生物を対比しながら、自己を取り巻く森羅万象への想いを述べた。その中で植物はほとんど触れられていないが、「私たち生物よりは先進であり、父であり、母であり、私たち生物の力とはまるつきりかけ離れた力と言ふか、悟と言ふか、大きい愛のやうなものが感じられる無生物に対し、深慈を乞ひ、宥恕を求め、慰撫を希はずにはゐられないのだ。」[20] という無生物に近い気持ちを、まどは植物に対しても持っている。そして、実際には生物としての命があり、花が咲き、実を結び、目を楽しませる美しさを持つという点でも、植物はまどにとって特別な存在である。

20）まど・みちお〈動物を愛する心〉『動物文学』第８輯、p.11。

第5章　まど・みちおの詩と童謡

第1節　童謡論

1．詩人が作る童謡

「童謡」ということばは、その意味するところは時代的な変遷がある。明治になって学校教育としてのいわゆる文部省唱歌が作られるようになった時点では、「童謡」は伝来の「わらべ唄」の意味であった。大正中期になって、鈴木三重吉が「もっと芸術味豊かな童話や歌を子どもに与えたい」との願いから児童雑誌『赤い鳥』を発刊し、その主旨に賛同した北原白秋、西條八十などの詩人たちが子どもに与える歌を創作するようになった。ところが、それら詩人たちの歌も「童謡」と呼ばれたため、「童謡」に二重の意味が生じた。次第に「童謡」は詩人たちが創る「創作童謡」の意味に限られるようになり、また、一時期は現在「児童詩」と言われる子どもが創作した詩の意味でも「童謡」が使われた。昭和に入ってからの詩人たちの芸術志向と、それによる子どもの実生活からの遊離という反省を踏まえ、戦後は「子どもに歌われることをもって童謡とする」という詩人たちの新たな動きが興った。そして、その童謡は「あたらしい子どものうた」という呼称が使われた。しかし、この「あたらしい子どものうた」という言い方も定着せず、現在では「童謡」が総称としてしばしば用いられるようになっている。現在用いられる「童謡」という呼称には、戦前の「創作童謡」や戦後の「あたらしい子どものうた」、それに続く創作童謡だけではなく、「わらべ唄」や「唱歌」などもしばしば含まれる。

これらの経緯を踏まえ、畑中圭一は童謡を「大人の詩人が子供に向けて書いた「歌われる詩」」[1]「大人が子どもに向けて創作した芸術味ゆたかな歌謡」[2]と定義して論を進めている。本書でもこの意味で「童謡」を用いる。

1.1. 詩人の童謡論

一般的に詩人が童謡を創作するときには「子どものために」という意識があって創る。その場合、その詩人なりの「児童観」があるはずである。その上に「童謡観」があって、童謡が創作される。童謡の黎明期にも創り手である北原白秋、西條八十、野口雨情などによるそれぞれの児童観・童謡観にもとづく論議があった。いわゆる「童謡論」である。畑中圭一は「子供に向けて」と表現したが、そこに童謡論の微妙さが滲んでいる。

そのような童謡論の根底にある微妙さは、童謡に限らず、児童文学全般に横たわっている。それは作品の供給者である大人の創作意識と作品、そしてそれを受容する子どもの享受実態の関係であって、文学における読者論とでも言うべき領域と重なる。本田和子は児童文学における読者論の難しさを次のように述べている。

> 私たちは、子ども読者には、物質的、力動的イメージが出現しやすいこと、また、彼らの場合、イメージの迫真性が強く、それが情動に作用して、強い感動、あるいは全身的な共感の動因となるらしいこと、などに言及することができる。しかし、一人一人の子どもに即して、彼らの中に出現したイメージの世界をとらえるために、客観的で確かな方法を、私は知らない。
>
> 他者のイメージを完全に把握すること、つまり、他人の内的世界をのぞき込むこと、それは、窮極的に不可能なのではないか。仮に、それが子どもであったにせよ、否、子どもなるがゆえに、よりいっそう、とこそ言うべきであろうか。[3]

---

1) 畑中圭一『文芸としての童謡 ――童謡の歩みを考える――』世界思想社、1997年3月、p.i。

2) 畑中圭一『日本の童謡 誕生から九〇年の歩み』 平凡社、2007年6月、p.16。

3) 本田和子「読者論」『児童文学必携』日本児童文学学会編著、東京書籍、1976年4月、p.142。

児童文化を探求してきた本田の言葉である。「子ども読者」を「童謡を歌う子ども」に置き換えれば「童謡論」の不確かさが予想できる。その不確かさはあるものの、一般的に詩人が童謡を創作するときには、「児童観・童謡観」をもって創作することは間違いない。それを図式化すると下のようになる。

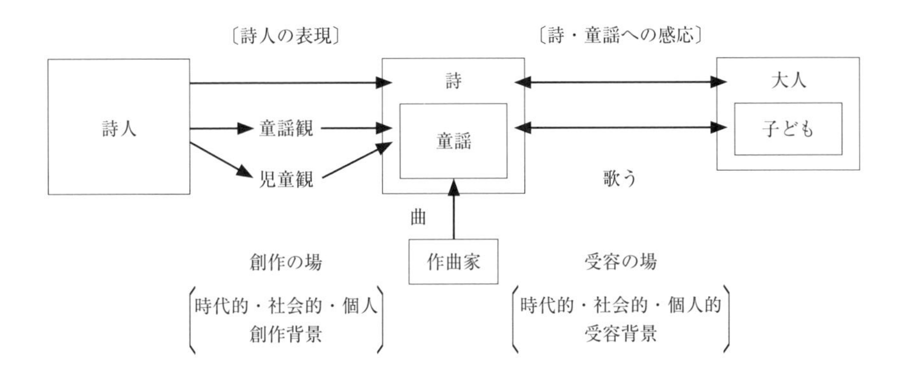

図２　詩人の創作と作品の受容

上図の要点は５つある。

①詩人は自己表現として詩を創る。その詩に芸術性を求める。それを味わう者はその詩を読んで、または聞いて感応する。それらが図の上段に示した矢印である。その詩が子どもにも十分鑑賞できる内容と表現の場合、その作品は少年・少女詩と呼ばれることもある。それらは童謡と同じように、子ども向けという創作意識が働いている場合がある。

②童謡の場合は図の下段の矢印が示す。詩人と真ん中の作品を結ぶ矢印は〔詩人の表現〕である。詩人が童謡を創るには少なくとも歌謡的韻律と、表現と内容において子どもの理解力と世界を逸脱しないことが前提としてある。それは「童心童語の歌謡」と白秋が言い表したのに当た

る。問題は「童心」とはどういうことなのか、また詩人としての自己表現や詩としての芸術性がどこまで求められるかである。童謡論において、問題を複雑にしている原因は、この「童心」の中に詩人の自己表現と詩人の芸術的価値観が入り込んでいるからである。また、子どもの年齢を考慮しない抽象的な語の使用法にも問題の一因がある。真ん中の詩人の作品である詩が童謡を内部に包み込んでいるのは、詩人の創る童謡が詩作全体の一部であることを表す。

③真ん中下の作曲家の枠は、詩人の童謡が作曲された場合を示す。必ずしもすべての童謡が作曲されるわけではない。曲が付けられることが前提で詩人・作曲家の間で相互依頼による創作もあるし、詩人の思いとは関わりなく作曲される場合、また複数の曲がある場合などもある。曲は歌う子どもにとって重要な要素である。

④童謡と子どもを結ぶ矢印は受容形態を示す。ある場合、子どもは曲を一人で口ずさむこともあるだろうし、複数で合唱することもあるだろう。また、曲があってもなくても子どもが自分で節をつけることもある。そして、子どもの童謡感応形態の特徴は同じ作品を繰り返し口ずさむことである。児童文化財としての童謡は、個々の児童が歌うことによってその児童の自己表現ともなる。「感応」にはその意味が含まれる。図２の右に示した感応者の四角枠も「子ども」が「大人」に包まれている。これは児童文化全般に言えるが、童謡が大人からどのように子どもに提供されるかというマスコミや商業的提供媒体をも含めた大人からの影響を示している。また、実際の童謡の受容（歌うという子どもの行為）も往々にして大人の影響下にある。親の影響、教育機関の影響、現代であればテレビなどもそうである。

⑤詩人が詩や童謡を創作するには、詩人のそれまでの体験や心情などの個人的背景、またその時代と社会背景、そしてそれは時と所が特定された「場」の上に成り立つ。同様に、その作品の受容者である大人や子ども

が詩や童謡を鑑賞したり歌ったりする場合も、時と所が特定された「場」の上に成り立つ。また、創作と受容に時間的ギャップがあるのが普通である。つまり、創作の場と受容の場は時間を経、時代を越えて成立することもある。白秋の童謡が今日の子どもたちにも歌われていることはその例である。もし、まど・みちおの童謡が外国で歌われれば、国を越えた場所の違いとなる。

以上、5つの中で考察したいのは②の「詩人の童謡における創作意識」と④「受容者である子どもの童謡への感応の実態」である。本来、「童謡論」の本質として子どもが童謡をどう受容するかの実態把握は、童謡創作のあり方を論ずる童謡論として欠くことのできない要素である。歴史的にも、芸術志向の童謡が子どもから遊離しているなどの視点から注意が喚起されたこともあった。しかし、「童謡論」で子どもの童謡への感応についての論議が十分であったとは言い難い。その原因は詩人としての自己表現や詩としての芸術性に論点の重心があったことと、「童心」ということばの持つ曖昧さにある。童心をもって童謡を創るという詩人側の童心と、受容者の子どもが保有する童心の関係が明確ではなかった。本田の結論は「彼らの中に出現したイメージの世界を捉えるために客観的で確かな方法を、私は知らない。」であった。では、その論議は不毛なものであったであろうか。少なくとも、より真実に近づきたいという詩人たちの熱意によって「童謡論」は論じられてきた。本田はその可能性も指摘している。

> 私たちに可能なのは、自身に生じるイメージを、懸命に意識に上らせてみること、それだけではないだろうか。しかし、それらを深くみつめるなら、その中には、既得の知識や経験とかかわりの深い文化的なものと、古態型の表出、あるいは原体験のよみがえりとでも名付けたい原初的なイメージとが、混在していることに気付かされるであろう。そして、後者すなわち原初的なイメージは、児童文学との出会いにおいてしばしば出現するものであり、また、子どもとともに素朴な遊びに浸るとき、容易に湧き起こってくるものとも近似している。さらに、それらは、幼年期の記憶として想起されるものと、重なり合う性質をもってい

る。これらを総合して考えるなら、この原初的なイメージは、私の「内なる子ども」が生み出したもの、と見ることができないだろうか。そして、それゆえに、それらは、子どもらと共有し得る余地をもつと言えよう。[4)]

「大人が子どもに向けて創作した芸術味ゆたかな歌謡」が童謡として成り立つ希望は、この「子どもらと共有し得る余地をもつ」というところにある。また、本田はつくり手のなかの「己に内在する子ども」と「外在する現実の子ども」が重なり合って存在している可能性についても触れ[5)]、つくり手はこの「二重存在者たる子ども」をみつめて描き、外在する現実の子どもは世界の共有者、形象化のための素材、作品をプレゼントする相手・読み手に相違なく、つくり手たちはやはり子どもに向けても語りかけているのだと分析している。

これを前の「つくり手自身に生じるイメージ」についての文と合わせ、分かりやすく項目立てしてまとめると次のようになる。

Ⅰ.「意識に上らせてみることの可能な作り手自身に生じるイメージ」(a、b が混在)

a 既得の知識や経験とかかわりの深い文化的なもの

b 古態型の表出、あるいは原体験のよみがえりとでも名付けたい原初的なイメージ

→子どもとともに素朴な遊びに浸るとき、容易に湧き起こってくるものとも近似している
→幼年期の記憶として想起されるものと、重なり合う性質をもっている

⇦ 私の「内なる子ども」
⇩(生み出したもの)
子どもらと共有し得る余地をもつ

Ⅱ.「児童文学のつくり手の中に存在する二重存在者たる子ども」(c、d が重なり合って存在)

4) 本田和子「読者論」『児童文学必携』、pp.142-143。

5) 同書、p.131。

c「己に内在する子ども」
d「外在する現実の子ども」
→つくり手にとって、世界の共有者
→形象化のための素材
→作品をプレゼントする相手（読み手）

Ⅰ．は作者の自己体験的イメージ、Ⅱ．は創作の文脈だが、詩人が童謡を創るときには、創作意識としてa、b、c、dすべてが関わる。Ⅰ．は作者の自己表現、Ⅱ．は児童観に関わる。詩人はⅠ.bの心をⅡのイメージに重ねて童謡を創る。その場合、子どもと共有し得る余地をもつということになる。一般的にbはcに内包されるからである。しかし、問題となるのは、c「己に内在する子ども」とd「外在する現実の子ども」との距離である。距離がなく一致があれば、童謡を歌う子どもは同じ世界を共有することができる。距離があれば、子どもから遊離していると批判される。もう一つの注意点は、Ⅰ.aをどのように捉えるかである。本田がaを「子どもらと共有し得る余地を持つ」に含めていないのは、個別的な体験や文化などの蓄積が年齢とは切り離せない面を持っていると感じてのことであろう。

では、童謡創作者として「童心童語の歌謡」を謳うなら、「童心」とはa～dとどのような関係になるであろう。童謡論の基本的理念として、「Ⅰ.b、Ⅱ.cとして詩人自身が童心の持ち主であること。Ⅱ．dの理解のもとに、現実の子どもの持つ童心と交感できる童謡を子どもに与えること。」を詩人は一般的に持っているであろう。その意味での「童心」がどう理解されているかである。

以上が「童謡論」を考察する上での準備であった。以下、まどの童謡論を見る前に、伝承童謡の観点もあるので、まず北原白秋の童謡論を取り上げたい。

1.2. 北原白秋の童謡論

白秋は1929年（昭和４）３月に童謡論集『緑の触角』を出した[6]。それに収めた白秋の童謡観を示す「童謡私観」は、1923年（大正12）に『詩と音楽』に発表した「童謡鈔」の改稿で、翌年『白秋童謡集第一巻』に収められた。1918年（大正７）７月の『赤い鳥』創刊から童謡を担当し始めて６年後のことである。「新しい日本の童謡は根本を在来の日本の童謡に置く。日本の風土、伝統、童心を忘れた小学唱歌との相違はここにあるのである。従ってまた、単に芸術的唱歌という見地のみより新童謡の語義を定めようとする人々に私はくみせぬ。」[7] これが白秋の童謡創作の基本姿勢である。そして、白秋は「童謡私観」に先だって、「童謡復興」を1921年（大正10）に著した。それには明治になって導入された学校教育全般に対する憤懣、殊に学校教育の唱歌に対する強い反発が表れている。

白秋の唱歌の非芸術性に対する批判、さらに学校教育全体に対する不信は自分の学校教育体験からきている。そして白秋の得た確信は次のようなものであった。「おかげで日本の子供は自由を失い、活気を失い、詩情を失い、その生まれた郷土のにおいさえも忘れてしまった。（中略）五歳六歳まではまだそうでない。彼等が小学に通い出すようになると、殆どが同じ一様な鋳型にはめこまれて、どれもこれもが大人くさい皺っ面の黴の生えた頭になってしまう。全く教育が悪いのだ。いや、いい教育でないのだ。」（pp.32-33「童謡復興」）。この結果、白秋が得た結論は「ここに於いて童謡復興の宣伝が必要になって来る。唱歌は童謡を根本にすべきであったのだ。学校に於ける遊戯

6）本書の引用の「童謡復興」「童謡私観」「童謡と童詩」「叡智と感覚」「童謡について（一）」の底本は、北原白秋『童謡論　──緑の触角抄──』（こぐま社、1973年５月）によった。引用文末の数字はこの本の頁数である。なお、これらの初出は藤田圭雄の「解説」によるとつぎの通りである。「童謡復興」『芸術自由教育』創刊号・第二号、1921年（大正10）１月。「童謡私観」『白秋童謡集第一巻』アルス、1924年（大正13）７月。（「童謡私鈔」『詩と音楽』、1923年（大正12）１月号の改稿）。「童謡と童詩」『童詩』、1926年（大正15）５月号。「叡智と感覚」『大観』、1922年（大正11）１月号。「童謡について（一）」『日光』、1924年（大正13）５月号。

7）北原白秋「童謡私観」『童謡論　──緑の触角抄──』、p.44。

は野外に於ける郷土的児童の遊戯を根本にして、更に新時代のものたらしむべきであったのだ。」[8] というものであった。

以上が白秋の「童謡復興」運動に至る背景である。ここで注目すべきは、童謡論の鍵となる「童心」が白秋の場合子どもの心という意味だけではなく、それが作品の芸術性に結びついている点である。

1.3. 白秋の「童心」について

「童謡は童心童語の歌謡」と白秋は「童謡私観」でも何度か言っている。「童語」については表現上の語彙や語法の違いなどで、年齢や男女の違いも察しが付く。しかし、「童心」とは何かというと言語のように分析できる形態がない。

ここで、前にまとめた項目Ⅰ．の「意識に上らせてみることの可能な作り手自身に生じるイメージ」を白秋に当てはめて、もう一度検討してみたい。Ⅰ．は「子どもの内的世界を完全に把握することは不可能であるが、自身に生じるイメージを懸命に意識に上せれば、可能性はある」ということであった。そして、そのイメージには二つあって、a「既得の知識や経験とかかわりの深い文化的なもの」が一つ、もう一つはb「古態型の表出、あるいは原体験のよみがえりとでも名付けたい原初的なイメージ」である。本田の論では、bの「原初的なイメージ」が「子どもらと共有し得る余地を持つ」ということで、「童心」と重なる。

ねんねんころころ、ねんころよう。
ねんねのお守はどこへ行た、
あの山越えて里へ行た、
里のみやげになにもろた、
でんでん太鼓に笙の笛、
おきあがり小法師にふりつづみ、

8)　北原白秋「童謡復興」『童謡論　――緑の触角抄――』、p.39。

たたいてきかすにねんねしな。

きこえる、きこえる、この子守唄が、今でも、大人になった今でも私たちの耳にきこえて来る。何という柔かな温かな節まわしだったろう。この母親のこの子守唄で、はじめて私たち子供の詩情は引き出されたものだ。この恩愛の、詩の根本を忘れてはならぬ。日本の子供は誰でもが、この日本の郷土のにおいを忘れてはならぬ。[9)]

白秋の童謡はａの文化的なもの、「風土に密着した世界への郷愁」と「日本の郷土のにおい」を持つ。白秋は「童謡復興」で60編近いわらべ唄を取り上げ、「これが子どもであると」と高揚した解説をしている。それらは白秋の「児童観」ということができる。以下、いくつか主な例を挙げる。

彼等は全く好奇心に富んでいる。残虐をも敢えてする。しかし彼等は盛んに生長しつつある。じっとしていられない。（pp.8-9）こんなに無垢に円く広く子供の心は解放されている。開けっぴろげた儘だ。いささかの塵埃をも止めない。いささかの疑念もない。この清々しさを見よ。この心で子供はまた真に生物を愛する。互いにまた憐愍の情を交わす。一緒に遊ぶ。遊び恍れる。（pp.13-14）愛憐はまた生物に対してばかりでなく、金石にまで及んでいる。子供より見れば石もまた自分と同じ生命を持った発剌たる活動体である。（p.17）これは雪だ、空に湧く真っ白な昆虫だ、子供の見る雪は、何というこの新鮮さ。生きてる、生きてる。雪は生物だ。生きて光る精霊だ。雪のみか、雨のみか、霰、霙、それらは皆子供には生きて映る。（p.23）[10)]

「童謡復興」で白秋が示した「児童観」は、ｂの「原初的なイメージ」である。白秋は金素雲の『朝鮮童謡選』に添えたことばでそれらの伝承童謡は「ただ純粋の童謡においては児童性の天真流露と東洋的風体とを通じて日本のそれらと極めて近似関係にある。」[11)]（傍点 筆者）と言っている。この児童

9) 北原白秋「童謡復興」『童謡論 ──緑の触角抄──』、pp.41-42。

10) 引用文末の数字は「童謡復興」『童謡論 ──緑の触角抄──』の頁数。

11) 金素雲訳編『朝鮮童謡選』岩波書店、2005年11月 第13刷、p.240。（第１刷は1933年１月、改版第７刷1972年６月、）と奥付にあるが、金素雲の「改訂版あとがき」からすると本書が引用

性の天真流露が原初的イメージの子ども像で、「ただ純粋の童謡において」と条件を添えて、日本と韓国の子どもの近似性を認めている。『日本童謡ものがたり』[12]でも子どもについての説明では、マザア・グウスの例との類似性を指摘している。これらを見ると、白秋の「童心」は、ｂの「古態型の表出、あるいは原体験のよみがえりとでも名付けたい原初的なイメージ」であり、純粋という意味で、幼児に近い「童心」と見られる。

しかし、先にも示唆したように白秋の「童心」が子どもの心という童謡創作に関わることだけではなく、それが白秋自身の詩作品全体の芸術性に深く結びついた点に留意しなければならない。

> 私はよく童心に還れといった。（中略）真の思無邪の境涯にまでその童心を通じて徹せよというのである。恍惚たる忘我の一瞬に於いて、真の自然と渾融せよということである。
>
> この境地は、自然観照の場合に於いても、ついには芸術の本義と合致する。童謡に於いてのみならず、詩歌俳句に於ける究竟道と同一である。
>
> このゆえに私はつくづくと諦悟した。今は私は強いて童心に還る要もないのだと。真を真とすればよい。このままの観照でよい。在るがままでよい。（p.46「童謡私観」）

この白秋の文脈における「童心」は「真の思無邪」「真の自然と渾融」であって、自分の求める芸術の神髄はそれに行きつくというのである。それはもはや、童謡創作上白秋が心に抱いた児童観としての「童心」ではない。白秋は芸術の本義からすれば、「真の思無邪」「真の自然と渾融」が真の童心であるから「強いて童心に還る要もない」と言う。白秋の言う「童心」には意味の二重性がある。後に問題になるのは、「思無邪」「自然との渾融」が子ど

した2005年版は「改訂版第７刷」ということになる。

12）北原白秋「日本のこどもたちに」『日本童謡ものがたり』河出書房新社、2003年６月、p.12。『お話し・日本の童謡』（アルス、1924年（大正13）12月）がもとになっている。

もにはあるから、子どもは詩人であり、その作品は高い芸術性をもつと判断したことである。このような「児童自由詩」に対する白秋の評価と姿勢は当時の童謡運動に沈滞をもたらしたが、一方、畑中圭一の下の指摘があるように白秋の「童心」には二重性と一元化という見逃せない特質があった。

> すなわち白秋は「童心」を描こうとしたというよりも、「童心」によって小鳥を、雨を、木の実を、そして子どもをとらえ、歌おうとしたのである。従って彼が現実の子どもをどうとらえていたかということと、そうした現実の奥にある「童心」を、創造活動の指標としてどうとらえていたかということとは区別して考えなければならないのである。[13]

> 白秋は、童謡を書くことが自らの芸術創造の本質にかかわることであり、自己の芸術全体を高めることにつながると考えたのである。その指標となるべき理念が「童心」であり、この童心主義によって彼の創作活動は一元化されたのである。[14]

白秋の「真の自然と渾融」と「真の思無邪の境涯」の境地は、童謡創作のための「童心童語」における「童心」ではなく、詩人としての白秋自身が「在るがままでよい」と諦悟した「童心」である。それが畑中の文中の「童心」である。それはむしろ白秋の芸術境と言いかえてもいいもので、まどがしばしば用いる顫えにも通じる。子どもの心に真の「自然と渾融・思無邪」を感じ、それを己の芸術境とするならば、白秋の「童心主義」は、童謡創作と詩作において一元化されたことになる。

1.4. 白秋の童謡観

「童謡復興」のわらべ唄解説が白秋の「児童観」と見ることができると同様、「童謡私観」は白秋の「童謡観」と言える。以下、いくつか例を挙げ、

13）畑中圭一『童謡論の系譜』東京書籍、1990年10月、p.101。

14）同書、p.100。

まどの童謡論に移りたい。

> 童謡はその内容と表現とに於いて、もとより児童に解しやすく、しかも成人にとっては更に深く高き想念に彼等を遊ばしむるものでなければならない。表現は無論児童の言葉をもってするのである。（p.47）真の無邪な滑稽体は時として童謡には必要である。何となれば、この種の流露は児童の天真そのものから来る。しかし児童生活のすべて、本質としての童謡のすべてがそうであると思うのは謬っている。（p.55）擬人法も時によって必要である。何となれば、児童は人間としての自己と他の生物非生物とをその親和の心情から敢えて異種属として区別せぬ。すべてに自己の心を移し、自己の姿を見る。こうしたところから、まことに微笑すべきユーモアも流れて来る。（p.55）童謡は童心童語の歌謡である。但し歌謡は歌謡であって、そのために調律を整斉し、作曲の上より、もしくは児童本然の手拍子足拍子をもって歌うべきものとする制作上の規約がある。こうした歌うべき童謡以外に、静かに読ませ、または黙して味わうべき詩―童詩―も児童に与うべきであろう。（p.61）

2．まど・みちおの童謡論

まどが初めて童謡についての考えを著したのは、『昆虫列車』第３輯（1937年（昭和12）７月）の〈童謡の平易さについて〉である。この論で、与田準一の『乳樹』第５巻第２号（1932年（昭和７）５月）[15]からのことばを引用しているので、まどは５年前の『乳樹』を読んでいたことになる。まどが初めて『コドモノクニ』に童謡を投稿したのは1934年（昭和９）である。それ以前にまどは『乳樹』を手にしていない[16]ので、1935年（昭和10）に与田に東京に来ることを勧められ、それを念頭に準備を始めた時点で手に入れたのであろう。この〈童謡の平易さについて〉を書くほどの童謡に対する意識をまどはどう自分のものとしていったのであろうか。

15）与田準一「真空管・３」『乳樹』第５巻第２号、1932年５月（畑中圭一『童謡論の系譜』p.210）による。

16）「まど・みちお氏に聞く」（谷悦子『まど・みちお　研究と資料』、p.188）のまどのことばによる。

2.1. まど・みちおの童謡創作の歩み

〈雨ふれば〉〈ランタナの籬〉を投稿したのは、1934年（昭和9）の夏ごろに台北市の書店で見かけた『コドモノクニ』に童謡募集があったからであった。工業学校時代から詩は多少書いていたが、童謡募集に応募した心境をまどは「「子ども」と「子どももの」に惹かれる何かが自分にあったからだろう」[17]と言っている。このときには童謡についてのそれほどの明確な意識はなかった。両作品とも童謡というより詩に近い。〈雨ふれば〉〈ランタナの籬〉の掲載から〈童謡の平易さについて〉の発表まで約3年の期間がある。随筆、散文詩、童話を除くと、この間に発表された詩の数は約70編[18]である。これらの詩の全体的作品傾向を見ると、すでに指摘したように〈かたつむり角出せば〉〈ランタナの籬〉のような映像的な描写、〈月が明るいので〉のような感覚的な世界、〈宿題〉や〈深い夜〉などの内省的作品が続いた。これらは歌う子どもの心と内からのリズムを引き出す力が弱く、大人の内省的な詩情が勝っている。そんな中で子どもの目線で歌のリズムをもった〈お使ひ〉が『童話時代』への最初の作として1935年（昭和10）3月に投稿された。

広いお空を　ちぎれ雲
あちらへ　あちらへ　飛んでゐる
　　何か淋しい　こんな日は
　　枯草道を　お使ひだ

あんなに急いで　ちぎれ雲
あちらへ　御用かあるやうだ
　　一人とぼとぼ　こんな日は
　　膝くり坊主　ちつと寒い

---

17) まど・みちお「処女作の頃」『KAWADE夢ムック［文芸別冊］まど・みちお』再録、p.58
初出『びわの実学校』97号、びわのみ文庫、1980年1月。

18) 短詩も1作品と数えた。

僕が見てるの　知つてゝか
あちらへ飛んでる　ちぎれ雲
　　お使ひ遠い　こんな日は
　　枯草道に　日がかげる

『童話時代』第17号

それまでの自分の詩的な世界とは違った、子どもの歌としての童謡を意識して試みたもののように感じられる。しかし、その世界はそれまでの他の詩人たちの童謡に多くみられた感傷的童謡の域を脱していない。それが転機となったのは『童魚』への投稿である。小林純一が主宰するこの雑誌は児童文学運動として、童謡の「謠と曲と踊」の一体を目指したものであっただけに、まどの童謡に対する意識もより高まったはずである。『童魚』第5号（1934年（昭和9）9月）に初めて〈帽子〉を、『童魚』第8号（1936年（昭和11）8月）に〈足跡〉を投稿した。しかし、第4章第1節2.2.で見たようにこれらはそれまでの作品の中で最も童謡作品らしいものではあるが新味がない。〈帽子〉と〈足跡〉の間の他のいくつかの作品も十分童謡にはなりきっていない。それに比べて『桑の実』（1936年（昭和11）4月）に発表された〈ふたあつ〉は完成度が高い。この成功[19]はまどの童謡に対する意識、つまり自分の作品が実際に歌われるという意識を高めたことであろう。他に、〈童謡の平易さについて〉の発表以前に作曲されたものには〈トマト〉（『童魚』第8号)、〈漢方薬の薬やさん〉（『昆虫列車』第1輯）の2編がある[20]。〈ト

19)〈ふたあつ〉は『桑の実』第2次第7号（1936年（昭和11）4月）に発表されたものだが、『全詩集』年譜よると、まどの知らぬまに同年9月に山口保治作曲でキングレコードより発売された。また翌年には　賀来琢磨著『新撰幼児舞踊』第1集、シンフォニー楽譜出版社、に収録された。(『昆虫列車』第5輯、1937年11月、p.14)
またその翌1938年（昭和13）1月にはAK（東京放送局）から放送された。(『昆虫列車』第7冊、1938年3月、p.13)　前橋と帯広にて放送された。(『昆虫列車』第8冊1938年5月、p.11)
1938年（昭和13）5月に台北で放送、6月長妻完至編曲でAKから放送された。(『昆虫列車』第9冊、1938年8月、裏表紙)

20)〈童謡の平易さについて〉以後で台湾時代の作品で作曲されたものには、他に〈トダナノナカニ〉（『昆虫列車』第6冊、1938年1月、p.27)〈台湾の地図〉（『昆虫列車』10冊）の2編があ

マト〉は『童魚』第６号に載った〈トマト〉ではなく、「トマトはコロン／ひとりでコロン／（第１連）」の方である。〈漢方薬の薬やさん〉は〈童謡の平易さについて〉の４ヵ月前の発表である。この２作品とも〈ふたあつ〉ほどには成功していない。

それらに比べ、〈足跡〉の３ヵ月後の1936年（昭和11）11月に『シャボン玉』第57輯に載せた〈百合と坊や〉〈撒水自動車〉〈ままごとあそび〉は一段飛躍が見られる。それぞれ第１連を示す。

〈百合と坊や〉

百合を持つてる　坊やの顔に
百合が　花びら　くつつけた
　　アラ　アラ　ホント
　　アラ　アラ　ホント

〈撒水自動車〉

撒水自動車　それ来たぞ
尻尾だ　孔雀だ　噴水だ
　それ　噴水噴水　それかかる

〈ままごとあそび〉

まゝごとあそびは
　ひなたのむしろ
とてもいろいろ　おはなのごちそ
でも
はなびらはなびら　しをれちやう

る。なお〈トダナノナカニ〉は1936年（昭和11）の『童話時代』第25号に載った〈いぢわる〉の改稿で、〈トダナノナカニ〉の詩の末尾に「ビクターレコード・イヂワル」とあるので、作曲はもっと以前にレコード化された可能性がある。〈びわ〉の作曲は戦後である。

あら　あららんらん
しをれちやう
しをれちやうよう

〈帽子〉と〈足跡〉に比べてこの３編は意識的創作の感じがせず、焦点が合っていて鮮明な印象を与える。語り手の心持ちがよく伝わり、ことばも洗練された。この後の作品は翌年の７月の〈童謡の平易さについて〉まで、内省的作品を含みながらも童謡の可能性を探る質の高い試みをしている。翌年１月の『綴り方倶楽部』に載せた〈ジヤンク船〉の擬音語の試み、２月の『シャボン玉』の〈ぎょくらんの花〉は後の〈びわ〉を思わせる甘美さ、『昆虫列車』の創刊とともに１～３輯に発表した〈竹の林〉〈朝日に〉〈団仔さん〉は視点や描写の試みなどである。これらの創作時期はおそらく発表より１～２ヵ月前後早いことを考えると、1936年（昭和11）11月の『シャボン玉』の〈百合と坊や〉〈撒水自動車〉〈ままごとあそび〉から〈童謡の平易さについて〉に至る作品は、ちょうど台湾総督府を辞めて東京へ行く準備と創作に専念し始めたころの作品である。童謡への意識の高まりと作品の進化が見られるのも頷ける。

1938年（昭和13）５、８月の『昆虫列車』８、９冊にまどは〈童謡圏　――童謡随論――〉の（一）、（二）を著し、童謡論を深めた。それらは〈カタカナドウブツエン〉〈オサルノラクガキ〉など、戦後の童謡にもつながるまどの童謡世界へと結実していった。また、戦後には著作として発表されてはいないが童謡に関する自作のノートがある。それらは童謡が集中して創作された1960年代に書き記されたもので、谷悦子の著書にその一部が紹介されている[21)]。

21）谷悦子『まど・みちお　詩と童謡』、『まど・みちお　研究と資料』

2.2. 〈童謡の平易さについて〉

〈童謡の平易さについて〉を著すに至るまどの童謡に対する意識の深まりは、作品の進化とその背景で見た通りである。このような短期間でまどがこの評論を著し、それを作品に反映することができたのは驚くべきことである。まどの子どもに対する的確な把握力があったからこそであろう。まどはこのときはまだ未婚で自分の子どもを観察することはできなかった。頼りは自分の中に甦る子ども時代の体験と、接してきた周りの子どもたちから得た子どもの世界である。事実、まどは詩作の原風景は幼年期の総体験にあると言い、まどが子どもたちと遊んだ姿は阪田の『まどさん』に詳しい。まどの子どもを見る観察眼と把握力は作品にも表れている。〈家〉〈煎餅と子供〉〈絵のかきたい子〉〈お菓子〉〈一眼レフ—シツケイ〉〈夏日遊歩（二）〉など、子どもの姿を題材にした作品である。

自分の子ども時代は〈黒板〉〈少年の日〉《幼年遅日抄》の一連の作品となっている。「子どもに惹かれる何かが自分にある」[22]とまどは言ったが、その性質はまどの創作に関係するであろう。上の作品例に加え、台湾時代の《ギナさんアルバム》のような台湾の子どもを題材にした作品も生んだ。以前、〈動物を愛する心〉によって自分の心に秘めた動植物や物に対する想いを思索し理念化したように、童謡に関してもまどは〈童謡の平易さについて〉によって理念化した。「平易さ」とは何かという論点に絞られているが、子どもの具体的な分析と、それが童謡の使命という観点で結びついていることはそれまでの童謡論にはない特徴である。

白秋は「童謡私観」で「童謡はその内容と表現とに於いて、もとより児童に解しやすく、しかも成人にとっては更に深く高き想念に彼等を遊ばしむるものでなければならない。」（傍点筆者）[23]と言ったが、この「成人にとって

22）谷悦子「まど・みちお氏に聞く」『まど・みちお　研究と資料』、p.188。

23）北原白秋「童謡私観」『童謡論　——緑の触角抄——』、p.47。

は更に深く高き想念に彼等を遊ばしむる」は、佐藤通雅が「歌人・詩人として力量ある白秋が童謡にも全力投球したのは、芸術境の一元化があったからにほかならない。つまり童謡を書くことがそのまま芸術の究境に達するのだと考えられた。」[24]と指摘した芸術境につながっていくものである。ところで、までも〈童謡の平易さについて〉の中で、「実在の児童と手をつなぎ、而もその一歩前を歩むといふか、或ひは児童性の方向上に於て児童以上を保つ」（傍点 筆者）と言っている。これは白秋の「成人にとっては更に深く高き想念に彼等を遊ばしむる」とどう重なるであろうか。鍵となる言葉は白秋の「児童に解しやすく、しかも成人にとっては更に深く高き想念」である。つまり、これは白秋には児童が理解する世界と、佐藤の言う詩人としての芸術境の二重観点があることを示す。それは童謡論で問題とされた詩人の詩における自己表現としての芸術性に関わるわけだが、白秋はその一元化という点で他の詩人と違うことを佐藤も畑中も指摘した。では、までの「児童の一歩前を歩む・児童以上を保つ」はどうであろうか。までの鍵は「児童の一歩前を歩む・児童以上を保つ」が「童謡の平易さ」なのだという点である。

> わたくしは、本当の意味の「平易」といふ言葉は、苦痛とするほどの努力なくして（といふよりもむしろ、快い努力によつて）或程度の己以上を理解することが出来、そして理解のあとに喜びの伴ふが如き童謡に冠すべきであると考へるのである。[25]

> 児童はつねに未知を愛してゐるが、この意味に於て児童には「知らない事物」の方が「知り尽してゐる事物」よりも、ずつと飛躍的・直感的・歓喜的にその認識的へ反響する。だから、かうしたことから考へても児童性を方向した或程度の「児童以上」が、真に児童に「平易」であらうことはうなづかれると思ふ。[26]

24）佐藤通雅『北原白秋　――大正期童謡とその展開』大日本図書、1987年12月、p.229。

25）『昆虫列車』第３輯、p.10。

26）同書、p.11。

これがまどの考えである。白秋の児童に解しやすいことがまどの「平易」ではない。まどの「平易」は快い努力によって或る程度の己以上を理解することが出来、そして理解のあとに喜びの伴うことを意味する。驚異・讃歎・美的満足は平易への一段階であるとするまどの「平易」は、単なるたやすいではなく、児童の心を童謡へ何の淀みもなく引き込む魅力である。児童は童謡が与える驚異・讃歎・美的満足の流れに妨げなく乗って遊ぶ、それがまどの「平易」である。白秋の「成人にとって更に深く高き想念に彼等を遊ばしむること」（傍点 筆者）が童謡において「児童に解しやすく」と同等に並列されたのに対して、まどは「驚異・讃歎・美的満足を児童に与えること」を童謡の使命とした。ここにまどの児童はつねに未知を愛するという「児童観」と童謡の使命としての平易さが「童謡観」として融合されている。そして、詩人としての作品に対する立場は次のことばに示されている。

> 童謡は簡単にいへば、「子供に面白く」〈文学的に〉「子供の為になる」〈文学的に〉ことをその使命とするが、これは児童性の性質を的確に体した作家の個性的作品にして、はじめてよく全うしうるところであつて、この個性的作品といふのは、宇宙人生への作家の信念的表はれであり、意志的表はれであり、したがつて常に「児童以上」である。[27]

また、まどは「全国少学児童絵画展覧会」で絵を見に来た児童が、みな児童の絵ではなくたまたま参考的に展覧されていた成人の作品に驚歎の声を発したことを観察し、彼らが驚異し、讃歎し、美的満足をしたのは、「児童自身」にではなくて「児童以上」にであったと述べ次のように言い添えている。「絵と謡との相違はあるけれども、この暗示は童謡に詩としての完全の高さを希ふわたくしたちの主張を微笑ませずにはおかない。」[28] 白秋とは違う意味で、上のまどのことばに童謡創作と詩としての完全な高さを求めるま

27)『昆虫列車』第３輯、pp.10-11。
28) 同書、p.11。

どなりの一元化[29]を我々は見ることができる。

この他、〈童謡の平易さについて〉には二つの興味深い指摘がある。一つは「子どもと童謡の近さ」である。

> 児童の生活は成人のそれに比べると、衝動的・直感的・感情的であるし、その言葉でも僅かな知識で、ずゐ分複雑な内容を伝へてゐる。（つまり表現的なもの言ひをしてゐる）ばかりでなく、そのリズミカルな点なども、彼らが自らにして本来の童謡的雰囲気を創り、その中で呼吸してゐることを示すものであつて、それだけに本来の童謡に対しては馴染み深く、成人がその詩に対する程のことはないのである。[30]

「僅かな言葉の知識で複雑な内容を伝えている」という子どものことばについてのまどの認識は、逆に童謡の表現形式のあり方を暗示しているので、まどの童謡の表現にも基本的なところでヒントを与えているであろう。また、そのことから派生して適当な鑑賞指導の必要も説いている。その論旨をまとめると次のようになる。

> 童謡の表現特徴から、子どもは正しい鑑賞を誤る可能がある。飛んでもない想像に走つたり、勝手な解釈をしたりする。平易と思はれる童謡であつても、それをそのまま児童に与えつ放しでは平易ではありえない場合が多い。鑑賞指導が必要である。もともと児童は四六時中童謡的空気の中で生きていて、つねに「童謡」を渇望して止まないのであるから、鑑賞指導などと言つても、ほんの僅かな示唆・誘導でたやすく絶大な効果が挙げえられる。童謡は繰り返し歌うので、たゆまぬ指導は遂ひに彼らの鑑賞力を高め興味は湧き、彼らは童謡ほど面白いものはないと思う。こうあつてこそ、童謡はその使命を全うする。[31]

〈童謡の平易さについて〉には、後にも変わることのないまどの「児童観」

29）谷悦子も「二項対立の悩みは、まどの中に存在はしない。」（谷悦子『まど・みちお　研究と資料』p.56）とまどの一元化を表現し、白秋との違いは、まどが「わらべ唄のもつ民族性の枠を超えて、地球生物的な歌を志向している」点であるとする。

30）『昆虫列車』第３輯、p.９。

31）まど・みちお〈童謡の平易さについて〉『昆虫列車』第３輯、pp.9-10の要約。

の基本の一端が示されている。それは「児童は未知を愛す」、言いかえれば自分以上を愛すということである。その背後にはまどの「表面から大人が判断する以上に子どもはより高いところに飛躍する能力を秘めている」という子どもの可能性の認識がある。先の子どものことばに関しても、「僅かな言葉の知識で複雑な内容を伝える、また、理解する」という子どもの力を認め尊重する立場である。それと同時に子どもの理解の危うさも認め、現実的指導も提言した。白秋が子どものことばに詩を見出し、詩人であると高揚してしまったのと比べると、まどは子どもに対して冷静な見方をした。まども子どもが秘めた感性の豊かさを認めそれを尊んでいた。たとえば、下に示した3歳11ヵ月の女の子のことばに対するまどの受け止め方にそれを見ることができる。これは〈童謡の平易さについて〉を著してから40年後のことばだが、同じ思いが既に〈童謡の平易さについて〉の時点であったと見ることができる。幼児の雑誌で募集された子どものことばの選をまどが頼まれたときの例である。

おばあちゃん／なおちゃん　ふたごよ／ふたごって　しってる？
まあるい　まあるい　ことなのよ／だって　なおちゃん／おかお　まあるいもん
アイスクリームも　ふたごよ

このことばを読んでまどは「感動でからだがふるえた」と言っている[32]。この女の子が身に付けた語感にまどは感動したのだ。また、「ヘビイチゴ」を聞いて「たべいちご」を当意即妙に造語した子どもの感性にも感心し、時には子どもを天才とも呼んでいる。視点を変えれば、普通の大人なら笑って済ませてしまうこのような子どもの感性に感動したり感心したりすることは、まどの詩人としての感性をも明示している。白秋の「子どもは詩人」というのと共通したものがある。ところが、このような子どもに対する詩人の考えに対して、波多野完治の主に白秋を指していると思われる次のような批

32) まど・みちお「絵本とことばのあれこれ」『絵本』第1巻 第1号　盛光社、1973年5月、p.59。

判もある。

> 子どもは芸術家だ、とよくいわれる。
> たしかに、おとなの思いもつかないような「絵」をかいたり、詩人さえもおどろくような新鮮なことばのつかい方をしたりするところをみれば、子どもを天性の芸術家とおもいたくなる。
> しかし、わたしの以上の論考は、子どもにあっては、芸術は無意識にとどまっており、それは、たとえばクモが巣をつくることにおいて芸術家なのであり、建築家が家をつくるように芸術家なのではないことを、あきらかにしえたようにおもう。[33)]

ここに心理学者としての冷静な目がある。「子どもにあっては、芸術は無意識にとどまっている」この点は大事な指摘である。しかし、この批判はまどには当てはまらない。まどは子どもの語感の豊かさに感嘆し、自分たち大人が失ったものへ眼を向けているのであって、子どもを詩人として神聖化はしていない。芸術と思えるような子どものことばについて、まどは「勿論これは部分的にであり不完全にであり、ただの語句的にであったりするけれども。この不完全さは彼らの詩が自然発生的であって「非構築物」であるからであり、いわば彼らは書き流すだけであってほとんど推敲もしないし、彼らの詩は意識的な詩ではないのだ。」[34)] と、波多野と同じ認識を示している。そして、むしろまどの特徴は「往々にして彼らの詩はもっとも詩らしい詩、ことばの芸術としての詩の本質らしきものをきらめかす」（下線はまど）と認めた上で、きらめきと見えるそれらの「子どもが本来保持していたものを大人になるに従って失っていく」という捉え方にある。これはまどの「児童観・童謡観」の底に流れるもう一つの柱である。

33）波多野完治『波多野完治全集 第7巻「児童観と児童文化」』小学館、1991年2月 p.203　初出「児童の芸術心理」『児童心理と児童文学』金子書房、1950年。

34）まど・みちお直筆ノート「へりくつ3」（谷悦子『まど・みちお　研究と資料』、p.67）。

2.3. 〈童謡圏　──童謡随論── (一)〉、〈童謡圏　──童謡随論── (二)〉

〈童謡圏　──童謡随論── (一)〉のまどのことばに「先覚数氏往年の金言も、仔細に点検すれば啓蒙的、反動的、当時の運動の反映濃く、本来的な根拠とするには何か不充分であり、又それ等数氏の数説間には夫ぞれ撞著（ママ）もあり」[35] とあるので、まどは『乳樹』だけではなく、かなりの童謡に関する諸説を読んでいたことが分かる。まどは往年の先覚数氏、つまり白秋たちの童謡論には本来的な根拠が欠けていて啓蒙的反動的色彩が強いと鋭い目で見ている。その上で、この評論の文体はそれまでの童謡論諸説の撞着の中で、「童謡とは何か」と思い悩んでいる童謡創作仲間に対する語りかけである。それはまど自身にとっての童謡論の構築でもあった。その基本姿勢は、「童謡はその使命の具体物であるから、まず使命があって、作品があって、それから後に理論が生れる」[36] という点にある。その使命ということが「平易さ」である。その姿勢は一貫しており、「自力で消化する喜びがもてるていどのほんの少しでもの難解がちりばめてあってこそ、積極的な意味での平易といえる」[37] と、後年になっても変わらない。作品に裏付けされない理論に対しては批判的であった。このような使命の具体としての童謡を考えたときに、まどが整理し結論づけた要点は次のようなものである。まず、まどは〔童謡圏〕ということばを提示し、〔童謡圏外〕との違いを示した[38]。

〔童謡圏〕		〔童謡圏外〕
文学	────────	娯楽、教育
児童文学	─────	成人文学
児童詩文学	────	児童散文学

---

35)『昆虫列車』第 8 冊、p.10。

36) 同書、p.10。

37) まど・みちお「絵本とことばのあれこれ」『月刊絵本』1973年 5 月号、p.59。

38)『昆虫列車』第 8 冊、p.11。

児童歌謡 ——— 児童自由詩

これを示すに当たって、まどは「童謡圏」の概念の正しい理解の必要性をこう言っている。「童謡をその類似、又は近親的不同一物に対して、自己闡明、境界表示するのが、簡単、妥当、便宜でありませう。」つまり、童謡に類似し近親的なものでありながら同一でないものとの混同が、童謡論諸説の撞着の理由となっているとまどは考える。そして、圏内においては童謡的鍛錬・研鑽が必要であるとともに、圏外への開心も絶対的に必要であると説いている。このようにまどの特徴は、娯楽としてのジャーナリズム童謡を重要視した点にある。一つはそれが世に氾濫していることへの警鐘であり、もう一つはジャーナリズム童謡が子どもを惹きつける力を持つことの指摘である。

> 童謡界の現状を極く大ざつぱに見ますと、（中略）依然として、一、娯楽本位の所謂児童流行歌的ジヤーナリズム童謡の社会的氾濫。二、教育本位の所謂学校唱歌の学校内的普及。三、前記文学童謡の混乱的、気息奄々的存在。と言つた風な事になりませうか。この中で最も注意を要するのは、一と三とであつて、つまりジヤーナリズム童謡への新認識と芸術童謡への再検討であります。[39]

まどは学校唱歌よりもジャーナリズム童謡に対する注意を喚起し、芸術童謡への再検討を促している。芸術童謡については童謡圏の中に「児童歌謡」を位置づけ、童謡は「子供に楽しく唄はしめるといふ事を眼目する」[40]と歌としての童謡を強調している。前者については「ジヤーナリズム童謡が日夜児童大衆を随（ママ）落せしめてゐる」ので、「児童大衆がこれら純粋娯楽の洪水に永く放置される時は、（中略）面白さに就ての娯楽的宇頂天に馴れて、（後略）」[41]という自身の憂いを述べている。まどがジャーナリズム童謡に対して

39）『昆虫列車』第9冊、p.16。

40）同書、p.15。

41）同書、p.18。

持った危機感のもう少し具体的な例として、子どもが歌うときの意味の理解のことが挙げられる。「児童の知識、感受性に、融通性、即応性が少ないこと。唄ひつつその言葉の意味を味はふ事には、かなりの努力を要する」という認識がまずある。そこに立って「この習慣に馴れた子供たちは、如何に平易な童謡に接しても、それに意味が有る事さへ気付かずして唄ひ過す」と、まどは子どもの姿を捉えている。その結果、「ものの意義について無関心態度を助長、習慣づけられてゐないとは言へません」と危惧している。

これらを踏まえて、まどはその問題の対処を提言した。「意味のある事を唄ふといふ事は、確かに本来楽しくあるべき筈の事」であるから、「意味を味はひつつ（内容形式の全体を鑑賞しつつの意である）唄ふ習慣をつけてやりさへすれば、必ずしもさう難しくは無い」と希望を示し、その根拠として「彼らが、文語の多い学校唱歌よりも、口語ばかりのジヤーナリズム童謡を愛唱したがる事、既知の曲に自分勝手な文句をくつつけて、所謂替へ唄を唄つたりしたがる事等は、この事の一証左たり得る」と主張している。ここに至ってまどの童謡の使命としての「平易さ」に結びつく。

このような童謡に対するまどの意識は、他の詩人たちが持っていた「童心」を基軸とした観念的とも言える童謡論とは明確な違いを示している。まどはより具体的で現実的な考えを持っていた。それは特に時代に対する現実感覚である。それらを箇条的に抜粋すると次のようなものである。

①今創つた謡が今唄はれない限り、も早恐らく永久に埋れてしまふのであります。不朽の名作などと言ふ事は、この種の童謡には望まれない事でせう。（p.16）（以下数字は『昆虫列車』第９冊の頁数）

②童謡は（まことに童謡は、児童への、よき遊びの贈り物とも言へるのだから）純粋な文学であつてはならぬ、それでは児童に共鳴も歓迎もされぬと思ふのであります。わけても、ジヤーナリズム童謡の飽食に馴れ、文学童謡訓練絶無の現時児童を対象する場合にはです。（p.18）

③前号で「ジヤーナリズムを是非ともあなた方の掌中に……」と言ひましたのは、この意であります。童謡がジヤーナリズムを有たなかつたら、も早童謡ではありません。あなた方は自重と謙譲と誇をもつて、ジヤーナリズムと提携すべきであります。利益になれば、(売れさへすれば、つまり子供に面白くさへあれば) ジヤーナリズムは喜んで提携して呉れませう。唯ジヤーナリズムの商業政策に乗ぜられるやうな事があつてはなりません。が又、彼らに恥をかかしてもなりません。百篇書いて一二篇ものになるやうな事では、しようのない話です。(p.16)

④彼がしつかりと児童を捉へてゐる事。(中略) 彼の中には、根強く児童の求めてゐるものが、児童を歓喜さすものが有るといふ事。(pp.16-17)

⑤童謡が文学で有らねばならないと云ふ事は、いくらかは大袈裟でない事もありません。その文学性の濃度の順位から、童謡は当然、同種の童詩からも遥かに下位にあるべきであります。童謡は単に（と言ふよりは本来）充ち足りて、心のびやかに唄はるべきものではないでせうか。それの詩味は、どちらかと言へば、内容的な深さへよりも形式的な語韻、語律、語惑(ママ)等に重点さるべきではないでせうか。(p.14)

②の「現時児童を対象する場合」は現状を踏まえた妥協点を示し、理想論ではない現実的な対応を示している。③は童謡詩人仲間への提言で、ジャーナリズムとの提携を呼び掛けているのは注目される。④の「彼」はジャーナリズム童謡を指し、そこから学ぶべき点の指摘である。⑤は文学志向の強かった童謡詩人への苦言と言える。文学性も大事だが、それよりもはるかに語韻、語律、語感等が大事だと主張している。このようなまどの現実感覚は将来への見通しとしても述べられ、①はその一つである。また、「あゝ、この種の童謡のせめて朽ちざる花びらは、この目の前の子供らの幸福の中に……そして、せめて朽ちざる結実の片影は、二〇年ないし五〇年後の彼らの生活の中に……そことも無う香つてをりませうか」(p.16) とあるが、この詠嘆に

も似た願いは50年以上経た今日、まどの願いの通り、まどの童謡において現実のこととなっている。

2.4. まど・みちおの児童観・童謡観

本来、童謡観は児童観を土台として成り立つものなので両者に共有される部分もある。たとえば、〈童謡圏　―童謡随論―（二）〉で述べられているジャーナリズム童謡の児童を捉える本質などは、児童の喜ぶものという観点で、まどがジャーナリズム童謡から得た「児童観」とも言え、また目的論的にそれを活かせば「童謡観」ともなる。

> 大掴みに言へば、ナンセンスや、おどけや、頓狂や、無茶騒ぎ等のをかしさ。理窟なしの、向ふみずの、桁はずれの、勇しさ。等が基調をなしてゐるのでありまして、要するに純粋な娯楽性なのであります。これに対して文学童謡が児童に大して喜ばれぬものゝ本質は、言ふまでもなく純粋な芸術性なのであります。[42]

この「児童観」に童謡の使命という観点を含めると、まどの「童謡観」は以下のようなものになる。

> 童謡は、児童の求めに適合すべく、やはり娯楽性が必要だと思ふのであります。唯そこには、芸術的叡智の操作が積極しなくてはならないのです。取材などは大いに娯楽的なものがいいでせう。それを大らかな芸術眼と、峻烈な批判のメスで、明るく、楽しく、強く、又言葉嬉しい作品に具体するのです。要するに、娯楽的な文学で有りたいのです。娯楽を扱つてゐる。而も娯楽ではない。文学である。といふやうな作品です。[43]

これは先に白秋の童謡観の項目に挙げた「真の無邪な滑稽体は時として童謡には必要である。何となれば、この種の流露は児童の天真そのものから来る。しかし児童生活のすべて、本質としての童謡のすべてがそうであると思

---

42)『昆虫列車』第9冊、p.17。

43) 同書、p.18。

うのは謬っている。」と重なるが、白秋の滑稽体が表層的のものであるのに対し、まどの娯楽性は童謡全体を考えた「平易さ」に通じる広さと深さを持つ。たとえば、まどがしばしば言及する「幼い子どもの音に対する感受性の素晴らしさ」は、ひびきと表現され、それも童謡の「平易さ」につながる広い意味での童謡の娯楽性としてまどの童謡観の重要な一部となっている。オノマトペの創意もそこにある。

> このひびきというのは、ことばを意味とひびきに分けて考えたときの、意味以外のすべてで、リズム、アクセント、イントネーション、を含んだ五十音が織りなすアラベスクとでもいうべきもので、これらを最も輝かしく生かした詩が童謡なのです。[44]

このまどの童謡観は、子どものもつ素晴らしい語感を失わせまいとする童謡の使命がまどの思いの背後にあることを感じさせる。それとともに、まどはその織りなすアラベスクの輝かしさの中にリアリティーも童謡に求める。

〈ぷるるんるん〉

あさ　おきて／かお　あらうの　だれですか
だれでも　ないけど／みんな　あらう
ちゃっぷちゃっぷ　ごぼごぼ／ぷるるん　るん
きのうも　あらったのに／きょうも　ぷるるん

あさ　おきて／かお　あらうの　なぜですか
なぜでも　ないけど／みんな　あらう
ちゃっぷちゃっぷ　ごぼごぼ／ぷるるん　るん
あしたも　あらうのに／きょうも　ぷるるん

「大人が自分の足もとを、もう一度確かめさせられるような凄味もあ

44）「講演下書稿」1979年10月25日（谷悦子『まど・みちお　研究と資料』、p.45）。

る。」[45] と阪田寛夫はこの童謡を評した。まどが国民図書刊行会を辞める1年前、まどが48歳のときの作である。出版の仕事で毎日が忙殺される中で自己存在を問うまどの姿が思い浮かぶ。「私たちの暮らしというのは、三六五日同じことのくり返しですね。（中略）まして子供たちが、どうしてこんなに毎朝顔を洗わなくちゃならないのだろう、と考えなかったら、むしろ不思議です。」[46] とまどは言う。子どもを異次元とは捉えないまどの視線を感じさせる。さらにこの作品について、「まあとにかくこれは、子供たちがもつべくしてもった疑問が壁にぶちあたって「やれやれ、しょうがないなあ、洗いますよ、洗えばいいんでしょう」と言っている歌のようです。」と自作解説をしている。まどが作品に込めるリアリティーは深い。また、それだけではなく、「それでもしかし、やってみると、けっこう面白く、いい気持ちがするという感じが擬音の「ちゃっぷちゃっぷ　ごぼごぼ／ぷるるん　るん」で出ていますかどうか。」とも付け加えているのは、まどの言う童謡の娯楽性の一部で、我々人間のルーティンな生活の中に見出す生きる力としての娯楽性をも指し示す。このようなリアリティーと娯楽性も、まどが童謡に求める柱である。

この節の最後に、まどの童謡論の中で柱として指摘した点をまとめておく。

1．まどが「平易さ」と呼んだ「児童の一歩前を歩む・児童以上を保つ」ことによって、子どもの「未知を愛する心」を惹きつけ、また引き出す。そしてそれを童謡の使命とした。そのためには、児童性の性質を的確に体した作家の個性的作品でなければならず、それは宇宙人生への作家の信念的・意志的表われである。

45）阪田寛夫『まどさん』、p.108。

46）まど・みちお「連載1　童謡無駄話　──自作あれこれ」『ラルゴ2』ラルゴの会、かど書房、1983年2月、p.131。

2．童謡は娯楽性が必要である。それは童謡の基盤となる「平易さ」につながる。
3．童謡は単に充ち足りて心のびやかに唄われるべきもので、それの詩味はどちらかと言えば、内容的な深さへよりも形式的な語韻、語律、語感等に重点さるべきである。
4．童謡の織りなすアラベスクの輝かしさの中にリアリティーを求める。

以上のようなまどの童謡論は、子どもを尊重する思いを基盤とするある意味での教育理念が背景にある。それは学校教育批判に根を持つ白秋の芸術教育といった理念ではなく、人間社会で失っていく感受性と心の自由を守るという、より広い全人的子どもへの思いに基づいたものである。それには子どもの素質を伸ばし、教えるという教育理念ではなく、守り解放するという子どもに対する謙虚さが感じられる。それ故に、まどは大人と子どもに分離した児童観から導かれた「童心」という観念の迷路に入り込まず、具体的な児童把握を通しての現実的な「児童観・童謡観」をもつことができたと言えよう。それは実作上では「児童へのよき遊びの贈り物」として作品に実っていった。

第２節　ユン・ソクチュンの童謡との対照

まどの「童謡は児童へのよき遊びの贈り物」であるという童謡観を思うとき、韓国のユン・ソクチュンの存在は重要なヒントを与えるように思われる。それはユンにもまどと共通する「童謡は児童へのよき贈り物」という確かな思いが見られるからである。さらに先に引用したまどの「児童性の性質を的確に体した作家の個性的作品」「宇宙人生への作家の信念的・意志的表はれ」[47] という童謡についてのことばも、ユンの童謡観そのものを思い起こさせる。

本節ではまどとユンの童謡作品を見ながら、そのポイントをいくらかでも示してみたい。

1．童謡詩人としてのまど・みちおとユン・ソクチュン

1.1. 童謡詩人としてのまど・みちお

童謡詩人という言い方は、もっぱら童謡を創る詩人という意味合いを感じさせる。北原白秋を詩人とは言っても童謡詩人とは言わないことを見ればそのニュアンスは分かる。まど自身の意識も、台湾時代は前節で示したように童謡詩人としての意識があった。しかし、その当時の意識は戦後の「出版社勤務時代・童謡中心時代」の童謡創作に追われていたときの意識とは異なっていたであろう。

童謡詩人としてのまどの位置を知る目安に、『日本童謡唱歌大系第Ⅳ巻』[48] にある作詞者索引の作者別作品数を見てみたい。はやりすたりの激しい童謡の短期的な見方ではなく、ある程度の時間を経、詩と曲の分かる専門家が多くの童謡と唱歌を対象に監修したこの本は、一定の判断を示していると思える。対象とされた童謡・唱歌数は1077編で、選ばれた作品の作詞者数は316人である。一人平均3.4作品が選ばれている中で、阪田寛夫とまど・みちおの作品数は群を抜いている。作品数の多い順にあげると次のような結果である。

阪田寛夫68、まど・みちお60、サトウハチロー37、こわせ・たまみ35、小林純一33、北原白秋32、佐藤義美31、武鹿悦子27、関根栄一25、野口雨情23、香山美子23、中村千栄子19、鶴見正夫18、藤田圭雄16、宮沢章二15、谷川俊太郎13、…中

47)『昆虫列車』第３輯、pp.10-11。本書 p.220で引用。

48) 藤田圭雄、中田喜直、阪田寛夫、湯山昭監修『日本童謡唱歌大系第Ⅳ巻』東京書籍、1997年11月、pp.332-334。

略…　西條八十９、与田準一６、他。

阪田寛夫とまど・みちおの多さと、西條八十と与田準一の少なさが目立つ。阪田は〈サッちゃん〉〈おなかのへるうた〉など子どもの本音を子どもの現実的言語表現で歌っており、その数が68編という評価は頷ける。それではもう一方の双璧であるまどの童謡に対する評価はどこにあるのであろうか。一言での結論は難しいが、前節「まど・みちおの童謡論」も参考に考えてみたい。

ここで童謡の評価という表現を用いたが、実は童謡の場合、それには難しい問題が潜んでいる。第一は童謡は詩だけではなく、曲の良し悪しが大きく左右する点である。ユン・ソクチュンも「もし私の童謡が長く歌われていくのなら、それは曲調の力であり、気持ちよく上手に歌ってくれた子どもたち皆さんのおかげです」[49]と言い、童謡においての曲の重要性を示唆している。実にユンの多くの童謡は一流の作曲家によるものであることも見逃せない。第二に、作品の享受者が子どもである点である。歌う行為は即時的に全身的な反応で表れ、またマスコミや保育現場などでの童謡の提供媒体からの影響を受けやすいので、客観的な総合評価は難しい。

以上のような童謡に対する評価の難しさはあるものの、『日本童謡唱歌大系』における編集者の作品選択意識には、第二の童謡を歌う子ども側からの反応、ある意味での子どもからの評価も自然に加味されていると推測される。それは時代を越えて子どもに歌い継がれる童謡の特性を暗示し、まどの60編という作品数の重要性を示す。歌い継がれるという点では、伝承童謡・わらべ唄がその本質を最も表しているが、大人である詩人が子どものために創った童謡も歌い継がれれば、そこには共通した特質があるはずである。何世代も歌い継がれるということに関連して、ユンのことも付け加えておきたい。

49）ユン・ソクチュン『子どもと一生』ボンヤン出版部、1985年、p.244。

民族音楽学者の小泉文夫は谷川俊太郎の「日本以外の国でこれほど子供の歌を新しくつくることに熱心な国というのはあるんでしょうか。」という質問に対して次のように答えている。

> いまだないですね。子供の歌はどこの国でもつくられていますけれども、しかし、日本のように運動としてちゃんと一流の詩人が、またその専門の作曲家が必死になってたくさんつくって、しかもそれがレコードでどんどん売れてゆく状況は世界でも珍しい。[50)]

しかし、小泉は韓国を見落としている[51)]。小泉が初めて韓国を調査したのは、この谷川との対談があった1975年の3年ほど前と思われるが[52)]、この時点で韓国の童謡については詳しくなかったことが推測される。韓国は日本と同様に非常に童謡の盛んな国であり[53)]、その最も代表的な詩人がユン・ソクチュンである。ユンの童謡は1920年代から現在に至るまで韓国の子どもたちに親しまれ歌い継がれている。

1.2. ユン・ソクチュンの童謡創作の歩み

まず、ユンの背景について少し見ておこう。

ユンは1911年（明治44）ソウルに生まれ、2歳のときに母を亡くし祖母に育てられた。国の喪失と、その状況下で社会・労働運動に専念する父、そして兄弟をすべて失う悲しみの中で、ユンは文学に目覚めた。ユンが詩に興味

50）小泉文夫『音楽の根源にあるもの』平凡社、1994年6月、p.311。引用した谷川俊太郎との対談の初出は「音楽・言葉・共同体」『あんさんぶる』1975年7月－9月。

51）日韓の間で戦後文化交流の途絶えた時期が長かったためか、一般的に韓国の童謡については日本であまり知られていない。

52）同書所収の小泉の「三分割リズムと生活基盤」は韓国のリズム研究のために初めて韓国を調査した時の報告である。その初出は1973年3月刊の『ユリイカ』であった。

53）韓国の創作童謡は日本に留学したパン・ジョンファンが興した児童文化運動の流れの中に位置づけられるが、その当時、日本の童謡に支配されていた韓国の子どもたちの将来を思うパンの呼び掛けで始まった。そこには著名な詩人や一流の作曲家たちが加わり、児童文化運動の一つとして展開され、1923年から今日まで至っている。

を持ったのは10歳のときで、1924年（大正13）13歳のときに童謡〈春〉が児童雑誌『新少年』に入選し、創作活動を始めた。1932年（昭和７）21歳で、童謡集『ユン・ソクチュン童謡集』を出し、その頃は既に童謡作家としての立場を確立していた。1939年（昭和14）に東京の上智大学に入学し、1941年（昭和16）に新聞学科を卒業した。

韓国の創作童謡の出発は日本支配という暗く難しい時代であって、初期のパン・ジョンファン[54]らの第一世代の児童文学者たちの童謡は悲しいものが多かった。第二世代の出現がユンらの若手作家で、彼らは「少年文芸家」と呼ばれ、自分たちの楽しみとして児童文学に親しんだ青少年であった。ユンはその代表格であり、天才的童謡作家として脚光を浴びた。「ユン・ソクチュンの童謡文体」と言われるほどの、それまでにない、はつらつとした言語感覚は当時の子どもに大いに歓迎され愛された。当時の童謡を支配していた７・５調からも脱皮し、韓国本来の韻律に根ざしたリズムをユンは自分のものとしていった。内容的にも「ため息と悲しみを童謡から追い出そう！　子どもの私は決心した。」と自叙伝[55]で述べているように、「寂しい彼らの心を喜ばせよう！　希望を失わせないようにしよう！」という明確な童謡観を確立した。

ユンの童謡は歴史や社会理念に支配されない普遍的子どもを描き楽天性をもっていたため、子どもの現実を直視しない童心・天使主義作家と酷評を受けたこともあったが、一生その初志は変わることがなかった。一生を子どものための文学・文化運動に捧げ、「韓国の童謡の父」と称されて2003年12月

54）パン・ジョンファン（方定煥：1899～1931）韓国の児童文化・児童文学の先駆者。1920年に東京の東洋大に留学した。1922年に翻訳童話集『愛の贈り物』を韓国語で出版。翌年５月１日「オリニ（子ども）の日を定めた。児童雑誌『オリニ』を創刊、児童文化団体である「セクトン会」を組織した。その精神は、「子どもへの愛の運動」であり、日本統治下の民族独立祈願の核心である子どもの将来を思うものであった。ユン・ソクチュンはパン・ジョンファン亡き後、『オリニ』の編集を引き継いだ。

55）ユン・ソクチュン『子どもと一生』ボンヤン出版部、1985年。

9日に92歳の生涯を閉じた。韓国の児童文学100年の歴史はユンを抜きにしては語れない。

ユンは主に童謡・童詩集24巻（1932～87年）、童話集5巻（1977～85年）、回顧録2巻（1985年）を発刊した。これは『ユン・ソクチュン全集30巻』にまとめられている。この後も童詩・童謡集4巻（1990～99年）をはじめ、90歳記念創作文集1巻（2000年）を残した。童謡曲集は主に『ユン・ソクチュン童謡100曲集』（1954年）、『ユン・ソクチュン童謡525曲集』（1980年）にまとめられている。1300余編の童謡の内、800余編に曲が付いている。

2．まど・みちおとユン・ソクチュンの童謡の共通世界

この項ではまどとユンの童謡に歌い込まれた世界を探ってみたい。まどには「アイデンティティ」を主題とするもの、ユンには「赤ん坊の弟妹を歌った」ものなど、それぞれの特徴もあるが、それ以外は全体として共通する点が多い。それらの世界は歌う子どもたちが共鳴する世界であると思われる。その中で、ここでは特に「発見、生の喜び、共生、生活の一コマ、途方もない発想」をとりあげたい[56]。

発見

〈ふたあつ〉（まど1936年）

ふたあつ、ふたあつ、／なんでしょか。／おめめが、一、二、／ふたつでしょ。
おみみも、ほら、ね、／ふたつでしょ。//
ふたあつ、ふたあつ、／まだ、あつて。／おててが、一、二、／ふたつでしょ。
あんよも、ほら、ね、／ふたつでしょ。//
まだ、まだ、いいもの、／なんでしょか。／まあるい　あれよ、／かあさんの、
おっぱい、ほら、ね、／ふたつでしょ。

〈ひとつ　ふたつ　みっつ〉（ユン1933年）

56）作品の底本はまどは『全詩集』、ユンは『飛べ、鳥たちよ』である。日本語訳は筆者による。数字は発表年である。

ひとつ、ひとつ、なに ひとつ。
　おじいちゃんの タバコいれに ひうちいし ひとつ。//
　ふたつ、ふたつ、なに ふたつ。／あかちゃん わらうとき はが ふたつ。//
　みっつ、みっつ、なに　みっつ。／パパ　おこるとき　しわ　みっつ。

この二つの歌は子守唄から子ども自身が歌う童謡への橋渡しのような役割をしている。大人が一緒に歌うあやし歌の形態である。内容が問答形式で数に着目していて骨組みがよく似ている。まどのは二つに注目している。この歌の自作解説でまどは次のように言っている。

(前略)　赤ちゃんにとって一番親しい一番好ましい具体物（の中の不思議）を歌にしたかったのです。一番好ましい具体物はむろんお母さんのおっぱい、両目、口、鼻、そして自分の両手、両足、などでしょう。赤ちゃんは日夜それらに親しみ満ち足りて過ごしているわけですが、ある日ふとそれらの具体物の中の不思議（抽象物、両、ふたあつ）に気がつくでしょう。自力で発見したその「美」に赤ちゃんの心はどんなにふるえることでしょう。[57)]

ユンの一つ、二つ、三つは生活に根ざし、家族のぬくもりが流れている。どちらも子どもが成長する過程で必ず体験する数の発見の喜びがあふれていることは同じである。この他、子どもは多くのことを発見し、学び成長していく。論理や物事の変化や因果の発見もある。大人にとって何の興味も惹かない当たりまえのことが子どもには喜びであったり、おもしろさであったりする。それは特に幼児を対象として提供される児童文学作品やテレビ番組などに繰り返し用いられる要素である。それだけにまどとユンの上の童謡が80年ほども歌い継がれているということは、それらの童謡がただ子どもの心を喜ばすだけではなく、大人が忘れがちな人間としての根源的な魂の喜びとなごみを引き出す力があることを物語っている。

57）谷悦子『まど・みちお　研究と資料』、p.232。

生の喜び

〈ことり〉(まど1963年)
ことりは／そらで　うまれたか／うれしそうに　とぶよ
なつかしそうに　とぶよ／ことりが／そらの　なかを／／
ことりは／くもの　おとうとか／うれしそうに　いくよ
なつかしそうに　いくよ／ことりが／くもの　そばへ

〈ゆうやけ〉(ユン1940年)
おひさま　おひさま　ねんねしに　いく。
やまの　むこうへ　ねんねしに　いく。／／
おひさまの　まくらは　あかい　まくら
おひさまの　ふとんは　あかい　ふとん。／／
まくら　して　ふとん　かけて
おひさま　おひさま　よく　ねんねしてね。

このユンの歌はわらべ唄に通ずる幼児の根源的な響きをもっている。まどのことばを借りれば、「子どもという人間の萌芽が、この不思議に直面して発した叫び」[58]でもあり、「地球生物的、生きる喜び」[59]でもある。この「地球生物的」とは無生物に対する地球上の生物という意味ではなく、まどの1935年に著した〈動物を愛する心〉に既に見られるように、すべての存在物が有機的なつながりを持って共生している存在物であろう。その意味でまどの「地球生物的、生きる喜び」は生物に限らない。ユンの〈ゆうやけ〉もそれに通じ、幼児的擬人化としての「おひさま」を越えた雄大さを感じさせる。まどの〈ことり〉も、「ことりが　とぶ」という事象を越えた世界が広がっていく。「そらで　うまれたか」「なつかしそうに　とぶよ」「くもの　おとうとか」は単なる幼児の単純さを越えている。ユンの〈ゆうやけ〉の「おひさま」のように、自然現象にまで意味を見出そうとし、また人格や生

58) まど・みちお直筆のノート「へりくつ３」1969年７月17日（谷悦子『まど・みちお　研究と資料』、p.42)。
59) まど・みちお直筆のノート「へりくつ３」1972年８月13日（同書、p.42)。

命を与えようとするのは子どもの特性である。波多野完治も「子どもが世界を合目的に考えていること、世の中には一つとして無意味に偶然に存在するものはないこと、すべては一定の意味と目的とを持っていることを信じていること、彼らが結局において世界の「意図」を信じていることを示している。」と指摘している[60]。そして、擬人化は「発見」の項の単純さと同様、幼児を対象として提供される児童文学作品に用いられる常套手段である。しかし、それらの中にまどとユンの童謡が埋没せずに生き残るのは、そこに膨らんでいくファンタジーと時空間の広さがあるからである。

共生

〈いずみの　みず〉（まど1966）
いずみの みず／いずみの みず／ねずみが のみます
いずみの みずを／いい みずねって のみます／／
いずみの みず／いずみの みず／みみずは みません
いずみの みずを／いい うたねって ききます　第2連省略

〈ポンポンポン〉[61]（ユン1957）
いずみのみずが　わきあがる／ポンポンポン。
ひるも　よるも／ポンポンポン。
みち　ゆく　たびびとたち／のど　うるおしていってと
がけの　いしの　われめから／ポンポンポン。　第2連省略

ユンは泉という自然現象にも意味を与え、生命体と有機的につながり、共に生きていると感じている。「生の喜び」の項でも見たように、まどが〈動物を愛する心〉で「この世の中に存在するあらゆるのものが、みんなそれぞれ尊く、互いに自ら助け合っている」と言ったのと同じ理念である。これは「万物共生論」とでもいうべきものであり、このような発想には人間優越感などは存在しない。子どもたちの視線はすべてのものを自分と同等の立場と

60）波多野完治『子どもの発達心理』国土社、1991年3月、p.98。
61）「ポンポンポン」は泉が湧き上がる韓国語のオノマトペ。

して見ており、平等の価値観を持つ。〈ポンポンポン〉の泉は人間に恵みを施す立場にあり、第４章第２節１.の〈よかったなあ〉に表れている「有難いことに植物は動かないで私たち動物を待っていてくれる」というまどの植物に対する有り難い思いもそれにつながる。まどとユンは、動物を始め自然物を人間と同一関係に置き、すべてのものに存在論的価値観を与えている。そしてそれは宇宙的調和としての存在で、その発見は喜びとなる。まどの〈いずみの　みず〉はユンのに比べ、いずみの人格化と意図は弱くことば遊びの要素が強いが、背後には同様な思想がある。無生物の人格化と意図に関しては、まどの作品にも、たとえば「一ばん星は　もう　とうに／あたしを　見つけて　まってるのに」〈一ばん星〉や「石ころ　けったら／ころころ　ころげて／ちょこんと　とまって／ぼくを　見た／—もっと　けってと　いうように」〈石ころ〉などではそれが明確に表現されている。このような、まどとユンの「万物共生論」的発想は現代人の人間中心的価値観を裏返すもので、波多野完治が指摘したように子どもと共感し得る世界である。

生活の一コマ

〈こっつんこ〉(まど1962年)

おでこと／おでこと／こっつんこ／こっつんこ
　なみだと／なみだと／ぴっかりこ／／
ほっぺと／ほっぺと／だんまりこ／だんまりこ
　めと　めは／いつの　まにか／にっこにこ

〈へいの　かど〉(ユン1933年)

へいの　かどを　まがりかけて／スナミくんと　イプニちゃんが　ぶつかった。
／こっつん！／おでこの　しょうめんしょうとつ　なみだが　じーいん……／／
なくと　おもったのに　ハ　ハ　ハ。
かおを　おおって　ハ　ハ　ハ。
なきっつらに　なって　ハ　ハ　ハ。

「イプニ」は可愛いの意

子どもの日常の一コマに対して、まどとユンの一致したカットの仕方が印象深い。他の作品を見ても、目のつけどころや発想と歌の心が実に似ているものが多く、普通なら子どもでも、大人であればなおさら見逃してしまうであろう物事を、まどとユンは新鮮な眼で切り取って童謡に歌い込んでいる。違いを言うならば、ユンの童謡に描かれる子どものほうがより動的である。ユンの童謡の特性は、動的で明るく、楽天的、未来志向的などで代表されるが、それはユンの童謡創作の理念と深く関わっている。ユンは時代や社会理念に支配されない普遍的な本来あるべき子どもの姿を童謡に描き出した。日本統治下であったときでさえ、「ポンダンポンダン　石を なげよう。／おねえちゃんに こっそり 石を なげよう。／かわの　はもんよ　ひろがれ、とおく　とおくまで　ひろがれ。／むこうがわに　すわって　やさいを　あらう／おねえちゃんの　手のこうを　くすぐってやれ。」（第２連省略）〈ポンダンポンダン〉（ユン1932）のような天真爛漫でいたずらっぽい子どもの世界を表現した。そのため、童心・天使主義との批判も受けた。しかし、子どもたちには現実生活の暗闇や陰にとらわれない彼らの生きる世界があることをユンは感じとり、それを童謡の使命とした。先に見たまどの「童謡は、児童への、よき遊びの贈り物」と同じ理念である。

途方もない発想

〈一ねんせいに　なったら〉（まど1966年）
一ねんせいに　なったら／一ねんせいに　なったら
ともだち　ひゃくにん　できるかな／ひゃくにんで　たべたいな
ふじさんのうえで　おにぎりを／ぱっくん　ぱっくん　ぱっくんと　　第１連

〈まえへ〉（ユン1970年）
まえへ　まえへ　まえへ　まえへ
ちきゅうは　まあるいから　ずうっと　あるいていけば
せかいじゅうの　こども　みんなに　あって　もどるだろう。／／
せかいじゅうの　こどもが　ハハハハと　わらうと

そのこえ　きこえるだろうね　つきのくにまで。
まえへ　まえへ　まえへ　まえへ

上の二つの童謡は常識を超えた世界である。まどは「常識でがんじがらめになっているオトナたち」[62] と言ったが、まどとユンは常識に縛られない子どもの世界を知っており、二人はその世界を自由に遊んでいる。まどの〈一ねんせいに　なったら〉の第2連、第3連は、「ひゃくにんで　かけたいな／にっぽんじゅうを　ひとまわり」「ひゃくにんで　わらいたい／せかいじゅうを　ふるわせて」と途方もない。ユンの〈ゆきころがし〉(1939) も「ゆきを　かためて　ころがせ。／ごろごろ　ころがせ。／みんな　でてきて　ころがせ。／ちきゅうを　ひとまわり　まわれ。」などと常識を超越している。このような汎地球的とでも言える発想は国を越えて子どもたちが共感し得るものである。ユンは1978年にラモン・マッサイサイ賞を受賞した祭、その受賞所感で「童心」について次のように語っている。

本当に国境のないのが童心だと思います。童心というのは何でしょうか。人間の本心です。人間の良心です。時間と空間を超越して動物や木石とも自由自在に言葉を交わし、交感することができるのが、すなわち童心です。[63]

このユンの「童心」は人間の原初的な心である。それは、まどが「子どもは本来保持していたきらめきを大人になるに従って失っていく」との思いで、守りたいと願った心と同じである。まどもユンも子どもに解放された自由を与えたいと願っている。「常識を超えた非常識、常識をひっくり返すことは詩に似ている」[64] というまどの晩年のことばもあるが、まどとユンのそ

62) まど・みちお直筆ノート「へりくつ３」(谷悦子『まど・みちお　研究と資料』、p.59)。これに関しては本章第３節1.1.「詩の表現としてのことば」で触れる。

63) ユン・ソクチュン『子どもと一生』ボンヤン出版部、1985年、p.268。

64)「ホッチキスを、爪切りと間違えた。／実話なんです。／年を取るというのはねえ、年寄り夫婦にとっては、／ほんとに寂しい、寂しいものでね。／だけど、奇想天外にぼけるもんだから、たのしんでおるんですね。／ぼけたことをするのは、常識を超えた非常識。／常識をひっくり返したりする詩と似ているんです。」(まど・みちお『どんな小さなことでもみつめている

のような遊びの心は子どもの心を包み、そして時代と国を越えて飛翔する。そして、まどとユンの子どもを愛する想いは、大人の理念と観念の領域に属さない子どもの心の解放と良き贈り物としての童謡を数多く生み出し、それらは大人をも共感させ、時代をも越えた。

3．まど・みちおとユン・ソクチュンの共通性の背景

ここまで、まどとユンのいくつかの童謡の共通的世界を見た。それらのまどとユンの共通性はこれまでの多くの日本の童謡の中にまどの童謡を置いたとき、より強く感じられる。それは、まどの「児童へのよき遊びの贈り物」に対し、ユンは「寂しい彼らの心を喜ばせよう！希望を失わせないようにしよう！」という童謡観の近さによる。二人が生きた時代はほぼ同じである。童謡の創作を始めたのは2歳下のユンが10年早い。戦前はまどの創作活動は台湾であり、ユンは日本への留学を除けば韓国での活動であった。戦後も日韓の文化交流の断絶を考えれば、二人が互いの童謡に触れる機会はおそらくなかったであろう。しかし、まどとユンの幼少時にそれぞれ母から離れた、母を失ったという消し難い寂しさを味わったことは共通している。まどとユンの子どもを思う深さは、それに起因しているであろう。それは作品の明るさと子どもの喜びを方向づけ、ユンの場合は童心主義・天使主義の批判を浴びた。

しかし、実はまどとユンの作品世界は、プロレタリア文学運動家が批判の対象とした社会における子どもの現実とは別次元のものである。まどとユンが社会と子どもの現実を見なかったわけではない。二人はむしろ冷静に子どもの現実を見る眼を持っていた。ただ、二人の置かれた状況は大きく異なっていた。まどは統治国側の人間として台湾で生活し、日本帰還後は童謡創作時期は生活に追われた。一方ユンは、被統治国の人間としての憂いと悲し

と宇宙につながる 詩人まど・みちお100歳の言葉』新潮社、2010年12月、p. 82。）

み・苦しみがあった。ユンの父は社会運動に身を投じた人である。ユンが国の苦境を見ないはずはない。それを直視し、子どもの現実を理解したがゆえに、ユンは明るい童謡世界を子どもに与えようとした。それに比べ、まどは歴史を負った台湾・日本、またある地域の人間社会という意識は弱かったように見受けられる。まどはある国、地域、ある時代といった特定性を抽象した世界へ向かう傾向がある。それは人間についても当てはまる。台湾時代の自分を見つめる内省的な作品を見れば、他の人の内面への洞察も人一倍鋭かったはずで、その繊細さはまどの負担とさえなった。その結果、まどの思いは個としての人間を抽象し、より普遍的なものへと傾斜した。その意識形成の中で、まどの詩も童謡も作品化された。ノ・ギョンスは「個人の世界認識方法は内面の集団無意識と個人無意識がその人の生涯と関連して環境と体験などと結びついている。」[65] とユンの考察の中で述べているが、それはまども同じで、筆者が本章第１節1.1.の図２で詩人の「創作の場」と呼んだのに当たる。

まどとユンにはこのような背景の違いがあるが、両者の童謡は国や社会・文化と時代を越えた普遍性をもっている。白秋が金素雲の『朝鮮童謡選』に添えたことばで、「日本のそれらと極めて近似関係にある。」と言うのは、わらべ唄の国を越え時代を越えた普遍性の一端を示すことばである。まどとユンの童謡は普遍性と伝承性において新しいわらべ唄となっていると言えるであろう。

65）ノ・ギョンス『ユン・ソクチュン研究』チョンオラン、2010年10月、p.108。

第３節　まど・みちおの創作意識と表現

１．まど・みちおの創作意識

ここまで創作の出発から台湾、戦争体験、戦後の童謡創作、詩への移行、そして作品の表現について考察した。そして最後にまどの童謡に焦点を当て、韓国のユンの童謡にも触れた。それら全体を振り返って、ここでもう一度、まどにとっての童謡は詩作全体の中でどのように位置づけられるかを考えて見たい。

まどの創作の歩みの出発は童謡の募集に応募したことであった。出征までの台湾でのまどの作品は広さがある。童謡と言っても必ずしも曲がついて歌われることを前提とはしていなかった。短詩や散文詩、また内省的な自由律の詩、『動物文学』に載せた思索的な随筆もある。それらを総合すると、創作のきっかけが童謡であったとしても、まどは童謡の世界に止まらず、より広い詩の世界へ道を開いて行く可能性を秘めていた。しかし、まどには「子どもものに惹かれた」という何かがあった。後に『てんぷらぴりぴり』を出し、詩人としての自覚を持って自由に詩を創るようになってからも、「子どももの」の印象は残る。

> 童謡を書くときオレは子供になったつもりになっている。永年の習性だけでなく、その用語からの必然で。そしてよいものができたときには「人間の子供」になっているのではないか。知らぬまに。これに反し作詩のときは、こどもになったつもりはない。大人のつもりで、ただの自分のつもりで書いている。応々にして。しかし気がついてみると、それは、やはり子供のつもりで書いていることが多いのだ。宇宙の子供のつもりで。オレがオレの深いところでそう信じて疑わないところのものが、自然に出てしまうのだろう。宇宙の子が親なる宇宙を仰ぎみて、感にたえかねて書いているのだ。オレの詩なるものは。でつまりオレに於ては童謡も詩も子供としてのオレの創作物ということになり、それで当然みたいな

> 顔をして子供物として発表しているのか。[66]

このまどのことばに、童謡をも詩をも含むまどの表現世界、そして表現の手段としてのことばのありようが表れている。

1.1. 詩の表現としてのことば

まどは「僅かな言葉の知識で複雑な内容を伝えている」という子どものことばについての認識を持っている。そして、それは逆に童謡の表現形式のあり方を暗示している点で、まどの童謡の表現にも基本的なところでのヒントを与えている。まどの詩は童謡に限らず簡潔である。可能な限り説明をそぎ落とそうとする。「映像的表現」で中井正一のことば「文学者は、この繋辞でもって、自分の意志を発表し、それを観照者に主張し、承認を求めるのである。ところが、映画は、このカットとカットを、繋辞をさしはさむことなくつないで、観照者の前に置きっぱなしにするのである。」[67]を引用したが、それと同じような思いをまどは詩の創作において基本的に持っている。言語習得のまだ十分でない子どもは、大人の物事の表現手段として駆使されることば、ある場合は観念的でさえあることばの中に置き去りにされる。それでも子どもは何かしらの本質的なものを感じ取る力があり、子ども自身僅かなことばで深いものを言い表しているのだとまどは感じている。むしろ、そのような子どものことばの方に真実を突く力がありはしないかとまどは思っている。次のまどのことばはそれを裏付ける。

> 常識でがんじがらめになっているオトナたちのオトナことばでは、とても表現しにくい　オトナの詩がある。そういう詩を自分の為に自分かってにかきにかいている。その中の子どもに向くものだけを子どもに与えることだ。そういう気がする。子どものためにかくということではない。自分の為にかくのだ。それは　お

66）まど・みちお「原稿箋」1981年11月15日（谷悦子『まど・みちお　研究と資料』、p.44）。

67）第３章第１節２.「まど・みちおの映像的詩の類型」。

となにも子どもにも読めるものなのだ。むしろ　子ども語でかいた大人の詩なのだ。（中略）「子どももの」を「おとなもの」以下と考えること自体間違っているが。／もう一ど自分にいってみる。オレがかいているのは子ども語によるオレの詩だ。（中略）なぜ大人のオレが　オレの詩を子ども語でかかねばならぬのか。オレが詩と名づける世界は大人語ではとても構築できないことが多いからだ。[68)]

まどには観念に縛られない解き放たれた自由を求める心があり、そこからほとばしり出るものがまどの作品の底流にある。「宇宙の子が親なる宇宙を仰ぎみて、感にたえかねて書いているのだ。オレの詩なるものは」このことは表現手法の違いを別にすれば、詩にも童謡にも共通する。まどが「子どものつもりで」というときの「子ども」は「童心童語」と白秋たちが言った「童」とは違う。「もともとわたしは少年少女詩を書くときと、おとなの詩を書くときの心がまえや仕事の進め方に、そんなに違いはないように思います。」[69)]とまどは言うが、まどの少年少女詩と大人の詩の区別は難しい。詩集『てんぷらぴりぴり』の重版の帯の表示には「小学校三年以上」とあったそうだが、まどはそれを大人である自分のために書いた詩集であるから、「小学三年以上の中高大学生とすべての大人」という意味に解釈している[70)]。〈わたしのシシュウ〉[71)]という詩の中でさえ「そのシシュウに／こどもの　おとなもの　ごったに／いれていることには　へいきだ」と言い、そして「こどもがふと　じりきでおとなものを／よみかじるような　ぼうけんに／であえるのが　このよのしぜんだろう／そこからこそ　こどもたちは／たんけんかとなっていくのでないか／めをかがやかし　むねふくらませて…」（詩の一部）というように、まどの主張は戦前の『昆虫列車』で述べた

68）まど・みちお直筆ノート「へりくつ3」（谷悦子『まど・みちお　研究と資料』、p.59）。

69）インタヴュー、ききて・市河紀子「見えるものじゃなくても　すべてを短いことばで言い表したい」『KAWADE 夢ムック［文芸別冊］まど・みちお』、p.90。

70）「子どもの声を聞いて」『［文芸別冊］まど・みちお』再録、p.74。初出『児童文学読本』、1970年8月。

71）まど・みちお『たったった』理論社、2004年5月。

「平易さ」と変わらない。「大人語ではとても構築できない」まどの詩の世界は、宇宙の子供のつもりになったまどが少年少女詩の表現でしか表せない。

「つけものの　おもしは／あれは　なに　してるんだ」〈つけものの おもし〉。ある日、中村桂子は『てんぷらぴりぴり』を手に入れ、家で子どもと読んだ。子どもはこの詩が気に入って「つけものの　おもし」ごっこに興じた[72]。自分が漬物のおもしになったつもりで色々演じるのである。無邪気な子どもの遊び心と、まどの深淵な世界とが結びつく。まどの詩の子ども語には必然性が隠されている。その一つは、大人語によって表現される観念の排除であろう。

1.2. 詩と童謡の手法の違いと連続性

まどは、詩においてそれが少年少女詩であろうと大人の詩であろうと、ことばにおいて大きな違いはないと言った。「詩の中で子どもに向くものを子どもに与えればいい、その選択は子どもに委ねればいい」という考えさえまどは持っている。しかし、童謡は別だと言う。それは歌われることを前提とした手法の違いということだ。台湾時代の創作はそれほど作曲されることを意識しなかったが、戦後、童謡を集中的に創っていた時期はその意識は高めざるを得ない。まどは第１節に示した自分自身の童謡論の実践に迫られたであろう。

まどの「子どもに向くものだけを子どもに与える」ということは主に詩についてのことばである。台湾時代であれば、「うちなる詩が歌謡的リズムに乗りたがっていた時にそれに乗せたのが童謡であって、自由律でいきたがっている時にはそれにのせて詩にする。そんな感じだったかと思います。」[73]というような創作の幅があったが、戦後の出版社勤務時代には作曲されるこ

---

72) 中村桂子・ほか『まど・みちおのこころ　ことばの花束』佼成出版社、2002年９月、pp.8-11。

73)「対談　童謡を語る」『児童文学 '82 秋季臨時増刊』ぎょうせい、日本文芸家協会、1982年９月、pp.36-55。

とを前提とした童謡は子どもが対象として想定されていたことが多い。

> 私は童謡を作りおえて「こんなものを書いて何になるのだろう。子どもと自分をバカにするだけじゃないか」というような空しい気持ちに襲われることがよくあります。自己顕示や銭もうけのためにただ惰性で書いた常識うた、子どもにタカをくくって子どものためみたいな顔をして書いた偽善うた、などいろいろですが、どうにもやりきれない感じです。[74]

理想はあってもその通りにはいかない現実がある。『全詩集』の「編集を終えて」で編者の伊藤英治は、「しつけうた」「あそびうた」を収録するのをまどは恥ずかしがっていたと報告している。それでも、谷川俊太郎が「童謡を創る際に自分には邪心・邪念があるが、まどには邪念と作為がほとんどない」[75]と感じ取っているように、まどの童謡創作においては、子どものためにという意識は基本的には他の詩人ほど強くはなかったと思われる。子どものためにというまどの意識を強いて挙げるならば、一つは童謡に子ども向けの曲がつけられるであろうことに対する意識、もう一つは子どもを喜ばせたいという思いであろう。しかし、第2章第3節でみたように、『てんぷらぴりぴり』発刊後、特に曲を想定した童謡創作をやめてからは、子どものためにというそのような意識からも、まどは開放されていった。

> 童謡とは何だろう。この世の不思議、自然の不思議、すべての存在と非存在、反存在の不思議への叫びである。子どもという人間の萌芽が、この不思議に直面して発した叫びである。凡ゆる人間の文化の歴史がそこから出発したところのその叫びそのものである。だからこの世に生きて何の不思議も感じることのない大人に童謡を作る資格はないのだ。だから存在の不思議さにうち震えていないような童謡は、童謡とは言えないのだ。童謡は存在の根源に迫ろうとするものでなくてはならない。そうでなければ童謡を詩として、われらが取組む意味はなくな

74)「アリの詩について」『想像力の冒険』理論社、1981年12月、p.159。

75)「シンポジウム　まど・みちおの世界　最後の詩人、その宇宙」『KAWADE夢ムック文芸別冊　まど・みちお』、p.134 。

る。[76]

この「存在の不思議さにうち震え、存在の根源に迫ろう」とする精神は、まどにとっては詩においても童謡においても同じである。歌うことのリズムと内容に関わる共有性を除けば、子ども語という表現とその精神はまどの詩と童謡の連続性を示している。

まどの詩と童謡の創作は、上のことばを真摯に追い求め、可能な限り実践しようとした旅であった。

2．まど・みちおの表現世界と国際性

「大人語ではとても構築できない」まどの詩世界は「存在の不思議さにうち震え、存在の根源に迫る」世界である。しかし、それは本書で度々触れたように、生活に根ざした土着性の希薄さをもたらす。自分が存在し生活する地域、国を抽象し、まどを地球人の意識に導いた。まどの作品について佐藤通雅は次のように結論している。

> これらの作品に通底する固有性とはなにか。断片的ながらすでにあげてきたが、改めて主要点にしぼってまとめてみると、第一に対象を垂直に凝視していく特異なまなざしだ。縦軸、横軸の関係に置き換えるなら、垂直とは縦軸の方向をとることだ。それを徹底すればするほど、横軸の脱落につながる。横軸に想定されるのは人間関係や社会関係だ。垂直志向にとって、それらは夾雑物と意識される。[77]

まどの作品に現代文明、人間の横暴といったものへの批判、嫌悪、自然に対する申し訳なさを表す作品はあるものの、社会と自己との関わりを問う世界、また人間関係において生じるはずの情念の世界は作品に表れていない。これが佐藤の「横軸に想定されるのは人間関係や社会関係の脱落」である。

76）まど・みちお直筆ノート「へりくつ３」（谷悦子『まど・みちお　研究と資料』、p.７）。

77）佐藤通雅『詩人まど・みちお』、p.268。

「存在の不思議さにうち震え、存在の根源に迫る」まどの詩作の深さにはそうした代償が必要である。

「アイデンティティと共生」は台湾時代初期の〈動物を愛する心〉から晩年まで、まどの作品に関するキーワードであるが、人間社会、民族、国レベルのものではない。まどのアイデンティティと共生は、アリ、タンポポ、石ころから宇宙まで広がるが、生々しい人間の世界は詩に表されない。

その世界は見方を変えれば、超国家的な意味でのインターナショナルなものと言える。ユンは絶えず子どもたちから人間の原初を発見し、人為的に変質されない純粋な姿を「あるべき存在」として彼の童謡世界を創出した。まども子どもが本来保持している魂をふるえさせる世界を詩と童謡に表現した。ユンの童謡、そしてまどの詩と童謡は万国の人々や子どもたちに共感される作品としてインターナショナルであり、それらは大人をも共感させ、時代をも越える国際性を持つ。

終　章

まど・みちおが詩と童謡を創作した期間は75年以上の長きに渡る。その創作の歩みの背後に人生の旅がある。まどの作品はまどの人生における折々の出会い、植物や動物や昆虫や物や星などとの出会いに感動した世界である。あるときはそれが内省的な詩や散文になり、宇宙へつながる詩になり、短詩になり、あるときにはことばのリズムと音色にのって童謡となって表現された。このようなまどの詩と童謡の世界を前にして、筆者はどのようにその大きな世界の真実に迫ることができるであろうかと思った。作品はその作家の生涯と密接な関係にある。その思いからまず決めたことは、自分もまどの人生の歩みを辿り、その時々のまどを可能な限り理解することであった。それが第１章と第２章である。ささやかなものではあるが、筆者にはまど・みちおの一生を辿り終えたという思いがある。

まどの歩みを辿りながら、まどが自分を取り巻く世界をどのように感じ取るかは、まど・みちおの詩と童謡の全体像を知るための重要な手がかりであろう。それを試みたのが第３章と第４章である。分析視点は限られたものであり、まどの全体像に近付くには不十分なものではあるが、分析視点としての新たな可能性は示せたと思う。自分が存在する時空間をまどがどう捉えているかという視点では「場」の概念を用いた。このような研究方法は、他の詩人の作品分析にも有効な方向であろう。最後の第５章では、まどの詩作の出発であり筆者のまど研究へのきっかけとなった童謡についてのまどの考えを考察し、主に詩と童謡におけるまどの創作意識を考察した。

以下、章ごとに本書の研究結果を示していく。

第１章

まどの幼少時から台湾に渡った後の青年期に至る意識形成と、台湾時代の詩作をテーマとした。幼少時に家族から離れたまどの疎外感は、９歳で台湾の家族のもとへ行っても簡単には解消されなかった。まどは徳山での孤独な中で身近な自然を見つめて心の解放・喜びを持ったが、台湾でも自然に親しむ姿は変わらず、台湾という地はまどにとって台湾の動植物や風物があっても、生きる場を家族と共有するという郷土としての台湾ではなかった。

まどの創作は1934年（昭和９）24歳のときに始まった。それから応召までの８年間で、筆者の知り得た限りでは274編の作品を日本と台湾の多種の雑誌や新聞に発表している。それらの動向を調べた結果、特に1936年（昭和11）からの４年間に多くの作品を発表していること、それはまども創刊に関わって旺盛な投稿をした『昆虫列車』と、『台湾日日新報』の存在が大きいことなどが把握できた。また、まどはその両方への相互再掲載もしている。それらの傾向からまどの台湾意識を探ったが、特に台湾色を日本に示す姿勢は感じられなかった。与田準一から日本に来るように誘われたときの反応を見ても、まどは台湾という地にこだわっていないことが分かる。後にまどが自分を地球人と称したこともそれを示しており、日本と台湾の違いではなく、同じ自然・同じ人間だというのがまどの詩の世界であると結論付けられた。その中で、まどは『文芸台湾』創刊号の〈鳥愁〉で示されているように、永遠の時間と空間の中での自己存在とあらゆるものとの出会いの感動を作品化していったことが読み取れた。その根底には自己を取り巻く森羅万象を感じ取るまどの感覚と認識があり、それがまどの作品世界へと展開していったのである。「書きしるすことは命の次に大事」とまどは言ったが、筆名が「まど・みちを」だったり、「はな・うしろ」なのもそれを示し、戦地での植物に対する深い興味と書くことへの執着もそれを物語っている。

第２章

まど・みちおの戦後の歩みと詩作を辿った。復員後まどは守衛の仕事を２年ほど続けた。その後10年間の出版社勤務期間があったが、その初期も守衛時代も、日誌を書くこともままならない多忙で苦しい日々であった。出版社時代のことは『チャイルド本社五十年史』によってその実態をいくらか明らかにすることができ、その当時のまどの心境を理解する手掛かりとなった。そのような自分を見失いそうな厳しい状況の中で童謡〈ぞうさん〉は創作されたので、その背景と〈ぞうさん〉に込められたまどの思いも考察した。その背後には５歳のときに家族がまど一人を残して台湾へ行ってしまった体験があり、また自己存在を母との関わりに求めていたこととを考え合わせ、〈ぞうさん〉を後のまどのアイデンティティを主題とする作品の先駆けと位置づけることができた。

10年間の出版社勤務中の創作は童謡に限られ、その多くが作曲されている。童謡詩人としての揺るがない立場を築いたまどだが、その創作活動は台湾時代の幅広い創作とは違いがある。台湾時代のまどの童謡に関する意識を調べると、童謡に対する高い意識と熱意があったことが分かる。一方、台湾の作品には童謡に縛られない多様な試みと作風も感じられた。そのようなまどの歩みにおける創作意識を理解すると、戦後の童謡創作に集中した時期に、より自由な創作を望んだまどの気持ちは十分推察することができる。1959年（昭和34）、まどは創作専念のために退社した。その９年後に初めての詩集『てんぷらぴりぴり』を出版し、それを契機としてその後の創作は詩へ移行していった。童謡を創らなくなった理由については、佐藤通雅の「年齢の問題と歌うことから対象を凝視・認識する世界への移行」という論がある。それに加え、筆者はまどのことばからの考察によって、曲に乗せては自分の表現世界を思うように表しきれないというまどの思いも、童謡から詩へ向かわせた一因である可能性を示した。

まどの創作の歩みを調べると、『てんぷらぴりぴり』発刊以降童謡創作は減少し、1992年の『全詩集』発刊前には童謡創作は途絶える。『全詩集』以後は100歳のときの詩集も含め13冊の詩集を出している。その作品数は450編を越える。晩年になるに従って題材は限られ、詩も短くウィットを帯びてくるが、詩創作の原風景は幼少時にあるとまど自身が言うように、幼少のときに心に抱いた世界は晩年になっても甦っていることが作品に現れている。

まどの創作を概観すると、それは台湾時代、戦後の童謡時代、詩時代と大きく三つに分けられる。それぞれには特徴があるが、まどの一生の創作には一貫性があり、その土台は台湾時代に据えられていたと言って間違いない。また、第１章では台湾移住後のまどの台湾意識という視点からの考察も加えたが、結論として言えることは、まどにとっては自分の存在地は歴史・文化を担った人間社会の基盤としての地ではなく、自然や動植物・物・天体が取り巻く地であるということである。そのことがまどの地球人意識の背景となっている。戦後の作品に台湾関連の作品が無いことの確証はそこにある。

第３章

まどが外界と自己をどう感じ取っているか、それが作品にどう表現されているかを視覚・聴覚・その他の感覚という感覚別の視点で分析した。視覚世界は映像的表現の現れた作品を『全詩集』から抽出し、それらを自己表出度というスケールで分類した。その結果、八つの類型が得られた。このような類型化はその妥当性が問われるが、その点も検討したので一つの分析例としての意義は認め得るであろう。このまどの映像的表現における視線を映画のカメラワークと比較した手法は、他の詩人の分析にも応用できる可能性がある。まどの映像的表現と映画のカメラワークには技法的な多くの共通点が見いだせ、しかも映画理論における「場」という概念は分析のヒントになった。カメラはある位置に据えられ、周りの空間に対して方向を定めてレンズを向け、距離を決め焦点を合わせる。そこにはどのような空間を切り取って、どうそれを表現するかという制作者の意志が働いている。まどの詩においても同じで、どう見るかというまどの意志が作品を通して読み取れる。ロングショットであれば自己存在の場がより強く表現され、接写になれば場は抽象される。広い意味では、まどの台湾意識もそれに関係していると理解できた。表現においては、映画のカットつなぎである編集が、まどの詩の構造に当たるというという点で重要である。それはまどの詩はことばによって描写はするが、説明はしないという点での一致である。映像的な表現作品の年代別分布も考察し、映像的表現作品はほぼ台湾時代に限られるという結果を得た。これによって台湾時代の作品傾向、また、まどの多彩な試みが明らかになった。

聴覚世界はオノマトペ表現を分析の対象とした。日本語において視覚世界の表現は、映画の映像に当たる言語表現が豊かであるのに対し、聴覚世界の言語表現はわずかな形容詞と擬音語に限られる。それで音の知覚・認識よりも、ことばの音（おん）による表現分析としてオノマトペを対象とした。分析方法の一つはオノマトペの語数である。詩と童謡の語数の比較結果は童謡が詩の2.6倍であった。この違いには童謡の歌としての特性が関わっている。その裏付けとして、もう一つの分析方法であるまどの創造的オノマトペの字数も検討した。この分析から戦後の詩には創造的オノマトペが非常に少ないという結果を得た。また、オノマトペの意味の性質からの分析も行ったが、「ふと、しみじみ」などは戦後の詩に限られると分かった。これらの結果は戦後の詩が思惟の世界が中心であり、オノマトペ、特に創造的オノマトペ表現を必要としない世界であることを裏付けている。また、童謡における創造的オノマトペには、まどのことばの音感覚の豊かさと多面的な技巧が含まれることが明らかとなった。

他の感覚世界にも触れた。それらの認識で特徴的であると分かったことは、まどの時空間意識である。それは子どものときの寂しさを基調とする時空間認識で、晩年になっても消えていない。一方、一種の安らぎを基調とした時空間意識も持っており、その基となっているのはめぐりめぐるという循環性である。また、すべてを包み込む永遠性を持った上なるものの存在意識や、帰るべきふるさととしてまどに安定感を与えている地球の中心への引力などの時空間意識もある。そのようなまどの時空間意識についての全体把握は、まどの世界を考察する上で欠くことのできない要素であった。

第４章

表現対象別に動物と植物を分け、認識と表現の観点で考察した。創作初期に、まどは『動物文学』へ33編の作品を投稿した。『動物文学』は動物学会の動物を主題とする作品発表を目的とした会誌で、まどは随筆〈動物を愛する心〉など詩や童謡にこだわらない自由な作品を発表することができた。動物に関わる作品は『動物文学』以前に５編、『動物文学』投稿期間中の他誌へのものが５編ある。それらは１編を除き情景描写に添える鳴き声、比喩、物語の役者として描かれているにすぎない。それに対して『動物文学』の作品では、動物は主題として自分と共に生きる存在として捉えられ、それらに相対する自分をも見つめている。『動物文学』の投稿作品を辿ることは、まどの詩作に対する意識形成を知る上で重要である。その中でも随筆〈動物を愛する心〉〈魚を食べる〉は、その後の詩作に流れるまどの基本的思想が表れている。『動物文学』２作目の〈動物を愛する心〉を基軸として『動物文学』の作品を考察すると、動物は人と同じように死を背負わされている生きものであり、時と場所とを同じくして相見ている存在という意識が背後に働いていることが分かる。また、〈動物を愛する心〉に示されたまどの思想、「あらゆるものはそれぞれの固有の形・性質をもち、互に相関係しそれぞれに尊く、価値的にみんな平等である。」は、生涯を通してまどが持ち続けた「アイデンティティ、共生、物の存在、またそれに対峙する自己」などの基本理念がすでに確立していたことを示している。その意味で『動物文学』の作品群は、まどのそれらの世界の作品化の試みであり、助走であったと位置づけることができた。これらの結果は、他の作品分析の指標となり得るであろう。

植物に関しては、まどの視線と意識を考えながら遠景から近景へと作品の分析をおこなった。このような遠近の視線の違いは、動物と比べると特に植物に現れることが分かった。遠景の場合は、映像的表現のロングショットに当たり、自然としての植物は場としてまどを包む。それは時空間認識の永遠性につながる。そこに一本の大きな木があれば、視線は対象物に近付くが、その意識はまどを包む永遠性の一つの象徴となる。そして、より視点が近づき木の葉や実が意識化されても、その葉や実が地面に落ちて土に還ることは、めぐりめぐる循環性となって永遠性に変容する。生物である木も有限の命だが、まどは植物に死を見ていない。

もう一つの作品における植物の役割に添景としての使用法がある。それは動物の鳴き声のように作品に添える道具立てである。この用法は台湾時代の初期の作品例以外にはほとんどなく、映像的表現の詩が台湾時代にほぼ限られることと関連している。ここで試みた遠近による作品分析手法は、まどの作品の通時的分析のために貴重な成果であったと思う。

第５章

まど・みちおの詩と童謡について考察した。『昆虫列車』に載ったまどの〈童謡の平易さについて〉〈童謡圏　――童謡随論――（一）、（二）〉は、先行研究でも部分的に引用・考察はされてはいたが、その全体像が明らかにされたことはなかった。本書ではそれを試み、深さと論理性、的確な把握と現実性が論述の背後にあることを示した。それとの比較上、一般的な詩人の童謡創作意識も想定し、その構造を読者論的な視点も用いて考察した。詩人が童謡を創作する場合、子どものために創るという意識の下、各々の詩人が持つ児童観と童謡観にそって童謡は創られる。それらを論じた詩人の童謡論を概観すると、童謡論が交わされた童謡興隆期の詩人の中で、北原白秋の「童心」の捉え方には他の詩人と違った特徴があり、それがまどとある部分重なっていると思われる。それは詩創作全体の中で童謡が分離したものではなく、一元化しているという点である。その重なりを明らかにすることを本書では試みた。白秋とまどでは一元化という点では一致しているが、その内容に違いがある。その鍵となることが〈童謡の平易さについて〉に示された子どもにとっての「平易さ」というまどの考えである。それは子どもにとって理解し易いということではなく、「子どもにとって未知を含み、それによって子どもの心が惹かれ、より高く深い世界を喜ぶことができる」という意味での「平易さ」である。これをまどは「児童の一歩前を歩む」「児童以上」と表現した。その意味で、まどにとっての童謡は創作意識という点で詩と一元化している。白秋の一元化は自分の芸術境は無邪なる童心にこそあるという「童心」の変質にあり、子どもの現実を見据えた子どもの心の解放を願うまどの理念とは異なっている。まどには子どもは成長するに従って常識と既成の観念に縛られていくという捉え方があり、その意味での現実の子どもの解放をまどは童謡に求めた。一方、韓国の童謡詩人ユン・ソクチュンも国の喪失の下、困難な社会状況にある子どもの心を解放することを願って童謡創作をした。その意味で、まどとユンの童謡の対照は意義深いものであった。二人の童謡を対照すると多くの共通世界が見出せるが、それは二人に社会性を突き抜けた、子どもの世界に通じるものがあるからである。それは見方を変えれば、国という社会を担った地域性を越えた国際性とも言えるものである。

資　料

1．台湾時代作品の複数誌掲載

下のリストは、陳秀鳳『まど・みちおの詩作品研究　―台湾との関わりを中心に』がまとめた台湾時代のまどの詩以外も含む全作品投稿リスト（pp.90-124）に若干の新しい再投稿情報を加えて作成したものである。

再掲載には①日本誌→日本誌への再掲載、②日本誌→台湾誌への再掲載③台湾誌→日本誌への掲載、④台湾誌→台湾誌への再掲載、そして⑤再々掲載の例も見られる。

①日本誌→日本誌への再掲載

筆名：(ま)→まど・みちを、㋮→マド・ミチヲ、(石)→石田道雄、(は)→はな・うしろ

	昭和．月	昭和．月
ランタナの籬	9.11コドモノクニ 13/13(ま)	→12. 5 昆虫列車 2 (ま)
魚な花		
・春、子、蚊	11. 1 動物文学 13(ま)	→13. 3 昆虫列車 7(ま)（表紙）
・日暮	11. 1 動物文学13(ま)	→12.11 昆虫列車 5 (ま)
いぢわる	11. 1 童話時代25(ま)	→13. 1 昆虫列車 6 (ま) 〈トダナノナカニ〉
		12. 1 綴り方倶楽部 4/10(ま)
		→12. 5 昆虫列車 2 (ま)
地図	11. 9 童魚 9 (ま)	→13.11 昆虫列車10(ま) 〈台湾の地図〉

②日本誌から台湾誌への再掲載

曇った日	12. 2 綴り方倶楽部 4/11(ま)	→13.12.22 台湾日日新報(石)
月夜の一時	12. 8 教育行童話研究17/ 8 (ま)	→13.3.21 台湾日日新報(は) 〈月の夜更〉
れんぶ	12.10 お話の木 1/6 (ま)	→14.2.1 台湾日日新報(石)
生まれて来た時	12.11 昆虫列車 5 (ま)	→14.12 華麗島　創刊号(石) 〈生誕記〉
少年の日		
・大人について	13. 1 昆虫列車 6 (ま)	→13.4.1 台湾日日新報(は)
一ネンセイノビヤウキ		
	13. 1 昆虫列車6 (ま)	→13.8.8 台湾日日新報　(石)

〈一年生ノ病気〉

少年の日
・活動写真　13. 3 昆虫列車 7 ㋮　→15.10 文芸台湾 1 / 5 ㊍
・遠足　13. 3 昆虫列車 7 ㋮　→13.4.1 台湾日日新報 ㊍
お目がさめた王様―　王様はうちのター坊チャンなの――
13. 3 昆虫列車 7 ㋮　→14.2.4 台湾日日新報 ㊍
兎吉ト亀吉　13. 4？信濃毎日新聞 ㋮　→16. 4『手軽に出来る青少年劇脚本集』㊍台湾総督府情報部出版
トマッテイイヨ　13. 4 保育 4 月号 ㋮　→13.8.1 台湾日日新報 ㋮
〈動物園のお話し〉
13. 5 昆虫列車 8 ㋮
→14.1.29 台湾日日新報 ㊍
オサルノラクガキ
・オブダウノウタ　14. 9 昆虫列車16 ㋮　→15.5.21 台湾日日新報 ㊍

③台湾誌→日本誌への再掲載

桃樹にもたれて　13.2.22 台湾日日新報 ㋩　→13. 3 昆虫列車 7 ㋮
お日さまいうびん　13.2.26 台湾日日新報 ㋩　→13. 8 昆虫列車 9 ㋮
あけの朝　13.3.14 台湾日日新報 ㋩　→14. 5 昆虫列車12 ㋮
幼年遅日抄
・みちようさん　13.4.26 台湾日日新報 ㊍　→13. 5 昆虫列車 8 ㋮
龍眼肉　13.7.26 台湾日日新報 ㊍　→13. 8 昆虫列車 9 ㋮
片仮名童謡
・クダサイ　13.9.2 台湾日日新報 ㊍　→14. 6 昆虫列車13 ㋮
水牛のぢいさま　13.9.8 台湾日日新報 ㊍　→14. 5 昆虫列車12 ㋮
米粉がほしてある　13.12.27 台湾日日新報 ㊍　→14. 2 昆虫列車11 ㋮
水牛のおやぢ　14.2.12 台湾日日新報 ㊍　→14. 5 昆虫列車12
カタカナドウブツエン
・オサルノ ラクガキ
14.3.8 台湾日日新報 ㊍　→14. 9 昆虫列車16 ㋮
・コドモノ ゾウサン
14.3.8 台湾日日新報 ㊍　→14. 6 昆虫列車13 ㋮

・ナイテミマシタ　ナキマシタ		
	14.3.8 台湾日日新報(石)	→14. 9 昆虫列車16㋮
・オフネノヱ	14.3.8 台湾日日新報(石)	→14 .9 昆虫列車16㋮
・ヘビサント クマサン		
	14.3.8 台湾日日新報(石)	→14. 6 昆虫列車13㋮
・キキキキソ	14.3.8 台湾日日新報(石)	→14. 9 昆虫列車16㋮
		〈シヤウカノ レンシフ〉
びは	14.4.10 台湾日日新報(石)	→14.12 昆虫列車19(ま)
オサルノ　ヤキウ	14.6.16 台湾日日新報(石)	→14. 9 昆虫列車16(ま)
山ふところの		
・山ふところの	14.7.7 台湾日日新報(石)	→14. 9 昆虫列車16(ま)
・ピヨピヨ　ヒヨコ		
	14.7.7 台湾日日新報(石)	→14. 8 昆虫列車15㋮

④台湾誌→台湾誌への再掲載

幼年遅日抄		
・いねちゃん	13.4.26 台湾日日新報(石)	→16. 5 文芸台湾 2／2 (石)
幼年遅日抄（いねちゃん）		
	13.5.10 台湾日日新報(石)	→16 .5 文芸台湾 2／2 (石)
でで虫さんの小包	14.8.1 台湾日日新報(石)	→17. 8 文芸台湾 4／5 (石)
洟の繪		
・でで虫	16. 3 文芸台湾 2／1 (石)	→17. 8.15 台湾文学集(石)
・猫	16. 3 文芸台湾 2／1 (石)	→17. 8.15 台湾文学集(石)
・蟹	16. 3 文芸台湾 2／1 (石)	→17. 8.15 台湾文学集(石)

⑤再々掲載

少年の日		
・女の子	13. 1 昆虫列車 6 (ま)	→13. 4.1 台湾日日新報(は)
		→15. 7 文芸台湾 1 ／4 (石)
・女の子の着物	13. 1 昆虫列車 6 (ま)	→13. 4.1 台湾日日新報(は)
		→15.10 文芸台湾 1 ／5 (石)
大根干し	13.2.16 台湾日日新報(は)	→13. 3 昆虫列車」 7 (ま)
		→13. 3 綴り方倶楽部 5 (ま)

一日	13.2.16 台湾日日新報 ㋩	→13. 5 昆虫列車　8 ㋮
		→17. 8 文芸台湾 4 / 5 ㊂
少年日		
・豆ランプ	13. 3 昆虫列車 7 ㋮	→13.5.11 台湾日日新報 ㊂
		→15. 7 . 文芸台湾 1 / 4 ㊂
幼年遅日抄		
・お墓まゐり	13.4.26台湾日日新報 ㊂	→13. 5　昆虫列車 8 ㋮
		→15.10 文芸台湾 1 / 5 ㊂

リスト以外に『昆虫列車』（第 8 冊、p.11、1938年（昭和13） 5 月）の同人欄に「〈少年の日〉『日本歌謡学院月報』に転載」というまどの作品情報があるが、未確認である。なお、上のリスト中、〈ランタナの籬〉『コドモノクニ 13/13』、〈いぢわる〉『童話時代25』、〈曇った日〉『綴り方倶楽部 4 /11』、〈れんぶ〉『お話の木 1 / 6 』、〈トマッテイイヨ〉『保育 4 月号』も一次資料の未確認作品である。

2．台湾に関わる作品リスト

昭和9（1934）年

9月	かたつむり角出せば	子供の詩・研究　第4巻第9号
11月	ランタナの籬	コドモノクニ　第13巻第13号

昭和10（1935）年

1月	蕃柘榴が落ちるのだⅠ	コドモノクニ　第14巻第1号
12月	牛のそば	童魚　第6号

昭和11（1936）年

5月	橄欖の実	童魚　第7号
	篁	動物文学　第17輯

昭和12（1937）年

1月	ジヤンク船	綴り方倶楽部　第4巻第10号
2月	ぎょくらんの花	シャボン玉　第57輯
3月	漢方薬の薬やさん	昆虫列車　第1号
7月	团仔さん	昆虫列車　第3号
9月	くらやみの庭	昆虫列車　第4号
9月	团仔	童魚　第9号
9月	地図	童魚　第9号
9月	お菓子	童魚　第9号
10月	れんぶ	お話の木　第1巻第6号
11月	布袋戯	昆虫列車　第5号

昭和13（1938）年

1月	病後の散歩道	昆虫列車　第6号
2月16日	一日	台湾日日新報
2月16日	大根干し	台湾日日新報
3月	ギナさんアルバム ・焼金 ・ギナの家 ・お昼食待つ間 ・お夕はん	昆虫列車　第7号
3月14日	あけの朝	台湾日日新報
4月14日	夕はん	台湾日日新報

7月26日	龍眼肉	台湾日日新報
8月1日	奉公牛	台湾日日新報
8月8日	夏日遊歩（一）	台湾日日新報
8月11日	夏日遊歩（二）	台湾日日新報
8月14日	夏日遊歩（三）	台湾日日新報
8月16日	夏日遊歩（四）	台湾日日新報
8月18日	夏日遊歩（五）	台湾日日新報
8月19日	夏日遊歩（六）	台湾日日新報
9月8日	水牛のぢいさま	台湾日日新報
12月27日	米粉がほしてある	台湾日日新報

昭和14（1939）年

2月	兄弟	昆虫列車　第11号
2月12日	水牛のおやぢ	台湾日日新報
2月12日	花箋	台湾風土記　第3巻
	・月桃花・鳳凰花・苦揀花	
	・一品紅・くろとん・樹蘭花	
	・相思樹・龍船花・蕃花・緑珊瑚	
	・珊瑚刺桐・布袋蓮・玉蘭花	
5月	台湾ゑはがき	昆虫列車　第12号
	・ハダカンボノギナ	
	・祭りの近い日	
	・日向に話しほける	
	・冬の午後	

昭和15（1940）年

1月	鳥愁	文芸台湾　第1巻第1号
2月27日	桃のお花が	台湾日日新報
3月	花村午閑抄	文芸台湾　第1巻第2号

昭和16（1941）年

6月	佇苑歌	文芸台湾　第2巻第3号

3．まど・みちおの創造的オノマトペ

数字は『全詩集』の作品掲載ページ、次に作品名、創造的オノマトペの順に示す。「／」は行変え、＊はオノマトペの語頭を示す。一作品内の同じオノマトペの繰り返し、句読点は省いた。この一覧のオノマトペは『全詩集』を底本とした。

①戦前の詩・童謡

11　〈蕃柘榴が落ちるのだ〉　＊ぴろっ ぴろっ
20　〈懐中時計〉　＊チンキ チンキ
21　〈卒塔婆〉　＊ぴんひょろ
25　〈ジャンク船〉　＊トロンコ ペン キップ キップ
　＊トロンコ ポロンコ ピンチ ピンチ
30　〈朝日に〉　＊ムン　＊ユン　＊プィ
35　〈くらやみの庭〉　＊アンニァ アンニァ アイクンラァ
41　〈布袋戯〉　＊チャーイヌ コッコ チャーイヌ コッコ
44　〈トダナノ ナカニ〉　＊リンコロ
53　〈あめと おさる〉　＊トップ テップ ／ タップ トップ ／ ポッツン ツン

②戦後の童謡

92　〈つみき〉　＊いっちん かっちん ／ たーん ぽん
100　〈おちゃわん〉　＊ちゃわん
101　〈あめあがり〉　＊たっぷ らんらん ／ ちー たった
102　〈りすの うち〉　＊ぎーくる きーくる　＊いーりる りーりる
　＊るんろん るんろん　＊く／く／く／く／ぐるー
103　〈こぶたの うた〉　＊ぼー びー ぶー
105　〈ちいさな おうむさん〉　＊すーた すーた すーた
106　〈おしゃべり すいとう〉　＊ぱぷちゃぷ ぺぷちょぷ ちゃぷん
　＊ぱぷちゃぷ ぺぷちょぷ ちょぽん
109　〈なかよし おさる〉　＊しかしか すかすか ／ しかしか ぷいぷい
115　〈わからんちゃん〉　＊トンテンカン チンプンカン ／ トンチンカン
　＊ふるるん るんるんるん
115　〈くいくい くぎぬき〉　＊くいくい　＊くいくい くーい
　＊ぴいぴい ぽぴい

117　〈ことりと こりす〉　＊たらたんたん
118　〈つりかわさん〉　＊きゅっきゅる きゅっきゅる ／ きゅっ きゅっ きゅっ
127　〈つばめさん〉　＊つーい つーい ／ つん くるりん
130　〈なみの おはなし〉　＊ぺちゃぺちゃ ぽちょぽちょ
131　〈おじいさん おばあさん〉　＊ぽー たんたんたん
139　〈あたまの うえには〉　＊かっぷる けっぷる ／ ぽーい ぽい
142　〈チューリップ〉　＊ビン ブン ／ ビン ブン ／ ミン ブン ミン
142　〈つららの ドロップ〉　＊ぽったん ぴったん ／ ぷったん たん
152　〈チューリップが ひらくとき〉　＊パラン ポロン ピリン プルン
158　〈ごはんを もぐもぐ〉　＊こぷこぷこぷ
162　〈ザックリン ブックリン〉　＊ザックリン ブックリン ／ ブック ザック ポン
164　〈おしょうがつ〉　＊ぽっくり
168　〈おしごと しました〉　＊ぎいぐる
173　〈うがいの うた〉　＊ごろごろ おろろん ／ ぐぶぐぶ うるるん
175　〈ブラッシの うた〉　＊シュッシュル シュッシュ ル
／ シュッ シュッ シュッ シュー
181　〈しゃくとりむしさん〉　＊きっくしゃく
182　〈ねんど〉　＊ぴったん ぽったん ／ あんぽんたん
188　〈でんしんばしら〉　＊しんしん
192　〈小鳥が ないた〉　＊りっぷるりー ろんろんろん
193　〈はみがきの うた〉　＊らし しゅっ しゅっ
208　〈トッピンポウと ピンピクリン〉　＊トッピンポウ ／ ピンピクリン
209　〈とらの うた〉　＊トラララララ トラララララ ／ トラララララ
209　〈なかよし スリッパ〉　＊ぺっちゃら ぺっちゃら
／ ぺらぺらぺらぺら ぺらぺらぺらぺら
224　〈ジャングルジムの うた〉　＊グルグル
226　〈おにぎり ころりん〉　＊ぎゅっころりん
＊ぎゅっころ ぎゅっころ ／ ぎゅっ ぎゅっ
／ぎゅっころりん
230　〈ちゃっぷ ちょっぷ　らん〉　＊ちゃっぷ ちょっぷ ／ らん
＊ぴっか ぷっか ／ ぴん
238　〈たいこを たたきましよう〉　＊ぱぱ ぱっぷん ／ ぺっぷん ／ ぷっぷくぷう
＊るる りーるー ／ りーるー ／ りーりーりー

*ポポ ピンポロ ／ ポンポロ ／ ポンポンポン

243 〈ねずみの もちつき〉 *ちゅうちょろり

249 〈わたしの こびと〉 *ぷるぷるぷん ぷるぷるぷん
*ポンポロピン ポンポロピン
*ぷるぷる ポンポロ ぷんポロポン

250 〈ジェット・コースター〉 *ほっぺっぺっぺっ ／ ほーっ ぺっぺっ ぺーっ

251 〈こぶたの ブブが　ラッパをふく〉 *ブウバア ブウベエ ブウブウブウ

252 〈がくたい〉 *ぼんぼん きかきか ／ じゃららら ちん

255 〈あまちゃ〉 *ちろちろろ

259 〈うちのおじいさん おばあさん〉 *ちょちちょち あわわ ／ うまうま あぶぶ

266 〈きのこ〉 *ノコノコ ノコノコ

273 〈すずめが くるよ〉 *ぱらっぱ ぱらっぱ　*つーい つい

274 〈たいふう〉 *びょーうるるる

285 〈はだかの木〉 *びゅうるる びゅうるる ／ びゅうるるる

287 〈パパたち ぼくたち〉 *ぺちゃぽちょ ほっほっほ

288 〈ぱぴぷぺぽっつん〉 *ぱぴぷぺぽっつん
*ぱぴぷぺぽんぱら ／ ぱんぱらぱん
*たちつてとんまに
*たちつてとんたた ／ たんたたたん
*さしすせそうっと
*さしすせしっとり ／ しとしと
*ざじずぜぞんぶん
*ざじずぜぞんぞこ ／ ざんざかざあ

288 〈はれ あめ くもり〉 *たっかてった てったてら ／ てったてら
*がっぽげっぽ ぺっぽちゃぽ ／ ぺっぽちゃぽ

292 〈まつりの はやし〉 *どんどこかっか ぷうひゃらぴい

298 〈あめが あらった〉 *たっぽん てっぽん うふん

301 〈ぺんぎんの ぺん〉 *とろろーん

301 〈おでこの たんこぶ〉 *さめさめ

319 〈じゅんびたいそう〉 *ぽき ぺき ぴん ／ ぺき ぽき ぷん

338 〈みんなで いこう〉*ぴるぴる

361 〈たんぽぽ さいた〉 *ぴいぴぴ　たんぴぴ　*ころころ　たんころ

362 〈はっぱが おちる〉 *ちるちる

545　〈うみは うたいます〉　＊ざぶらん　らんらん ／ ざぶらん らんらん
550　〈ゆきが ふるから〉　＊ひいらら　ふうらら
551　〈おんがくの つぶつぶ〉　＊ぺろん ぽろん ぴろん ぷろん
565　〈うめの はな〉　＊ほうい りんりん
569　〈たんぽぽさんが よんだ〉　＊あーら ひょーら ぷーら しょ
586　〈りんご〉　＊しんしん しんしん
587　〈二月の うた〉　＊ふゆーい ／ ぶゆーい ／ るゆーいー
591　〈コオロギ なくよ〉　＊るりるり るりるり
640　〈るん らん りん〉　＊るん らん りん
660　〈たんぽぽ〉　＊たんぽぽーっ

③戦後の詩

122　〈ハト〉　＊ハト ハト ／ ハト ハト
124　〈ちゃわん〉　＊ちゃわん
220　〈きりん〉　＊きりん ／ きりん ／ きりりりん
309　〈貝のふえ〉　＊ほー ろろろ ／ ちー ろろろ
314　〈てんぷら ぴりぴり〉　＊ぴりぴり
437　〈子ブタ〉　＊ブーバー ／ ビーブブ ／ バベボビブー
437　〈ジュウシマツ〉　＊くるるる ぴっち　　＊ぴっちち ちっち
439　〈セミ〉　＊ざいざいざい　　＊しんしん しんしん
450　〈ヤマバト〉　＊ほーぽー ぐるる
458　〈サクランボ〉　＊あーたん てんきん なありんぼ
568　〈小鳥たち〉　＊すんすん すんすん
657　〈ピーマンという なまえ〉　＊ピーミー ピーミー
667　〈カニ〉　＊カニッ

参考・引用文献

Ⅰ．まど・みちお詩集（本書で底本として引用・資料・参考にしたもの）

出版年は西暦に統一した。順番は初版の年に従い、括弧で示したのは本稿で底本として使用した版である。

『まど・みちお 全詩集』以前

『てんぷらぴりぴり』大日本図書、1968.6（1995.11　第57刷）

『まど・みちお少年詩集　まめつぶうた』理論社、1973（新装版1997.10）

『まど・みちお詩集④ 物のうた』銀河社、1974.10（1993.7　第８刷）

『まど・みちお詩集② 動物のうた』銀河社、1975.1（1996.4　第11刷）

『まど・みちお詩集① 植物のうた』銀河社、1975.3（1997.4　第10版）

『まど・みちお詩集③ 人間のうた』銀河社、1975.5（1997.4　第９版）

『まど・みちお詩集⑥ 宇宙のうた』銀河社、1975.8（1997.4　第９版）

『まど・みちお詩集⑤ ことばのうた』銀河社、1975.11（1994.6　第11刷）

『風景詩集』かど創房、1979.11

『まど・みちお少年詩集　いいけしき』理論社、1981（1997.4　第24刷）

『まど・みちお少年詩集　しゃっくりうた』理論社、1985.11　第２刷

『まど・みちお 全詩集』

『まど・みちお 全詩集』伊藤英治編、理論社、1992.9（1992.11　第２刷）

『まど・みちお 全詩集』増補新装版（年譜収録）伊藤英治編、理論社、1994.10

『まど・みちお 全詩集』新訂版　伊藤英治編、理論社、2001.5（2002.5　第３刷）

『まど・みちお 全詩集』以後

『ぼくが　ここに』童話屋、1993.1（2004.2　第12刷）

『それから……』童話屋、1994.10

『象のミミカキ』理論社、1998.6（2000.3　第５刷）

『メロンのじかん』理論社、1999.8（1999.12　第５刷）

『詩を読もう！ おなかの大きい小母さん』大日本図書、2000.1

『きょうも天気』至光社、2000.11

『うめぼしリモコン』理論社、2001.9

『でんでんむしのハガキ』理論社、2002.9（2004.7　第2刷）
『たったった』理論社、2004.5
『ネコとひなたぼっこ』理論社、2005.9
『うふふ詩集』理論社、2009.3　第2刷
『のぼりくだりの……』理論社、2009.11
『100歳詩集 逃げの一手』小学館、2009.11（2010.4　第4刷）

童謡集・童謡曲集

『ぞうさん　まど・みちお　子どもの歌100曲集』フレーベル館、1963
『ぞうさん』国土社、1975.11（1991.3）

Ⅱ．まど・みちお関連

まど・みちおについての研究・評論　（筆者あいうえお順）

【単行本】

大熊昭信『無心の詩学　──大橋政人、谷川俊太郎、まど・みちおと文学人類学的批評──』風間書房、2012.7
楠茂宣『まど・みちおの世界　──まど・みちお作品における精神的自在性と共生観』新風社、2000.3
阪田寛夫『まどさん』筑摩書房、1993.4、初出『新潮』第82巻第6号1985.6、pp.6-110
佐藤通雅『詩人まど・みちお』北冬舍、1998.10
谷悦子『まど・みちお　詩と童謡』創元社、1988.4
谷悦子『まど・みちお　研究と資料』和泉書院、1995.5
谷悦子『まど・みちお　懐かしく不思議な世界』和泉書院、2013.11

【論文】

足立悦男「まど・みちおの技法」『島大国文』18島大国文会　1989.11.10、pp.26-41
足立悦男「日常の狩人　──まど・みちお論」『現代少年詩論』再販版　明治図書出版、1991.8、pp.30-44
木村 雅信「詩と童謡における仏教性　──まど・みちおと金子みすゞ」『札幌大谷短期大学紀要 』31号、札幌大谷短期大学編、2000.3、pp.45-73
小林純子「まど・みちお詩における視線の探求」『国文白百合』40号、白百合女子大

学・国語国文学会、2009.3、pp.40-51
佐藤宗子「酒田冨治曲譜「ぞうさん」の意味　――もう一つの享受相と童謡の教育的活用――」『児童文学研究』第44号日本児童文学学会 2011.12、pp.27-39
張晟喜「まど・みちおの童謡から詩への推移」『異文化 論文編』13　企画広報委員会、法政大学国際文化学部、2012.4、pp.279-294
張晟喜「〈ぞうさん〉とまど・みちおの思い　――〈ぞうさん〉は悪口の歌？――」『異文化 論文編』14　企画広報委員会、法政大学国際文化学部、2013.4、pp.279-295
張晟喜「まど・みちおの詩に見る映像的表現」『法政大学大学院紀要 第71号』大学院紀要編集委員会、法政大学大学院、2013. 10、pp.115-134
陳秀鳳『まど・みちおの詩作品研究　――台湾との関わりを中心に』大阪教育大学・1996年度修士論文
中島利郎「忘れられた「戦争協力詩」 まど・みちおと台湾」『ポスト／コロニアルの諸相』彩流社、2010.3、pp.14-47
野呂昶「児童文学における作者の祈り（第４回）まど・みちおの世界　――自分が自分であることのよろこび」『ネバーランド』5　てらいんく、2005.11、p.246
福田委千代「万物と個の接するところ　――まど・みちおの世界――」『学苑』718号、昭和女子大学　近代文化研究所、2000.3、pp.17-27
福田委千代「未知へとむかうことば　――まど・みちおの言語感覚――」『学苑』第729号、昭和女子大学　近代文化研究所、2001.3、pp.27-38
福田委千代「〈ぼく〉が〈ぼく〉であるために　――まど・みちお論――」『学苑』第738号、昭和女子大学　近代文化研究所、2002.1、pp.75-85
游珮芸「童謡詩人まど・みちおの台湾時代」『植民地台湾の児童文化』明石書店、1999.2、pp.214-241
横山昭正「虹の聖母子　――まど・みちおの詩のイコノロジー」『広島女学院大学論集』44　広島女学院大学、1994.12、pp.125-158

【評論】

有田順一「まど・みちおの抽象画」『まど・みちお　えてん図録』周南市美術博物館編、周南市美術博物館、2009.11、pp.5-9
石田尚治「叔父'まど・みちお'と　ふるさと」『まど・みちお　えてん図録』周南市美術博物館編、周南市美術博物館、2009.11、pp.10-11
伊藤英治「まどさんの眼と心（特集２星の時間　――詩人、まど・みちおの画帖）」『季刊銀花』136　文化学園出版局、2003.冬、pp.68-72

井辻朱美、菊永謙、ときありえ、矢崎節夫編、『ネバーランド　特集 まど・みちお先生百歳　おめでとうございます』Vol 12　てらいんく、2009.11

阪田寛夫「遠近法」『戦友　歌につながる十の短編』文芸春秋、1986.11、pp.6-35（初出『新潮』1982. 7 月号）

阪田寛夫「ぞうさん」「やぎさん　ゆうびん」『童謡でてこい』河出書房新社、1986.2、pp.114-123

阪田寛夫「まどさん八十二歳の夏」『季刊どうよう　』31号　特集「童謡の源　──まど・みちおの世界」日本童謡協会編、チャイルド本社、1992.10、pp.13-18

俵万智「「ぞうさん」と私」『飛ぶ教室』45号　楡出版、1993.2、p.50

鶴見正夫「物のいのちと声と　──まど・みちお〈ぞうさん〉──」『童謡のある風景』小学館、1984.7、pp.160-171

鶴見正夫「在ることを見つめる人まど・みちお氏」『日本児童文学』第22巻 第 6 号 1976.5、p.23

鶴見正夫「あるとき津軽で」『児童文芸・'82秋季臨時増刊号・増刊12』日本児童文芸家協会、ぎょうせい、1982.9、pp.103-104

中村桂子・ほか『まど・みちおのこころ　ことばの花束』佼成出版社、2002.9

畑中圭一「昭和十年代のまど・みちお　──『童魚』『昆虫列車』を中心に」『まど・みちお　えてん図録』周南市美術博物館編、周南市美術博物館、2009.11、pp.12-14

廣江泰孝「二人の世界へ」『「在る」ということの不思議　佐藤慶次郎とまど・みちお展』古川秀昭・廣江泰孝・岡田潔編、1999、pp.8-9

古川秀昭、廣江泰孝、岡田潔編集『「在る」ということの不思議　佐藤慶次郎とまど・みちお展』岐阜県美術館、1999

松下育男「詩と正面から向き合う　まど・みちおさんの詩」『現代詩手帖』思潮社、54（2）、2011.2 、pp.52-57

水内喜久雄「まど・みちおさんを訪ねて」『詩に誘われて 1 』あゆみ出版、1995.2、pp.8-29

水内喜久雄「まど・みちお　ではない詩を　ポエム・ライブラリー　夢ぽけっと」『こどもの図書館』56（10）児童図書館研究会、2009.10、pp.2-3

吉野弘「まど・みちおの詩」『現代詩入門（新装版）』青土社、2007.7 pp.199-209（初出『野火』83号、野火の会、1979.9）

【記事・その他】（発行年順）

「東京のうた　──黒焦げのゾウ舎で」朝日新聞、1968.4.21、朝日新聞社
石井睦美編『飛ぶ教室　15号（2008年秋）』光村図書出版、2008.10
石森延男・他編『飛ぶ教室　45号冬』楡出版、1993.2
『KAWADE夢ムック［文芸別冊］まど・みちお』河出書房新社、2000.11
「詩人 まど・みちお 101年の思索」『婦人画報』アシェット婦人画報社、2011.5、pp.326-335
『まど・みちお　えてん図録』周南市美術博物館編、周南市美術博物館、2009.11
「まど・みちお抽象画の窓をひらく」『芸術新潮』55（1）通巻649、2004.1、p.168
『「日本の童謡　白秋・八十　──そしてまど・みちおと金子みすゞ」展』神奈川文学振興会、神奈川近代文学館、2005.10、pp.55-62

まど・みちおのことば

【著作】（発行年順）

「あとがきにかえて」『まど・みちお 全詩集』新訂版　伊藤英治編、理論社、2001.5、pp.696-702
「動物を愛する心」『動物文学』第8輯、1935
「童謡の平易さについて」『昆虫列車』第3輯、1937
「童謡圏　──童謡随論──（一）」『昆虫列車』第8冊、1938
「童謡圏　──童謡随論──（二）」『昆虫列車』第9冊、1938
「子どもの声を聞いて（児童文学読本）　──（わたしの作品）」『KAWADE夢ムック［文芸別冊］まど・みちお』河出書房新社、2000.11再録、pp.74-76　初出『児童文学読本』1970.8
「私の一枚・セルゲ・ポリアコフ「無題」」『みずゑ』788号　美術出版社、1970.9、pp.46-49
「絵本とことばのあれこれ」『絵本』第1巻 第1号　盛光社、1973.5、pp.56-61
「自作を語る　詩と子どもと」『季刊文芸教育』22号、明治図書出版、1978.1、pp.134-151
「遠近法の詩」『ことば・詩・こども』責任編集者 谷川俊太郎、世界思想社、1979.4、pp.190-194
「処女作の頃」『KAWADE夢ムック［文芸別冊］まど・みちお』河出書房新社、2000.11、p.56　初出『びわの実学校』97号、びわのみ文庫、1980.1
「アリの詩について」『想像力の冒険』責任編集　今江祥智・上野瞭・灰谷健次郎、理論社、1981.12、pp.158-171

「「孔雀廟」の擬音語」『KAWADE 夢ムック［文芸別冊］まど・みちお』河出書房新社、2000.11、pp.80-82　初出『白秋全集』32巻　月報、1987.3
「希有の感性」『KAWADE 夢ムック［文芸別冊］まど・みちお』河出書房新社、2000.11再録、pp.59-60　初出『一枚の繪』1993.12

【対談・講演・インタビュー・取材】（発行年順）
「在ることを見つめる人まど・みちお氏」鶴見正夫、『日本児童文学』第22巻 第6号、1976.5、p.23
「対談　童謡をかたる　まど・みちお×阪田寛夫」『児童文学 '82 秋季臨時増刊』1982.9
「連載1　童謡無駄話　──自作あれこれ」『ラルゴ2』ラルゴの会、かど書房、1983.2、pp.124-137
「連載2　童謡無駄話　──自作あれこれ」『ラルゴ3』ラルゴの会、かど書房、1983.10、pp.126-138
「佐藤義美さんのこと　──まど・みちおさんに聞く──」『季刊どうよう』22 、チャイルド本社 、1990.7、p.27
「〈自然〉と〈ことば〉と」『講演集　児童文学とわたし』石沢小枝子・上笙一郎編　梅花女子大学児童文学会　1992.3、pp.143-168
「まど・みちおの心を旅する」『月刊 MOE』 9月号、白泉社、1993.9、pp.80-83
『すべての時間（とき）を花束にして　まどさんが語るまどさん』柏原怜子、佼成出版社、2002.8
「わたしと絵画」聞き手　松田素子・伊藤英治『まど・みちお画集　とおい ところ』新潮社、2003.11、p.135
「まど・みちおの宇宙　──まど・みちお『どんな小さなものでも　みつめていると宇宙につながっている　詩人まど・みちお100歳の言葉』」平田俊子、『波』新潮社編、新潮社、45（1）通号493、2003.11、p.22
『いわずにおれない』集英社、2005.12
『百歳日記』日本放送出版協会、2010.11
『どんな小さなものでも　みつめていると　宇宙につながっている　詩人まど・みちお100歳の言葉』新潮社、2010.12
『絵をかいて いちんち　まど・みちお100歳の画集』新潮社、2011.8

Ⅲ．詩・童謡・児童文学（筆者あいうえお順）

大竹聖美『植民地朝鮮と児童文化－近代日韓児童文化・文学関係史研究』社会評論社、2008.12
菊永謙・吉田定一編『少年詩・童謡の現在』てらいんく、2003.10
北原白秋『白秋全童謡集１』岩波書店、1992.10
小泉文夫『音楽の根源にあるもの』平凡社、1994.6
野口雨情『定本　野口雨情　第四巻』未來社、1986.5
西條八十『西條八十童謡全集』新潮社、1924.5
佐藤通雅『白秋の童謡』沖積舎、1991.7
谷川俊太郎　責任編集者『ことば・詩・こども』世界思想社、1979
日本児童文学者協会編『少年詩・童謡への招待』偕成社　1978.7
阪田寛夫『戦友　歌につながる十の短編』文藝春秋、1986.11
畑中圭一『童謡論の系譜』東京書籍、1990.10
畑中圭一『文芸としての童謡　──童謡の歩みを考える──』世界思想社、1997.3
畑中圭一『日本の童謡　誕生から九〇年の歩み』　平凡社、2007.6
波多野完治『子どもの発達心理』国土社、1991.3
波多野完治『波多野完治全集 第７巻「児童観と児童文化」』小学館、1991年２月 p.203 初出「児童の芸術心理」『児童心理と児童文学』金子書房、1950
表現学会監修『表現学大系19　現代詩の表現』教育出版センター、1986.7
『エナジー対話・第１号・詩の誕生　大岡信＋谷川俊太郎』エッソ・スタンダード石油株式会社広報部、昭和50.5
藤田圭雄、中田喜直、阪田寛夫、湯山昭監修『日本童謡唱歌大系第Ⅳ巻』東京書籍、1997.11
本田和子「読者論」『児童文学必携』日本児童文学学会編著、東京書籍、1976.4
与田準一『子供への構想』帝国教育出版部、1942.7
与田準一編『日本童謡集』岩波書店、1957

ユン・ソクチュン関連

【ユン・ソクチュンの詩集・著作・研究書】

ユン・ソクチュン『飛べ、鳥たちよ』創作と批評社、1983
ユン・ソクチュン『子どもと一生』ポムヤン出版部、1985
ユン・ソクチュン『子どもは子どもらしく』ウンジン出版、1988
ユン・ソクチュン『新芽の友　ユン・ソクチュン全集』ウンジン出版、1988
ユン・ソンクチュン『80歳の子ども』、ウンジン出版、1990

ユン・ソンクチュン『なんと ありがたいの』、ウンジン出版、1994
ユン・ソンクチュン『うれしいね うれしい』、ウンジン出版、1995
ユン・ソクチュン『月とりに行こう』ピリョンソ、2006
ノ・ギョンス『ユン・ソクチュン研究』チョンオラム、2010

【韓国の児童文学】
イ・オドク『詩精神と遊戯精神　──オリニ文学の諸問題』新版　クルロンセ、2005
イ・ウォンス『児童文学入門』改訂版　少年ハンギル、2001
イ・ジェチョル『児童文学概論』改訂版　瑞文堂、1983
イ・ジェチョル『韓国現代児童文学　──作家作品論』集文堂、1997
イ・ジェボク『私たちの童謡・童詩物語』ウリ教育、2004
キム・ヨンヒ『童心の森で道探し』図書出版　青銅鏡、1999
キム・ジェゴン『児童文学の現実と夢』創作と批評社、2003
キム・ジョンホン『童心の発見と解放期童詩文学』、図書出版　青銅鏡、2008
チェ・ジフン『童詩とは何か』ピリョンソ、1992
ハン・ヨンヒ『童謡の泉から見つけた幸福な人生』韓国音楽研究会、2001
ハン・ヨンヒ『創作童謡80年』韓国音楽研究会、2004
ペク・チャンウ『歌よ、君も眠りから覚ましなさい』ポリ出版社、2003

Ⅳ．その他（筆者あいうえお順）

台湾
北原白秋『台湾紀行　華麗島風物誌』彌生書房、1960.12
竹中信子『植民地台湾の日本女性生活史　昭和編（上）』田畑書店、2001.10
竹中りつ子『わが青春の台湾　女の戦中戦後史』図書出版、1983.5
中島利郎「日本統治期台湾文学研究　「台湾文芸家協会」の成立と『文芸台湾』　──西川満「南方の烽火」から」『岐阜聖徳学園大学紀要〈外国語学部編〉』第45集（通巻第51号）岐阜聖徳学園大学　外国語学部紀要委員会、2006.2.28、pp.91-108
中島利郎「日本統治期台湾文学研究　──日本人作家の抬頭　──西川満と「台湾詩人協会」の成立──」『岐阜聖徳学園大学紀要〈外国語学部編〉』第44集（通巻第51号）岐阜聖徳学園大学　外国語学部紀要委員会、2005、pp.43-54
中島利郎「日本統治期台湾文学研究　西川満論」『岐阜聖徳学園大学紀要』第46集（通巻第号）外国語学部編、岐阜聖徳学園大学　外国語学部紀要委員会、

2007.2、pp.59-64
橋本恭子「在台日本人の郷土（レジョ）主義（ナリスム）　──島田謹二と西川満の目指したもの」『日本台湾学会報』第9号、日本台湾学会　2007.5、pp.231-252
「座談会 文芸台湾 外地における日本文学」『アンドロメダ』1974.9月号、人間の星社、1974.7.23、pp.9-11

言語・映画・他

今泉容子『映画の文法　──日本映画のショット分析』彩流社、2004.2
小栗康平『見ること、在ること』平凡社、1996.11
小栗康平『NHK 人間講座　映画を見る眼』日本放送出版協会、2003.6
浅野鶴子・金田一春彦『擬音語・擬態語辞典』角川書店、1978.4。
小野 正弘『NHK　カルチャーラジオ　詩歌を楽しむ　オノマトペと詩歌のすてきな関係』NHK出版、2013.7
筧寿雄／田守育啓編『オノマトピア　擬音・擬態語の楽園』勁草書房、1993.9
河合隼雄『大人になることのむずかしさ [新装版] 子どもと教育』岩波書店、1996.1、p.138
小嶋孝三郎『現代文学とオノマトペ』桜楓社、1972.10
中井正一「映画のもつ文法」『中井正一全集　第三巻　現代芸術の空間』美術出版社、1964.8、p.20（初出『読書春秋』1950.9）
三尾砂『国語法文章論』三省堂、1948.2
吉本隆明『定本　言語にとって美とはなにかⅠ』角川学芸出版、2001.9
『チャイルド本社五十年史』チャイルド本社、1984.1

あとがき

私がまど・みちお氏を知ったのは大学2年生のときでした。1993年に法政大学文学部に留学した私は、関口安義先生の児童文学のゼミで童謡について発表するよう課題が与えられ、初めて日本の童謡に触れました。そのとき、多くの日本の童謡は、私が子どもの頃から親しんできた韓国の童謡とはかなり違うという印象を受けました。しかし、なぜかまど・みちお氏の童謡には親しみを覚えたことを今でも覚えています。

そのような日本の童謡との出会いを経て、その後も卒業論文では「日本と韓国の童謡の比較」をテーマにし、修士論文も「日本と韓国の童謡の比較を通して見えてくること ――家族についての歌を中心に――」というテーマで執筆しました。このような童謡研究を通して、日本と韓国の童謡の歴史的関わりや、また、はじめに私が日本の童謡になじめなかった理由などもわかってきました。それと同時に、100年あまりの歴史を経て数えきれない童謡が創作されてきた中で、歌い継がれる童謡とその時代だけで消えていく童謡があることにも気づき、歌い継がれる童謡に関心を持つようになったのです。そのとき、まど・みちお氏の童謡は特に私の心を引くものがありました。しかも、まど・みちお氏の童謡は‘韓国の童謡の父’と呼ばれるユン・ソクチュン氏の童謡と似ているところが多く、共通する世界を持っていることに気がつき、さらに魅力を感じました。

このような興味と課題をもって、2010年に法政大学大学院国際文化研究科博士後期課程に入学しました。博士論文は指導教員の川村湊先生のアドバイスをいただき、まど・みちお一人に絞った研究としました。

川村先生は研究の自主性と独自性を重んじられる先生でした。ですから、私がまど・みちおの研究に着手したころは、谷悦子先生をはじめとするまど・みちおの研究を学べば学ぶほど、自分の研究する部分はもう残されていないのではないかという、進むべき道筋の見えない模索の状態がしばらく続きました。しかし、川村先生はそのような私を忍耐強く待ってくださいました。そして、ようやく見出し始めた私なりの歩みに対して、折に触れて与えてくださった指摘と指針は大きな助けであり、的確な助言であったと今になって思い当たります。自主性の要求はある意味での厳しさであり、苦しいことでしたが、遅々として研究の進まない私に対する忍耐は包容力のある優しさであったと感謝いたします。本書に何か実りがあるとしたら、川村先生のおかげです。

本書を通読すれば明らかですが、示された結果の多くは先行研究や編纂された資料に負っています。特に谷悦子先生、佐藤通雅先生からは多くを学びました。お二人の学恩に感謝いたします。そして、『まどさん』を書かれた今は亡き阪田寛夫氏と『まど・みちお 全詩集』の編纂者伊藤英治氏にも感謝を捧げます。そして、台湾とまど・みちお氏に関して貴重な研究をされた游珮芸先生と陳秀鳳先生にも感謝いたします。お二人の研究なしでは本書は不十分なものとなったことでしょう。また、陳秀鳳先生の論文をご紹介くださった畑中圭一先生にもお礼申し上げます。畑中先生には童謡に関してご教示をいただきました。また、博士論文副審査として問題点指摘とご教示をくださった高柳俊男先生と大竹聖美先生にも感謝を捧げます。また、鈴村裕輔先生には本書の出版に至る多くの励ましと助けなどをいただきました。ありがとうございました。

その他、お一人お一人お名前を挙げることはできませんが、日本語を全く知らずに日本に来た私に対して、暖かい親切をもって助けてくださった多くの方々、学友や先輩がいらっしゃいます。また、私の法政大学の学部、修士、博士課程在学中には、ベターホーム奨学財団、法政大学100周年記念奨学金、綿貫国際奨学財団の多大な助けをいただきました。来日以来、今日までのそのようなすべての方々の支えあっての本書の刊行であると今思いを馳せ、感謝の思いを深めています。

最後になりましたが、本書の出版を快くお引き受けくださり、私の願いと希望を聞き入れてくださった風間書房の風間敬子社長、本書の完成まで編集を担当してくださった斎藤宗親氏に一方ならぬご配慮をいただきましたことをお礼申し上げます。

本書は法政大学大学院国際文化研究科の博士学位論文「まど・みちおの詩と童謡の世界——表現の諸相を探る——」(2015年3月)に若干の修正を加え、「2016年度法政大学大学院博士論文出版助成金」の交付を受けて出版の運びとなりました。法政大学に対し、心からの謝意を表します。

本書を2014年2月28日に永眠なさった、まど・みちお氏に捧げます。

2017年2月

張晟喜

人名索引

あ行

か行

さ行

た行

な行

は行

ま行

や行

ら行

作品名〈詩と童謡〉索引

あ行

か行

さ行

た行

な行

は行

ま行

や行

ら行

わ行

著者略歴

張晟喜（ちゃん・そんひ）

1978 年、韓国釜山生まれ。2015 年、法政大学大学院国際文化研究科博士後期課程修了。博士（国際文化）。法政大学国際日本学研究所客員学術研究員。専門は日韓比較童謡史、児童文学。主な論文に「日本と韓国の童謡の比較」（『日本文學誌要』第 76 号、2007 年）、「まど・みちおの創作意識 —幼年体験と台湾意識を中心に」（『第 13 回アジア児童文学大会論文集』、2016 年）などがある。翻訳に童詩画集『별이 반짝 꿈도 활짝』（アピョン、2013 年、共訳）、『日韓キリスト教児童文学研究』（東京純心大学こども文化研究センター、2015 年、共訳）などがある。

まど・みちお　詩と童謡の表現世界

2017 年 3 月 31 日　初版第 1 刷発行

著　者　張　晟　喜

発行者　風　間　敬　子

発行所　株式会社　風　間　書　房

〒 101-0051　東京都千代田区神田神保町 1-34
電話 03(3291)5729　FAX 03(3291)5757
振替 00110-5-1853

装丁　鈴木弘（B. S. L.）

印刷　藤原印刷　　製本　井上製本所

NDC 分類：908

ISBN978-4-7599-2174-8　　Printed in Japan